EIFELDEAL

Andreas J. Schulte, Schriftsteller, Jahrgang 1965, ist verheiratet und hat zwei Söhne. Geboren und aufgewachsen in Gelsenkirchen, lebt er heute mit seiner Familie in einer ausgebauten ehemaligen Scheune zwischen Andernach und Maria Laach. Neben seinen modernen Krimis und Thrillern schreibt und veröffentlicht er auch Kurzgeschichten und historische Kriminalromane.

Dieses Buch ist ein Roman. Handlungen und Personen sind frei erfunden. Ähnlichkeiten mit lebenden oder toten Personen sind nicht gewollt und rein zufällig.

ANDREAS J. SCHULTE

EIFELDEAL

Eifel Krimi

emons:

 Lust auf mehr? Laden Sie sich die »LChoice«-App runter, scannen Sie den QR-Code und bestellen Sie weitere Bücher direkt in Ihrer Buchhandlung.

Bibliografische Information der Deutschen Nationalbibliothek
Die Deutsche Nationalbibliothek verzeichnet diese Publikation in der Deutschen Nationalbibliografie; detaillierte bibliografische Daten sind im Internet über http://dnb.d-nb.de abrufbar.

© Emons Verlag GmbH
Alle Rechte vorbehalten
Umschlagmotiv: iStockphoto.com/franckreporter
Umschlaggestaltung: Nina Schäfer, nach einem Konzept von Leonardo Magrelli und Nina Schäfer
Umsetzung: Tobias Doetsch
Gestaltung Innenteil: César Satz & Grafik GmbH, Köln
Lektorat: Lothar Strüh
Druck und Bindung: CPI – Clausen & Bosse, Leck
Printed in Germany 2019
ISBN 978-3-7408-0527-2
Eifel Krimi
Originalausgabe

Unser Newsletter informiert Sie
regelmäßig über Neues von emons:
Kostenlos bestellen unter
www.emons-verlag.de

Dieser Roman wurde vermittelt durch die
Literaturagentur Lesen&Hören, Berlin.

Für Tine – auf die nächsten 25 Jahre

*Kein altes Übel ist so groß, dass es nicht
von einem neuen übertroffen werden könnte.*
Wilhelm Busch

Prolog

Die Schmerzen wurden immer unerträglicher. Zuerst waren es nur Spitzen gewesen. Wie Stromstöße. Wie lange war das her? Einen Tag, zwei? Eine Woche? Oder hatte er nur eine Stunde hier gelegen? Er konnte keinen klaren Gedanken fassen. Alles, was er über Zeit gewusst hatte, war von diesem flammenden Schmerz weggebrannt worden. Ein glühendes Eisen mitten in seinem Verstand.

Jetzt kamen die Wellen. Brandeten auf, schlugen mit ungezähmter Kraft von innen gegen seine Augenlider. Die Krämpfe nahmen ihm den Atem, erstickten seine Schreie, dämpften sie zu einem unablässigen Wimmern.

***

»Wie lange?«

Der Mann löste seinen Blick von dem körnigen Schwarz-Weiß-Bild der Kamera und schaute gelangweilt auf seine Uhr. »Zwei Stunden, elf Minuten. Er hat erstaunlich schnell die zweite Phase erreicht.«

»Wann brechen wir ab?«

Die Frage ließ den anderen aufhorchen. »Abbrechen? Wieso?«

»Unser Projekt wird aufgegeben, die wollen das jetzt so.«

»Im Ernst? Unmöglich, er ist seit Wochen der Erste, der so schnell Phase zwei erreicht hat.«

»Ich weiß das alles, aber ...«

»Nichts aber. Wir machen weiter.«

***

Auf seinen Armen entdeckte er sie sofort. Die Schmerzen waren wie weggeblasen. Jetzt, da er wieder klar denken konnte, sah er sie natürlich. Sie waren überall auf seinen Armen, ein paar sogar auf seinen nackten Beinen. Schwarzbraune, glänzende Käfer. Sie krabbelten über seine Haut. Nein, schlimmer noch, sie waren unter seiner Haut. Genau, da überall und nicht nur ein paar. Es … es waren Hunderte. Da und da … und da auch.

Sie wimmelten unter seiner Haut herum.

Mit einem Schrei sprang er auf. Nicht mit ihm! Nicht, solange er bei klarem Verstand war. Denen würde er es zeigen. Mit zwei schnellen Schritten war er an seinem Waschbecken, riss hektisch sein Rasierzeug aus dem Beutel. Die Drecksviecher hatten sich in seine Haut gebohrt, eingebrannt, reingefressen. Mit ihm nicht, nicht heute. Heute würde er die Käfer besiegen. In dem schalen Licht der Neonröhre funkelte sein Rasiermesser.

***

Die Schreie ließen den Mann vor dem Monitor zusammenzucken. Mit zitternder Hand notierte er gewissenhaft die Zeit: zwei Stunden, achtzehn Minuten. Hundertachtunddreißig Minuten, achttausendzweihundertachtzig qualvolle, nicht enden wollende Sekunden.

Neuer Rekord im Jahr 1975!

Campingplatz Pönterbach

Zu unserem Campingplatz führen verschiedene Straßen. Am Ende aber landen Sie immer auf einem kleinen einspurigen Feldweg, der zum Schluss nicht einmal richtig asphaltiert ist.

Man trifft hier grob gesagt zwei Sorten Menschen: Die einen steigen aus dem Auto, schauen sich um und fragen sich dann, wie zum Teufel man an einem Ort leben kann, wo es nicht einmal Handyempfang gibt und die nächste Karaokebühne verdammt weit weg ist. Die anderen dagegen steigen aus dem Auto, schauen sich um und verlieben sich in dieses Tal mit seinen alten Apfelbäumen und den sanft geschwungenen Wiesen, umgeben von Eichenwäldern.

Ich bin kein Einsiedler, Gott bewahre, aber ich habe genug große Städte erlebt, um mir ein Bild machen zu können. Und ich gehöre eindeutig zur zweiten Sorte.

Meine Mutter kam aus der Eifel. Mein Vater, bevor er uns sitzen ließ, war bei den US-Marines, weshalb mein Nachname englisch ausgesprochen wird: David. Solange ich denken kann, habe ich auf Militärstützpunkten gelebt, also in der Zeit vor dem Pöntertal. Ich war nicht nur eines dieser typischen Soldatenkinder, ich blieb auch beim Militär. Als Feldjäger und später als Sonderermittler einer NATO-Spezialeinheit. Keine schlechten Jobs, ich konnte mich nicht beschweren. Im Gegenteil, ich habe die Ermittlungsarbeit immer geliebt, die Herausforderung, ein Rätsel zu lösen. Bis auf einen Schlag Schluss war damit, genauer gesagt, mit einer Explosion mitten im Einsatz, die mich meinen linken Unterarm kostete. Immerhin konnte ich aber drei Menschenleben retten und kam selbst mit dem Leben davon. Vier Leben gegen einen Unterarm – in meinen Augen habe ich nicht das Recht, zu jammern.

Danach hat mir mein Arbeitgeber einen Deal angeboten. Statt Ermittlungen und Außeneinsätzen hätte ich einen Bürojob haben können. Wollte ich aber nicht. Ich wollte kein Getuschel hinter meinem Rücken, was für ein armer Kerl ich sei, keine mitleidigen Blicke, keine Schreibtischarbeit. Stattdessen trat ich das Erbe meines Onkels an und landete hier im Pöntertal als Mitinhaber eines Campingplatzes. Ich manage das Ganze zusammen mit meiner Tante Helga.

Mein Freund Kalle drängt mich schon seit Monaten, sozusagen freiberuflich meinen alten Job wiederaufzunehmen. Private Ermittlungen würden boomen, sagt er. Er muss es wissen, er ist Polizist. Ich weiß, dass ich es immer noch draufhabe. Aber private Ermittlungen? Bin ich schon so weit, all das hier ins Tal zu holen? Noch versteckt sich die Antwort im Frühnebel, der langsam die Hänge heruntergleitet. Aber wer weiß schon, wann der Nebel sich lichtet.

Marktplatz Andernach

Basti und Dennis hielten sich im Schatten der alten Mauer, schlichen vorwärts. War eigentlich nicht nötig, niemand würde sie entdecken. Sie waren Ninja-Krieger in der Nacht, Kämpfer, die niemand fassen konnte. Das Zeug ist echt der Hammer, ich hätte nie gedacht, dass ich dermaßen schnell sein würde, dachte Basti zufrieden.

»He, Basti, da vorne ist es. Geil, oder? Ich hab dir doch gesagt, das wird eine voll krasse Nummer.« Dennis bemerkte selbst im Halbdunkel, wie Basti ärgerlich das Gesicht verzog. »Sorry, Digger, wollte natürlich ›Devil‹ sagen.«

»Dann sag es auch, du Spast«, zischte Basti wütend. Mann ey, er hatte sich doch nicht einen coolen Nickname für seine tags ausgesucht, um dann immer wieder mit diesem Scheiß-Namen »Basti« angeredet zu werden. Wer hieß schon so? War allerhöchstens ein Name für 'nen Dackel, aber ganz sicher nicht für den All-City-King von Andernach. Seine Tags waren überall. Sogar in der Rhein-Zeitung hatten sie schon über den geheimnisvollen »Dead-Man« berichtet. Okay, es war nur ein kurzer Text gewesen, aber was wussten diese Gruftis von der Zeitung auch schon? In seiner Gang hatte das trotzdem irgendwie Eindruck gemacht. Und heute Abend würde er es allen endgültig beweisen. An so viel fame konnte keiner mehr kommen. All-City-King.

»Los, Dead-Man, ich will hier nicht Wurzeln schlagen.« Natürlich hatte Dennis die Hosen voll, der Schisser. War ja auch keine Kleinigkeit, die jetzt anstand. Die beiden rannten los, und noch im Laufen ließ Basti den Rucksack von seinen Schultern rutschen. Sie knieten vor den Steinen, das laute Klappern der Metallkugel in der Spraydose hallte über den Platz.

»Digger, mach mal leise«, zischte Dennis nervös. Basti hätte am liebsten laut gelacht. Warum sollte er leise sein? Sie waren doch unsichtbar, niemand konnte sie sehen oder hören, hatte Dennis das echt vergessen? Zufrieden sah er, wie die rote Farbe langsam den schwarzen Basalt überdeckte. Absolut irre. Er konnte sogar die kleinen Poren im Stein sehen, krass, das war supernatural, fast wie Röntgenblick. Die Farbe lief in die Löcher und dann ganz langsam wieder heraus. Scheiße, der Stein blutete. Basti schüttelte verwirrt den Kopf. Konnte ein Stein bluten? Klar konnte er, er sah es ja gerade vor sich. Neben ihm schrie jemand erschrocken auf.

War er nicht allein? Kacke, Dennis, den hatte er ja ganz vergessen. Dennis hatte geschrien. Oder vielleicht auch nur gestöhnt? Er folgte mit seinem Blick dem ausgestreckten Zeigefinger seines Kumpels. Oben auf dem Brunnen, da, wo sonst diese megadämlichen Steinfiguren hockten, diese Bäckerjungen-Loser, regte sich ein glänzendes schwarzes Etwas. Spitze Zähne leuchteten im trüben Licht der Laterne. Feuerrote, tote Augen starrten ihn an. Kein Wunder, dass der Stein blutete. Das Ding da oben war zum Sprung bereit. Basti ließ die Spraydose fallen, strauchelte, fiel nach hinten und robbte auf dem Rücken weiter. Nur weg von hier, egal wie.

»Dead-Man, Scheiße, siehst du das auch? Die haben den Stein ausgetauscht. Das ist kein Stein, das ist Haut. Gott, ich glaube, es lebt.« Dennis rannte an ihm vorbei, trat mit voller

Wucht auf seine Hand. Basti brüllte, ein sehr lautes Knacken in seiner Hand und ein heftiger, stechender Schmerz lenkten ihn für einen Moment ab. Das Ding oben auf dem Brunnen wandte sich zischend zu ihm um. Gott, es kann mich sehen. Shit, es hat die Macht, mich zu sehen. Hätte ich doch nur nicht geschrien.

Basti wusste, dass er tot war. Vor diesen Zähnen gab es kein Entkommen. Dennis, der Loser, war weg. Basti rollte sich auf den Bauch. Heißer, stinkender Atem traf ihn von hinten. Irgendetwas Spitzes grub sich dabei in seine Schultern. Basti verkrampfte sich, legte die Hände schützend über seinen Kopf und weinte.

Campingplatz Pönterbach

»Paul? Junge, was machst du denn hier draußen? Weißt du eigentlich, wie früh es noch ist?«

»Guten Morgen, Helga. Ich wollte dich nicht erschrecken, ich konnte nur nicht mehr schlafen. Da dachte ich, es gibt Schlimmeres, als mit einem Becher Kaffee in der Hand den Sonnenaufgang im Pöntertal mitzuerleben. Und du bist ja schließlich auch schon auf den Beinen.«

»Vielleicht komme ich ja mit wenig Schlaf aus.« Helga lächelte verschmitzt. »Oder vielleicht wollte ich meinem Neffen anlässlich seines Geburtstags Frühstück machen, wurde dann aber von einer lauten Espressomaschine darauf hingewiesen, dass er schon auf den Beinen ist.«

Ich hatte keine Ahnung gehabt, dass meine Kaffeemaschine einen solchen Krach verursachte. Das hätte mir Helga auch mal früher verraten können. Schuldbewusst dachte ich an all die Nächte, in denen ich mir noch einen späten Espresso gegönnt hatte, von den Tassen Milchkaffee vor dem Morgentraining um sechs Uhr früh ganz zu schweigen.

Helga sah meine Verlegenheit und tätschelte lächelnd meinen gesunden rechten Unterarm. »Schon gut, Paul, du musst dir keine Gedanken machen. Normalerweise habe ich einen tiefen und gesunden Schlaf, da könntest du in deiner Wohnung Stepptanz üben, und ich würde oben nichts hören. Nur heute war es eben anders. Vielleicht liegt es ja daran, dass wir Vollmond haben.«

Helga setzte sich zu mir auf die Bank. Sie lehnte ihren Kopf leicht gegen meine Schulter und schaute schweigend dabei zu, wie die Frühlingssonne den Morgennebel von den taunassen Wiesen vertrieb. Ohne Zweifel war das Pöntertal ... na ja, ich würde sagen, ruhig, ein Ort zum Durchatmen.

»Wie friedlich so ein Tag beginnen kann«, murmelte sie, hob den Kopf und küsste mich auf die Wange. »Alles Gute zum Geburtstag, Paul.« Helga lehnte sich wieder an meine Schulter und schwieg. Mit Helga konnte man gut zusammen schweigen. Etwas, was ich sehr an ihr schätzte.

Schon früher in den Sommerferien hatten wir oft schweigend nebeneinandergesessen, jeder für sich mit seinen Dingen und Gedanken beschäftigt. Die Stille dabei war nie bedrückend oder unangenehm gewesen. Bei meiner Mutter hatte ich immer das ungute Gefühl gehabt, dass sie verärgert sei, wenn sie einmal schwieg. Und Vater fraß jeden Ärger schweigend in sich hinein.

Schon als Teenager war ich lieber hier im Pöntertal gewesen als bei meinen Eltern. Helga hatte es geschafft, wie sie selbst sagte, nie die Tante heraushängen zu lassen. Trotzdem war es Helga und ihrem Mann, meinem Onkel Hans, gelungen, mich mehr zu erziehen, mir mehr Maßstäbe für mein eigenes Handeln mit auf den Weg zu geben, als beispielsweise mein Vater es je geschafft hatte.

Ohne Helga und Hans wäre ich nicht der geworden, der ich bin. Was für seltsame Gedanken einem frühmorgens durch den Kopf schießen. Mit Vorliebe am eigenen Geburtstag.

Ich schaute zur Seite. Helga hatte im letzten Jahr schon ihren siebenundfünfzigsten Geburtstag gefeiert, aber diese kleine Frau mit ihren grauen kurzen Haaren war ein wahres Energiebündel.

»Hast du schon Pläne für heute?«, fragte sie leise.

»Du meinst, außer den Rasen der Zeltwiese zu mähen?« Statt einer Erwiderung boxte sie mich in die Seite.

»Autsch, du musst mit deinem Neffen behutsam umgehen, liebste Tante.«

»Nenn mich noch einmal Tante, und ich zeige dir, zu welchem rechten Haken ich noch fähig bin, Paul David.« Ein leises Kichern folgte dieser wahrhaft furchteinflößenden Drohung.

»Wahrscheinlich wolltest du wissen, welche Festlichkeiten geplant sind? Also: Offiziell ist gar nichts geplant, aber inoffiziell weiß ich, dass Kalle, Steffen und Bonzo nebst Gattin hier auftauchen werden. Und weil ich das weiß, werde ich heute Nachmittag Salat schneiden und einen großen Nudelauflauf vorbereiten. Zum Nachtisch kann es dann noch Eis geben, davon haben wir genug im Lagerraum.«

»Ihr könntet auch den Grill im Blockhaus anmachen, dann sind wir auch für Freitag sicher, dass er funktioniert.«

»Ach, Helga, stimmt. Das hab ich ja ganz vergessen.«

Im vergangenen Herbst hatten Kalle und ich das alte Blockhaus des Campingplatzes renoviert. Das große Holzhaus, in dem ein breiter gemauerter Grill stand, bot Platz für gut dreißig Gäste. Wir hatten den Abzug neu gebaut und eine elektrische Lüftung installiert, damit die Grillkohle schneller durchglühte.

Der Campingplatz war das ganze Jahr über gut belegt, und Helga hatte vor, nun im Blockhaus regelmäßig Programm anzubieten. Für Freitagabend war der Start in die Grillsaison geplant.

»Wenn ihr den Grill nicht heute Abend testen wollt, dann musst du ihn eben morgen oder übermorgen ausprobieren. Ich möchte nur nicht, dass wir mitsamt unseren Gästen geräuchert werden, weil der Kamin nicht zieht. Um den Rest kümmere ich mich schon. Wurst, Fleisch und Brötchen hole ich am Freitag früh beim Metzger in Eich ab, und die Getränke werden schon morgen geliefert.«

»Ja, die Kästen können in den Kühlraum, da habe ich einen Platz freigeräumt«, bestätigte ich.

»Na bitte, dann haben wir doch alles. Ich werde noch eine große Schüssel Kartoffelsalat machen, und Koslowskis haben zugesagt, ebenfalls zwei Salate mitzubringen.«

Rosa und Klaus Koslowski waren mit ihrem großen Wohnmobil mittlerweile so etwas wie Stammgäste. Sie hatten mir im letzten Jahr bei einem Fall sehr geholfen und waren dafür mit einem freien Stellplatz auf Lebenszeit belohnt worden. Jetzt im Frühling hielt die beiden nichts mehr im Ruhrgebiet.

»Wenn Rosa und Klaus dabei sind, kann ja nichts schiefgehen«, sagte ich grinsend.

»Wir haben sogar schon fünfzehn weitere Anmeldungen.« Sie tätschelte wieder meinen Arm. »Ich gehe mal rein und mach uns Frühstück, magst du Rührei?«

Wäre mir an normalen Tagen zu viel gewesen, aber heute war ja kein normaler Tag.

»Gern, Helga.«

»Dann solltest du in spätestens zehn Minuten oben sein.«

Polizeiinspektion Andernach

Polizeikommissarin Tanja Dievenbach stieg aus ihrem Yeti und streckte sich. Sie war heute früh schon ihre Fünf-Kilometer-Runde gelaufen, hatte kurz im elterlichen Pferdestall ihre Lieblingsstute gefüttert und sich dann auf den Weg zum Dienst gemacht. Der Rücken tat ihr immer noch weh. Dieser Idiot.

Musst du halt beim nächsten Mal besser aufpassen, ermahnte sie sich selbst.

»Morgen, Ralf, na, alles klar?«

Im Flur kam ihr Polizeioberkommissar Ralf Welter-Drohmke entgegen. Tanja hatte in den letzten Monaten gelernt, bei ihm auf äußerliche Zeichen zu achten: schlechte Rasur, Ringe unter den Augen, missmutiger Zug um den Mund. Das alles waren Warnsignale, dass Kollege Ralf a) schlecht gelaunt und b) total unausgeschlafen war. Meistens ging beides Hand in Hand. Im Grunde war Ralf ein herzensguter Mensch und ein engagierter Polizist, aber seit er und seine Frau Zwillinge bekommen hatten, hinterließen Schlafmangel und Dauerstress mit diversen Kinderkrankheiten ihre Spuren.

Heute war offenbar ein guter Tag, bemerkte Tanja, denn Ralf lächelte ihr fröhlich entgegen.

»Hallo, Tanni, du bist aber früh dran.«

Tanja hatte nicht darum gebeten, »Tanni« genannt zu werden. Zum Glück war es bislang auch nur Ralfs Idee, sie so zu nennen. Sollte das in der Dienststelle einreißen, würde sie wohl ein Machtwort sprechen müssen.

»Du bist aber gut gelaunt.«

»Ja, Franziska und Meike sind für drei Tage bei ihrer Oma an der Mosel. Ich sag dir, das ist der Hammer. Ich glaube, ich habe eine gefühlte Ewigkeit nicht mehr so viele Stunden am Stück durchgeschlafen. Gestern haben Anne und ich etwas total Verrücktes getan –«

»Aus, aus, aus«, lachte Tanja, »ich will keine pikanten Details deines Liebeslebens wissen. Das kannst du dir für das Männergespräch mit Kalle und Sascha aufheben.«

»Pikante Details? Bist du bekloppt? Anne und ich haben um acht die Tagesschau geguckt, zusammen und ohne Unterbrechung, dann ein Glas Sekt getrunken und dann … um genau neun Uhr das Licht ausgemacht und sind eingeschlafen. Bis um sechs Uhr heute Morgen, neun lange Stunden. War das schön!«

Tanja verdrehte die Augen. »Okay, solche schlüpfrigen Details darfst du mir auch künftig erzählen.«

»Mach ich, Tanni. Siehst übrigens gut aus, neues Make-up, andere Ohrringe?«

»Mensch, Ralf, ich habe die Haare abgeschnitten.«
»Echt? Stimmt! Die waren sonst eher so ...« Ralf machte mit der flachen Hand eine unbestimmte Bewegung zwischen Schulter und dem oberen Rand der Ohrmuschel.
»Ja genau, Ralf, so lang waren die ungefähr.« Tanja schüttelte immer noch lächelnd den Kopf, als sie ihren Kollegen auf dem Flur stehen ließ, um sich einen Kaffee zu holen. Polizisten sollten doch angeblich ein geschultes Auge für Äußerlichkeiten haben, aber im Kollegenkreis waren nur Männer wie Ralf, für die ein Haarschnitt wie der andere aussah. Anderes Make-up, neue Ohrringe – pah. Sie streckte sich wieder. Wenn das nicht besser würde, musste sie doch noch zum Arzt.
»Guten Morgen, Tanja. Mensch, ich hätte dich von hinten ja fast nicht wiedererkannt.«
Karl-Günther Seelbach, von allen nur Kalle genannt, lehnte im Türrahmen und schaute sie bewundernd an.
Immerhin hat er was gesehen, dachte Tanja, eins zu null für Kalle.
»Du, das sieht aber mal richtig gut aus. Ich meine, die schulterlangen Haare waren auch okay, aber der Pixie-Cut mit dem langen Deckhaar und den kurz geschnittenen Seiten ... cool. Da kommt das Blond auch ganz anders zur Geltung. Ich mag ja dieses ganz helle Blond, das passt zu deinen Sommersprossen. Da war aber ein Profi am Werk. Jetzt musst du nur daran denken, Spezialshampoo und Conditioner zu verwenden.«
Tanja starrte ihren Kollegen mit offenem Mund an. Hatte Kalle das gerade wirklich alles gesagt, oder hatte sie Halluzinationen?
»Was denn? Hast du noch nie einen Mann gesehen, der eine Frisur erkennt?«
»Äh, ehrlich jetzt? Nein! Frag mal Ralf. Der würde nicht mal zusammenzucken, wenn ich eine Papiertüte auf dem Kopf tragen würde.«
Kalle grinste von einem Ohr zum anderen. »Geschenkt! Kollege Ralf ist ein bedauerlicher Sonderfall. Nein, du darfst nicht vergessen, dass meine Schwester als Stylistin in Köln

arbeitet. Ich hab mit ihr für ihre Prüfung geübt. Da bleibt natürlich einiges an profundem Halbwissen hängen, mit dem man nette Kolleginnen frühmorgens aus der Fassung bringen kann.«

»Kalle Seelbach, du überraschst mich doch immer wieder.« Tanja öffnete die Tür eines Hängeschranks, um nach der Vorratspackung Würfelzucker zu angeln, und stöhnte auf.

»Tanja, was ist los? Ach, ich weiß schon, der Idiot vorgestern.«

Tanja rieb sich die Nieren und nickte. »Ich hätte halt aufpassen müssen.«

Kalle wiegte den Kopf. »Ich würde mal sagen, unser lieber Sascha hätte auch aufpassen können.«

Tanja und Sascha waren zu einem Einsatz gefahren. Jemand hatte die Polizei angerufen, ein paar Jugendliche seien dabei, den Runden Turm vollzuschmieren. Der mittelalterliche Wehrturm war ein Wahrzeichen der Stadt, da waren Graffitis nicht gern gesehen.

»Ich hätte halt auf Sascha warten müssen, aber ich wollte den Kerl unbedingt erwischen«, erklärte Tanja.

»Von wegen – ich kenn doch die Story von Sascha. Ihr seid angekommen, ein Typ ist weggelaufen. Sascha hatte keine Lust auf einen Spurt und ist in aller Seelenruhe neben den beiden Knaben stehen geblieben, die zu blöd waren, wegzurennen.«

»Na ja, ich hab mich ja auch nicht gerade mit Ruhm bekleckert. Als ich durch den Torbogen der Stadtmauer gerannt bin, habe ich einen Schlag von der Seite abbekommen. Ich bin gestolpert und hingeknallt. Vom Boden aus konnte ich nur noch sehen, wie zwei Gestalten quer über den Parkplatz im Dunkel verschwanden.«

»Wenn du meine Meinung hören willst, dann hätte Sascha deinen Part übernehmen müssen. Wer gibt denn immer damit an, dass er Halbmarathon läuft? Tut es sehr weh?«

»Der hat mit einem Rucksack voller Spraydosen zugeschlagen. Am meisten schmerzt aber mein Ego, das kannst du mir glauben.«

Kalle griff an Tanja vorbei, holte den Zucker oben aus dem Schrank und hielt ihr die Packung hin. »Da, bitte schön.«
»Danke, Kalle. Ich werde –« Tanja wurde von Ralf unterbrochen, der in die Kaffeeküche platzte.
»Da bist du ja noch, Tanni. Oh, hi, Kalle. Hört mal, ich hatte gerade einen aufgeregten Arzt aus dem Krankenhaus am Telefon. Der hat einen jungen Sprayer mit merkwürdigen Symptomen und einer gebrochenen Hand in Behandlung.«
Tanja und Kalle wechselten einen kurzen Blick.
»Wie hoch stehen die Chancen, dass in einer so kleinen Stadt verschiedene Gruppen von Sprayern unterwegs sind?«, fragte Kalle grinsend.
»Wenn er nicht dabei war, weiß er vielleicht immerhin, wer ansonsten dazugehört. Das kriegen wir raus, so viel bin ich dem blauen Fleck auf meinem Rücken schuldig. Ralf: Kalle und ich übernehmen das.«

Campingplatz Pönterbach

In den letzten beiden Jahren hatte ich hier auf dem Campingplatz keinen großen Bedarf an ausgefeilter Technik gehabt. Mir reichte Onkel Hans' alter Laptop. Meinem Kumpel Steffen trieb dieser Computer immer die Tränen der Verzweiflung in die Augen. Nun muss ich zu meiner Verteidigung sagen, dass das mit Steffen oft so war. Meistens konnte er, der im Computer-Olymp zu Hause war, gar nicht fassen, mit was für veralteten Geräten wir Normalsterblichen unsere Zeit verschwendeten.
Aber meinen Ansprüchen genügte der Rechner.
Steffen hatte für mich Skype installiert. Unter Protest. Der Preis für seine Hilfe waren ein paar Witze auf meine Kosten. So was wie: »Denk immer daran, Kohlen bei dieser Möhre nachzulegen, sonst wird das Bild schwächer.«

Ich hatte also Skype, und es gab nur einen einzigen Menschen, der mich darüber kontaktierte: meine Freundin Susanne Winkler. Oder Ex-Freundin? Wenn ich das nur so genau wüsste. Unser Beziehungsstatus war … unklar.

Das lag nicht an mir. Falsch. Es lag schon auch an mir – und daran, dass Susanne endlich ihren Traumjob hatte. Susanne lebte und arbeitete als freie Journalistin in Frankfurt. Nun wollte ich nicht nach Frankfurt ziehen, und sie konnte es sich beruflich nicht erlauben, hier in der Osteifel zu wohnen. Susanne hatte ein paar wirklich gute Storys geschrieben, die bundesweit für Aufsehen gesorgt hatten. Jetzt arbeitete sie für die Großen der Branche. Sie trat damit in die Fußstapfen ihres verstorbenen Bruders, der zwei Pulitzer-Preise gewonnen hatte. Susannes Karriere-Rakete zündete gerade die nächste Hauptstufe.

Also lebte jeder von uns sein Leben. Und irgendwann vor ein paar Monaten war der Punkt gekommen, da war das gegenseitige Besuchen mehr zum Pflichtprogramm geworden. Wir waren eine Zeit lang unseren Weg zusammen gegangen, bevor Susanne einen Sprint eingelegt hatte, nur dass ich nicht mitrennen wollte.

Ende letzten Jahres hatte sie von der UN-Klimakonferenz in Lima berichtet. Sie blieb in Südamerika. Wo sie zurzeit steckte, wusste ich nicht genau. Was ich wusste, war, dass ein gewisser Steve von der New York Times auffällig häufig in ihren Nachrichten vorkam. Hey, man musste kein Genie sein, um zu erkennen, was sich da anbahnte.

Beziehungsfrust am Geburtstag, das lag mir nicht. Also versuchte ich, nicht über Dinge zu grübeln, die ich sowieso nicht ändern konnte. Klappte ganz gut, bis zu dem Moment, wo Susannes schmales Gesicht auf meinem Laptop auftauchte. Sie hatte schon vorher geschrieben, dass sie sich um zehn Uhr deutscher Zeit via Skype melden wollte, und sie war pünktlich.

Selbst in dieser pixeligen Auflösung sah sie umwerfend aus. Susanne erinnerte mich immer an die junge Sandra Bullock, nur dass sie mittlerweile ihre Haare kürzer trug.

»Hi, Paul! Herzlichen Glückwunsch zum Geburtstag. Wie geht es dir? Schmeißt du heute Abend eine Party und lässt das Pöntertal beben?«

»Hi, Susanne, ich glaube kaum, dass es mir gelingen wird, die Bude hier zu rocken. Wo steckst du denn gerade?«

»Ich? Ich bin jetzt in Mexiko, ich bleibe noch drei Tage in Mexiko-City und fliege dann nach New York. Ich soll für den SPIEGEL von der UNO berichten.«

»Dann sind die Aussichten ja nicht sehr groß, dass wir uns in den nächsten Wochen sehen werden.«

Ich hatte mir wirklich vorgenommen, keine Verbitterung zu zeigen. Susanne hatte ein Recht auf ihr eigenes Leben und ihren Erfolg. Sie besaß aber ein sehr feines Gespür für Stimmungen.

»Ach, Paul, du weißt doch auch ... ich meine, wir hatten eine wirklich tolle Zeit zusammen, aber ...«

Wir hatten eine tolle Zeit – für sie war unser Beziehungsstatus also klar, dachte ich.

»Wir sollten uns beide besser an den Gedanken gewöhnen, dass wir gute Freunde sind, aber nicht mehr. Ist es das, was du sagen wolltest?«

In Susannes Augen schimmerte es feucht, und ich selbst hatte einen Kloß im Hals. So ein Gespräch sollte man von Angesicht zu Angesicht führen, wenn man den anderen dabei in den Arm nehmen kann, und nicht über eine Internetleitung. Aber jetzt war das Thema auf dem Tisch. Wir waren lange genug um eine Entscheidung herumgeschlichen.

»Gute Freunde – das wäre das Ziel. Ich könnte mir ein Leben ohne dich schwer vorstellen. Will ich auch gar nicht, nicht nach allem, was wir durchgemacht haben. Aber es ist nicht mehr das, was es mal war.«

»Nein, wohl nicht.«

»Paul, ich weiß, dass das jetzt völlig unpassend ist, aber ... ich ... ich habe nicht viel Zeit. Ich wollte dir eigentlich nur schnell gratulieren.« Sie lächelte wehmütig. »Hier ist es drei Uhr früh, und ich werde in knapp zwei Stunden von einem

Fahrer abgeholt. Ich muss unbedingt noch ein bisschen schlafen.«

»Schon gut, es war schön, dass du dich gemeldet hast.«

»Richte Helga bitte Grüße aus. Natürlich auch Kalle und den anderen. Ich ... ich umarme dich.«

Susannes Bild fror ein, und die Verbindung wurde getrennt.

»Ich umarme dich auch«, murmelte ich. Entschlossen klappte ich den Laptop zu.

»Paul? Paul, könntest du mir gerade –«

Helga stand in der Tür meiner Wohnung. Sie sah den Laptop, mein Gesicht, und sie wusste von dem angekündigten Anruf. Das genügte ihr, um die richtigen Schlüsse zu ziehen.

»Ach, Paul, es tut mir leid. Im Grunde deines Herzens wusstest du es schon länger, nicht wahr?«

Ich nickte nachdenklich. »Ja, Helga, und jetzt ist es ausgesprochen.«

»Etwas auszusprechen ist immer besser.«

Ich gab mir einen Ruck. Jackie Chan hatte einmal gesagt: »Das Leben zwingt uns oft auf den Boden, aber du kannst entscheiden, ob du liegen bleibst oder wieder aufstehst.« Ich war einfach nicht der Typ fürs Liegenbleiben.

DRF-1

»*Und nun zu den Meldungen aus Ihrer Region.*

Mayen. Die mutwillige Zerstörung des Marktbrunnens sorgt immer noch für Aufregung in der Bevölkerung. Unbekannte hatten in der Nacht von Samstag auf Sonntag die Ausläufer des Brunnens mit Bauschaum verschlossen, Metallteile verbogen und die Mauern mit Graffiti versehen. Wie ein Sprecher der Stadt in einer ersten Stellungnahme bestätigte, belaufen sich die Kosten für die Beseitigung der Schäden auf mehrere tausend Euro. Der Marktbrunnen in Mayen wurde

1813 errichtet und nach dem Zweiten Weltkrieg mehrfach aufwendig restauriert. Von den Tätern fehlt bislang jede Spur. Gibt es hier möglicherweise einen Zusammenhang mit den Graffitis am sogenannten Erlenbrunnen? Diese Quelle zwischen Bell und Mendig wurde vor gut zwei Wochen verunstaltet. Auch hier waren Unbekannte mit Bauschaum und Farbdosen am Werk.
Ein Polizeisprecher bestätigte uns auf Anfrage, dass man beide Fälle im Blick habe, es sich aber wahrscheinlich bei dem Marktbrunnen in Mayen um Nachahmungstäter handele. In beiden Fällen wurde Strafanzeige wegen Sachbeschädigung und Vandalismus gegen unbekannt erstattet.«

St. Nikolaus-Stiftshospital/Andernach

Tanja und Kalle warteten am Informationsschalter des Krankenhauses. Neugierig wurden sie von etlichen Patienten gemustert, die in Bademantel, Sporthosen und Hausschuhen durch den Haupteingang nach draußen strebten, um dort eine schnelle Zigarette zu rauchen oder einfach nur auf einer der Bänke in der Frühlingssonne zu dösen. Tanja stieß Kalle an.
»Schau mal, ich glaube, da kommt unser Doc.«
Von den Aufzügen kam ihnen ein Arzt entgegen, suchte den Blickkontakt und lächelte sie an.
»Entschuldigen Sie bitte, dass Sie warten mussten. Ich bin noch aufgehalten worden. Zunder. Dr. Jakob Zunder.«
»Meine Kollegin Polizeikommissarin Dievenbach. Und ich bin Polizeioberkommissar Seelbach«, sagte Kalle.
»Hätten Sie beide etwas dagegen, wenn wir uns draußen in die Sonne setzen? Ich bin jetzt schon seit einer kleinen Ewigkeit auf den Beinen und würde mich wirklich über ein wenig Sonnenlicht freuen.«
Kalle musterte Zunder. Der Arzt trug seine langen braunen

Haare zurückgekämmt, was die Geheimratsecken deutlich hervorhob. Eine schmale Lesebrille mit hellrotem Gestell baumelte an einem Band um seinen Hals. Sie war der einzige Farbfleck an dem ansonsten in Weiß gekleideten Mediziner.

Kalle wechselte einen kurzen Seitenblick mit Tanja, die zuckte nur kurz mit den Schultern, was Kalle als Zustimmung auslegte.

»Natürlich. Vorausgesetzt, dass wir draußen auch ungestört miteinander sprechen können«, sagte er.

»Ich glaube kaum, dass es bei mir um sensible Patientendaten geht.« Zunder deutete eine kleine Verbeugung gegenüber Tanja an und wies mit der flachen Hand zum Haupteingang. »Bitte, Frau Kommissarin, nach Ihnen.«

Tanja bedankte sich mit einem Lächeln und steuerte draußen eine der leeren Bänke an, die möglichst weit von den übrigen Patienten entfernt stand.

Zunder setzte sich und streckte die Beine mit einem leisen Seufzen aus.

»Ah, ja. Ob Sie es glauben oder nicht, aber als ich so alt war wie Sie beide, haben mir die Nachtschichten noch nichts ausgemacht. Heute dagegen fühle ich mich nach so einer Nacht wie ein alter Mann.«

Kalle schätzte den Arzt auf höchstens zehn Jahre älter, allerdings fielen ihm hier in der Morgensonne auch die fahle Hautfarbe und die dunklen Ringe unter den Augen auf. Zunder war also tatsächlich erschöpft und kokettierte nicht gegenüber Tanja mit seinem Alter.

»Herr Dr. Zunder, Sie haben bei uns angerufen, weil Sie einen verdächtigen Patienten haben«, begann Kalle.

»Nein, da muss ich Sie korrigieren. Der Patient ist nicht verdächtig, nur die Begleitumstände seiner Einlieferung.« Zunder lächelte schief.

»Dann erzählen Sie doch am besten einfach von vorne«, bat Tanja.

»Also heute früh so gegen vier haben ein paar Frühaufsteher den Notruf angerufen. Die Kollegen sind zum Marktplatz gefahren und haben dort neben dem Bäckerjungenbrunnen einen jungen Mann gefunden, der lag der Länge nach auf dem Bauch, hielt sich die Ohren zu und weinte hemmungslos. Er war nicht ansprechbar, Ringfinger und Mittelfinger der rechten Hand waren gebrochen, also brachten sie ihn zu mir in die Notaufnahme.«

»Sie sagten gerade, der Mann sei nicht ansprechbar gewesen? Auch nicht, nachdem er bei Ihnen eingeliefert worden war?«

»Also das Weinen ging recht schnell in einen Wutausbruch über, und zwar so heftig, dass wir uns gezwungen sahen, ihm ein Beruhigungsmittel zu spritzen. Er hätte sonst sich selbst und andere verletzt.«

»Waren da Alkohol oder Drogen im Spiel?« Kalle hatte sich ein paar Notizen gemacht und schaute jetzt von seinem Block hoch.

»Sehen Sie, deshalb habe ich bei Ihnen angerufen. Normal ist das ja nicht, dass ein junger Mann auf dem Boden liegt und wie ein Schlosshund heult. Und bei seinem Tobsuchtsanfall hatte ich auch nicht das Gefühl, dass er gezielt mich oder die Schwestern angriff. Ich habe genug Drogenfälle erlebt. Für mich wirkte es so, als wüsste er nicht einmal, wo er war. Ja, das alles sah nach Drogenmissbrauch aus. Doch jetzt kommt das ganz große Aber. Wir haben einen Drogenschnelltest mit Speichel durchgeführt. Der Mann ist absolut clean. Keine Drogen, kein Alkohol, der hat nicht mal ein Pfefferminzbonbon gelutscht. Den Laborbefund des Bluttests werde ich natürlich erst in vierundzwanzig Stunden haben, aber das Ergebnis des Schnelltests in Kombination mit diesem Verhalten hat mich dann doch sehr überrascht.«

»Können wir mit ihm sprechen?«, fragte Tanja.

»Nein, im Moment schläft er. Aber sobald er wach ist, werde ich oder ein Kollege Sie informieren.«

»Hatten Sie in der letzten Zeit schon einmal einen vergleichbaren Fall?«

»Nein, Herr Seelbach. Aber wie gesagt, ich dachte, die

Umstände sind ausreichend merkwürdig, um Sie zu verständigen.«

»Gut, herzlichen Dank.« Kalle steckte den Block ein und stand auf. Tanja folgte seinem Beispiel.

»Ach ja, eines habe ich noch vergessen, auch wenn das mit der aktuellen Situation meines Patienten nichts zu tun hat.«

»Ja, Herr Doktor?«

»Der Mann hat auf beiden Beinen schmale Schnitte, ich schätze, ein gutes Dutzend oder mehr. Alle nicht länger als drei, vier Zentimeter. Ich schätze, die sind bestimmt schon zwei, drei Wochen alt.«

»Irgendeine Erklärung für die Schnitte, ein Arbeitsunfall oder etwas Ähnliches?«, fragte Tanja.

»Nein, dafür waren sie zu regelmäßig. Es gibt ja Patienten, die sich selber ritzen, aber in der Menge an den Beinen ... hmm, ich kann mir darauf keinen Reim machen. Ich würde auf jeden Fall unsere Psychologin bitten, mit dem Mann zu sprechen, sobald er wieder wach ist.«

**

»Was hältst du davon?«, fragte Kalle Tanja, als sie durch den kleinen Park an der Ruine der kurfürstlichen Burg zurück zur Polizeiinspektion gingen.

»Für mich klingt das schwer nach Drogen, auch wenn der Speicheltest etwas anderes sagt. Wir sollten noch kurz zum Marktplatz rübergehen. Vielleicht haben die Notfallsanitäter ja etwas übersehen, was uns weiterhelfen kann.«

»Gute Idee«, sagte Kalle.

**

Fünf Minuten später inspizierte er den Bäckerjungenbrunnen. »Na, weit ist er ja nicht gekommen, unser kleiner Künstler.«

Tanja trat näher und musterte den angefangenen Schriftzug.

»Der Farbton passt zu den Graffitis am Friedhof. Warte mal.« Tanja zog ihr Smartphone aus einer Tasche ihrer Cargohose und öffnete die Bildergalerie. »Hier, schau mal.« Sie hielt das Smartphone neben den Basaltstein des Brunnens.

»Wo ist das?«, fragte Kalle.

»Das ist eine der Schmierereien auf dem Friedhof. Hier unten«, sie vergrößerte mit zwei Fingern die Aufnahme, »siehst du, dass der Spiralbogen an dem tag ›Dead-Man‹ mit dem Anfangsbogen auf dem Stein nahezu identisch ist. Ich würde mal sagen, wir haben unseren Sprayer gefunden.«

»Meinst du, unser Freund ist auch für deinen blauen Fleck auf dem Rücken verantwortlich?«

»Ich befürchte, das werden wir ihm nur schwer nachweisen können. Ich hab ihn ja nicht einmal richtig gesehen. Aber sollte er dahinterstecken, kann er sich auf was gefasst machen.«

***

Zur selben Zeit schenkte sich Jakob Zunder einen großen Becher Kaffee ein. Mit einem leichten Schaudern sah er die öligen Schlieren auf der Oberfläche. Was gäbe er jetzt für einen Cappuccino mit geschäumter Milch und einer Prise Zartbitterkakao. Zunder schaute auf die Uhr. Noch zwei Stunden Schreibarbeit in seinem Büro, dann hatte er frei. So lange musste diese gut durchgezogene Plörre hier im Becher reichen. Er trank einen Schluck und schüttelte sich kurz. Egal, besser als nichts.

»Dr. Zunder!« Ein junger Pfleger stand heftig atmend in der Tür. Zunder kannte ihn nur vom Sehen, weil er erst seit einer Woche im Krankenhaus arbeitete. »Ja, was gibt es denn?«

»Schwester Katrin schickt mich, es geht um den Patienten in 317.«

Zunder wunderte sich, dass die Stationsschwester ihn nicht einfach über das interne Pager-System informiert hatte.

Zunder goss den Kaffee in den Ausguss. Er hätte ihn ja gern

mitgenommen, aber ein Arzt mit einem Kaffeebecher in der Hand, der über die Flure läuft und sich womöglich noch mit Kaffee bekleckerte ... nee, besser nicht.

»Ich komme direkt mit.«

Vor der Tür des Zimmers 317 standen zwei weitere Schwestern und tuschelten aufgeregt miteinander. Respektvoll traten sie zur Seite und gaben Zunder die Tür frei. Der junge Mann mit den gebrochenen Fingern war der einzige Patient im Zimmer 317. Die beiden Betten rechts und links von ihm waren derzeit nicht belegt.

Katrin Plauer war eine erfahrene Krankenschwester, und Zunder schätzte ihre Besonnenheit und ihren Humor, doch jetzt sah sie todernst und schreckensbleich aus.

»Was ist denn los, Katrin? Er sieht doch ganz ruhig aus.«

»Jakob, er ist tot.«

Die Krankenschwester trat zur Seite und gab jetzt den Blick auf den Patienten frei. Jakob Zunder traute seinen Augen nicht. Blut, überall war Blut. Es war aus der Nase gelaufen, aus dem Mund, sogar aus den beiden Augen hatte der Patient geblutet. Lange, dünne Rinnsale zogen sich wie makabre Tränenspuren die Wangen entlang. Zunder räusperte sich. »Ruf bitte die Kriminalpolizei in Koblenz an und informiere bitte auch Polizeioberkommissar Seelbach bei der Andernacher Polizei. Ich möchte, dass dieses Zimmer sofort versiegelt wird. Hast du den Patienten angefasst?«

»Ja, aber nur kurz, er war schon tot, aber ich habe natürlich den Puls kontrolliert.« Zunder wollte schon etwas sagen, als sie nachschob: »Und ich habe Handschuhe getragen.« Katrin warf einen nervösen Seitenblick auf den Mülleimer in der Ecke.

»Gut, der Mülleimer darf dieses Zimmer nicht verlassen.«

»Aber warum?« Zunder hörte die Panik in Katrins Stimme. Eine Panik, die er selbst gerade in sich aufsteigen spürte. Das hier war Andernach, Andernach am Rhein, nicht Westafrika. Verdammt, der Kerl hatte nicht einmal erhöhte Temperatur gehabt, geschweige denn Fieber. Aber was wusste er schon über eine Krankheit, die bislang Tausende von Kilometern vom Rhein entfernt wütete? Er war auf so etwas nicht vorbereitet. Dennoch hatte er nun einmal die Verantwortung, zumindest vorerst.

»Gut, niemand fasst diesen Patienten an.«
»Aber Jakob ...«
»Niemand, habe ich gesagt. Mir fallen nicht viele Erkrankungen ein, bei denen Patienten aus allen Körperöffnungen bluten. Bitte informiere die Krankenhausleitung, das Büro soll auch das Gesundheitsamt anrufen.«

So ein Scheiß, dachte Zunder, ich habe überhaupt keine Ahnung, wen man noch ansprechen oder warnen muss. Darüber sollten sich andere den Kopf zerbrechen. Himmel, die Blutprobe. Er atmete einmal tief durch. Hoffentlich hatte er nichts vergessen. Für so etwas war er einfach nicht ausgebildet.

»Katrin, ruf auch das Labor an, die sollen die Blutprobe, die wir geschickt haben, nicht anrühren. Versiegeln und sichern. Und was Polizei und Verwaltung betrifft, die sollen sich verdammt noch mal beeilen. Sag ihnen, wir haben hier möglicherweise einen akuten Fall von Ebola.«

Campingplatz Pönterbach

»Ebola? Im Ernst jetzt, in Andernach? Ich glaub's ja nicht.« Steffen schaute Kalle zweifelnd an.

Meine beiden Freunde saßen an meiner Küchentheke, während ich noch das Salatdressing rührte. Sie waren zu früh gekommen, aber es machte ihnen nichts aus, wenn ich ihnen nicht meine volle Aufmerksamkeit als Gastgeber schenkte, dafür kannten wir uns zu gut.

Kalle hatte von seinem Tag erzählt. Bei dem Wort »Ebola« horchte ich allerdings auf. »Steffen hat recht, ist das nicht ausgesprochen unwahrscheinlich? Der Tote war doch, wie du erzählt hast, Andernacher.«

Kalle zuckte nur mit den Schultern. »Ich hab es auch nicht geglaubt, aber dieser Dr. Zunder, den Tanja und ich – also meine Kollegin und ich – kurz vorher vernommen haben, wollte auf Nummer sicher gehen. Tatsächlich hat der Tote kein Fieber gehabt, und seine Eltern haben uns versichert, dass er mit ihnen in den letzten Jahren nicht weiter als bis Mallorca gekommen ist. Morgen werden wir uns darum kümmern, den Freundeskreis des Jungen zu durchleuchten. Der arme Kerl war gerade mal siebzehn Jahre alt und sollte im kommenden Jahr Abitur machen. Die Mutter des Jungen hat einen Nervenzusammenbruch, und der Vater weiß nichts über mögliche Freunde oder die nächtlichen Aktivitäten seines Sohnes.«

Mir fiel auf, dass sich mein Freund Kalle bei der Erwähnung seiner Kollegin Tanja körperlich unwohl zu fühlen schien. Bei meiner NATO-Spezialeinheit gab es mal einen Crashkurs in Sachen Körpersprache. Das konnte sehr nützlich sein, wenn man einen Verdächtigen verhörte. Meiner Meinung nach war Tanja mehr als nur eine Kollegin für Kalle. Seine Stimme hatte bei der Erwähnung ihres Namens eine andere Tonhöhe bekommen, und die Betonung von Tanjas Status als Kollegin kam eine Spur zu hastig und zu bestimmt. Außerdem hatte Kalle dabei unwillkürlich mit dem Zeigefinger seinen Mund berührt. Wahrscheinlich hatte er diese kleine Geste nicht einmal selbst bemerkt. Kinder schlagen die Hand vor den Mund, wenn sie die Unwahrheit sagen. Wir Erwachsenen sind da viel beherrschter, aber so ganz können wir unsere Hände doch nicht kontrollieren. Tanja also, dachte ich amüsiert. Warum nicht, ich hatte sie ein-, zweimal getroffen. Sie war hübsch, vor allem aber hatte sie die Art von Humor, die Kalle und mir gefiel, und sie schien mir eine wirklich gute Polizistin zu sein.

»Ob Ebola oder nicht, gruselig sah das schon aus, ihr macht euch ja kein Bild.«

Steffen rutschte unruhig hin und her. Er hatte mal für Kalle Tatortfotos aus einer Datenbank geklaut, was ihm damals ziemlich den Appetit verdorben hatte.

»Ich glaube, wir verzichten ausnahmsweise mal auf die blutigen Details, Kalle«, bat ich. Schließlich wollte ich nicht die nächsten Tage Reste des Nudelauflaufs essen, nur weil Steffen keinen Hunger mehr hatte.

»Schon klar, Paul. Also kurzum, der Kerl ist tot, und es war kein schöner Tod. Dr. Zunder schwört übrigens Stein und Bein, dass keine Drogen im Spiel waren.«

»Howdy-hoh – was hör ich da, es gibt heute keine Drogen? Das ist aber jammerschade.«

Bonzos große, breite Gestalt füllte den Türrahmen. »Sorry, Männer, hier stand alles offen, da habe ich mal auf die Formalitäten verzichtet.«

Bonzo, mit bürgerlichem Namen Hans-Jürgen Bermel, war mit Kalle und Steffen zusammen in die Schule gegangen. Damals hatte ich ihn ab und zu mal beim Fußballspielen getroffen, aber seit einem halben Jahr gehörte dieser Bär von einem Kerl zu meinen besten Freunden. Bonzo war bekennender Westernfan. Die Haare trug er lang und zurückgekämmt. Sein ganzer Stolz war ein mächtiger Sichelschnäuzer – Marke Wyatt Earp. Zur Feier des Tages hatte er zum Jeanshemd, Lederweste und enger Jeans seine Schlangenlederstiefel mit Silberspitze angezogen, dazu trug er den obligatorischen Stetson. Den Cowboyhut nahm er nur im Bett, unter der Dusche und – zwangsweise – bei seiner Arbeit im Baumarkt ab. Wenn er als Abteilungsleiter des OBI in Mayen durch die Gänge streifte, sah es wahrscheinlich trotzdem so aus, als würde der Marshall von Dodge City seine Runde machen.

»Ihr habt doch wohl nicht ohne uns angefangen?«

»Wo denkst du hin? Natürlich nicht«, antwortete Kalle. »Steffen war nur in seiner Computerfirma früher fertig und hat mich freundlicherweise in Kell abgeholt und mitgenommen.«

»Mach Platz, du Grizzly, du hättest ja auch mal die Torte

nehmen können«, ertönte eine Frauenstimme hinter Bonzo. Der beeilte sich, die Tür freizugeben. »Sorry, Schatz.«

Andrea Bermel, Bonzos bessere Hälfte, betrat den Raum, in den Händen eine große Torte mit brennenden Kerzen. »Happy Birthday, Paul. Während Bonzo sich hier in der Tür festgequatscht hat, musste ich ganz allein die Kerzen anzünden. So, bitte schön, alle brennen noch. Wenn du alle in einem Zug ausbläst, darfst du dir was wünschen. Aber nicht laut sagen!« Andrea stellte die Torte auf die Theke, und ich holte tief Luft, um die Kerzen auszublasen. Ein Wunsch. Ich schloss kurz die Augen. Dieser Abend hier mit meinen Freunden war genau das, was ich brauchte. Ich schaffte alle Kerzen mit einem Atemzug.

**

»Sag mal, Paul, brauchst du eigentlich noch Hilfe?«

»Ja, Kalle, du könntest gleich den Auflauf aus dem Ofen holen. Ich habe immer Sorge mit der Prothese.«

»Lass mal, Kalle, den hole ich raus«, sagte Andrea. »Ihr Männer könnt euch um die Getränke kümmern.«

Andrea kam zu mir hinter die Theke und zwinkerte mir zu. »Na, wie klappt es mit der neuen Hand?«

Ich öffnete und schloss die Finger meiner bionischen Hand. Im letzten Jahr hatte ich das erste Modell bekommen, mittlerweile trug ich sozusagen ein Upgrade. »Die ist unglaublich, vor allem, was die Akkuzeit betrifft. Ich mach mir keine Sorgen mehr, dass der Prothese mal der Saft ausgehen könnte. Außerdem hat mir meine Ärztin in Frankfurt versichert, dass das neue Modell noch stabiler ist. Nur bei einem zweihundert Grad heißen Ofen bin ich vorsichtig. Wer weiß, ob die Elektronik das aushält.«

Andrea nickte verständnisvoll. »Dann lass mich mal ran.« Hinsichtlich des Kleidungsstils passte Andrea gut zu ihrem Gatten. Sie trug hellblaue Cowboystiefel, einen Jeansrock und eine weite weiße Bluse, die vorne auf Höhe des Nabels zusammengeknotet war. Bonzo und ich hatten in etwa die gleiche Größe. Andrea reichte mir gerade mal bis zum Kinn. Sie nahm zwei Topflappen und holte den Nudelauflauf aus dem Ofen.

»Wie sieht es aus, Paul, möchtest du ein Bier oder ein Glas Wein?«, fragte Kalle.

»Was trinkt ihr denn?«, fragte ich zurück.

Steffen schüttelte bedauernd den Kopf. »Ich muss leider heute noch nach Koblenz fahren, da bleib ich lieber bei alkoholfreiem Bier.«

Bonzo verzog das Gesicht. »Damit kannst du mich ja jagen, Kumpel. Ein Flasche Bier wäre schön. Und du, Schatz?«

»Natürlich Wasser.« Andreas empörter Tonfall ließ mich aufhorchen.

»Und, habt ihr schon einen Namen ausgesucht?«, erkundigte ich mich grinsend.

»Was?«, fragten Kalle und Steffen wie aus einem Mund.

Bonzo schob mit der Hand den Cowboyhut in den Nacken. »Irgendwer quatscht doch immer, aber das überrascht mich nun doch. Ich meine, wir selber wissen es ja erst seit zwei Wochen. Raus mit der Sprache, Paul. Wer hat dir verraten, dass bald ein kleiner Bonzo im Sattel sitzen wird?«

»Na, ihr selbst.«

»Blödsinn!«, ereiferte sich mein Freund. »Wir haben nun wirklich nichts verraten.«

»Du hast innerhalb der letzten fünf Minuten zweimal mit verklärtem Blick Andrea über den Bauch gestreichelt, während ihr nebeneinanderstandet«, erklärte ich. »Andrea trägt sonst immer knallenge Röhrenjeans, heute aber einen weiten Rock.«

»Jetzt mach mal halblang, Sherlock. Nur weil Bonzo mal aufmerksam zu seiner Frau war und die keine Röhre trägt, muss doch nicht gleich Nachwuchs im Anmarsch sein«, bezweifelte Steffen meine Schlussfolgerung.

»Außerdem will sie Wasser trinken, das hat sie noch nie getan, und …«, ich deutete breit lächelnd auf die Handtasche, die Andrea auf der Theke abgestellt hatte, »man kann sogar von hier aus die Ecke eines Flyers sehen, auf dem das Logo von ›Baby one‹ steht. Ich vermute mal, das ist der große Laden im Industriegebiet Mülheim-Kärlich. Beweisführung abgeschlossen.«

Kalle und Steffen schauten mich ungläubig an, Bonzo brach in schallendes Gelächter aus und schlug sich mit der flachen Hand auf den Oberschenkel, das es knallte. Andrea gab mir ein Küsschen auf die Wange. »Kalle hat mir schon immer vorgeschwärmt, was für ein toller Beobachter du bist, aber das war wohl noch untertrieben.«

»Ich habe nicht geschwärmt, ich hab mich nur … ähm … anerkennend geäußert, also echt jetzt.« Kalles Protest ging im allgemeinen Gelächter unter.

Na ja, um ehrlich zu sein, machte es mir Spaß, zu beobachten und Schlüsse zu ziehen, noch mehr Spaß machte es allerdings, wenn man dabei die verblüfften Gesichter von Kalle und Steffen vor Augen hatte.

»Yeah, Paul, das war beeindruckend. Und um deine Frage zu beantworten: Wir wissen ja gar nicht, ob es ein Stammhalter oder ein Cowgirl werden wird. Über Namen machen wir uns noch keine Gedanken.«

»Außer dass ich ihm die Namen Cheyenne und Geronimo schon unter Androhung von Scheidung verboten habe«, raunte Andrea mir hinter der Theke zu.

»Dann müssen wir auf den Nachwuchs eben mit Wasser anstoßen«, entschied Steffen.

»Mit Wasser und einem ordentlichen Bier«, ergänzte Bonzo und sagte in Richtung Kalle: »Na los, nun mach schon.«

»Ja doch. Hör auf zu drängeln.«

Drängeln? Wovon sprachen die beiden?

Kalle ging zu einem großen Karton, der in der Ecke des Wohnzimmers stand, und öffnete den Deckel.

»Wir haben hier eine Geburtstagsüberraschung für dich, Paul. Ich weiß, du bist kein großer Biertrinker, auch wenn du immer brav mein echtes Kallebräu gelobt hast. Aber ich kenne auch deine Lieblingsbiersorte.«

Tatsächlich? Ich sah ihn fragend an.

»Ach, komm schon, Paul, das ist doch jetzt nicht dein Ernst.«

»Also wenn ich mir ein Bier aussuchen könnte, dann würde ich für ein Glas India Pale Ale jedes Pils stehen lassen. Aber so was hatte ich schon mehrere Ewigkeiten nicht mehr im Glas. Ist halt nicht grad ein Eifelbier.«

Jetzt strahlte Kalle übers ganze Gesicht. »Dann hat dein Warten ein Ende. Ich präsentiere dir hier unser erstes selbst gebrautes Original Pale Ale: PPA – Pönterbach Pale Ale. Steffen und Bonzo haben mir diesmal beim Brauen geholfen.« Mit diesen Worten stellte Kalle einen Kasten mit sechs Flaschen auf den Tresen. »Wir haben noch zwei weitere Kästen, aber die stehen im Auto.«

»Achte auf die Etiketten, die habe ich in der Firma entworfen und drucken lassen«, sagte Steffen.

»Und zum stilechten Genuss noch die passenden Gläser«, verkündete Bonzo, griff in eine Tasche und überreichte mir einen Karton mit zwei Gläsern, auf denen tatsächlich das Logo des Campingplatzes und der Schriftzug »Pönterbach Pale Ale, since 2015« gedruckt war.

»Das sieht ja toll aus, wann habt ihr denn das alles hingekriegt?«, sagte ich, obwohl ich eigentlich sprachlos war.

»Ich habe Überstunden gemacht«, erklärte Kalle. »Es war gar nicht so leicht, die Arbeitszeiten von uns dreien unter einen Hut zu kriegen. Steffen war noch am flexibelsten, weil unser Computerhirn ja eigentlich nicht mehr arbeiten muss. Aber Bonzos Schichten bei OBI und meine Dienstzeiten … also, trink es mit Ehrfurcht. Wir haben uns so beeilt, damit das Bier noch reifen kann und wir heute damit auf dein Wiegenfest trinken können.«

Ich ging um die Küchentheke herum und umarmte meine Freunde. »Dann lass uns mal euer neues Bier probieren, oder muss ich es noch kühlen?«

»Es war die ganze Zeit im Kühlschrank, aber du kannst noch ein paar Flaschen kalt stellen, weil Bonzo sicher mehr als nur eine Flasche trinken wird. Der ist mittlerweile auf den Geschmack gekommen.«

»Meine größte Sorge war, dass sich mein Göttergatte dir gegenüber verquatscht. Wir haben ihm ein Schweigegelübde abgenommen, nicht wahr, mein Bär?« Andrea boxte ihrem Mann spielerisch in die Seite.

»Damned, ich sag dir, Paul, es waren die härtesten drei Wochen meines Lebens. Yippie-ya-yeah, das ist jetzt vorbei, also hört auf zu quatschen und schenkt endlich ein.«

Bonn

Überleben hatte Tom früh gelernt, und die Lektionen waren hart gewesen. Er hatte unten angefangen, ganz unten, und sich dann hochgearbeitet. Für eine Gang in Duisburg war er der Botenjunge gewesen. Sein Boss war gut vernetzt, kannte Gott und die Welt. Er verdiente sein Geld mit Drogen, Autoschiebereien, ein paar legalen Clubs in Essen und Düsseldorf und mit jungen Nutten, die er aus Polen und Russland nach Deutschland holte.

Tom hatte für den Boss damals genau das richtige Alter gehabt. Jung genug, um noch unter das Jugendrecht zu fallen, sollte er mal geschnappt werden. Alt genug, dass er in den Clubs, in denen er seine Ware abzuliefern hatte, nicht sonderlich auffiel. Tom war groß, schnell, gerissen und stark. Sein Vater hatte ihn immer mit zum Boxtraining geschleift. Zumindest an den Tagen, an denen der Alte nicht besoffen gewesen war.

Mit siebzehn Jahren hatte Tom seine erste Anzeige wegen Körperverletzung am Hals gehabt. Der Typ hatte ihn angemacht, wollte nicht zahlen, obwohl er die Ware bekommen hatte. Der Großkotz machte einen auf dicke Hose, lebte aber auf Pump. Für Tom war die Sache klar: Wenn er das Geld für den Koks nicht beim Boss ablieferte, musste er dafür schon einen wirklich guten Grund haben. Ein Großkotz ohne Kohle war kein Grund, sondern nur ein Ärgernis. Tom hatte dem Typen mit den bloßen Fäusten das Gesicht zu Brei geschlagen, ihm das wenige Geld abgenommen, das er in der Brieftasche fand, und den Porsche beschlagnahmt.

Dumm nur, dass der Wagen geliehen war. Als der Großkotz sich erholt hatte, wollte er natürlich den Wagen zurück. Doch den gab es längst nicht mehr, den fuhr jetzt ein Dealer in St. Petersburg. Jetzt flippte der Typ richtig aus. Statt sich mit dem Boss zu einigen, machte er einen Riesenfehler: Er ging zur Polizei. Bei den Bullen fing er dann an zu singen.

Die Bullen kassierten Tom ein. Weil er nicht vorbestraft war, verdonnerte ihn der Richter bloß zu Sozialstunden. Tom riss die Sozialstunden ab, und an einem nassen Novemberabend brach er dem Großkotz erst die Knie mit einer Eisenstange und dann mit bloßen Händen das Genick. Die Leiche ließ er in einer Kiesgrube verschwinden. Anordnung vom Boss: Wer nicht zahlte, bei den Bullen rumjammerte und die Gang verriet, war so gut wie tot.

Am nächsten Morgen endete Toms Karriere als Botenjunge. Er bekam seinen eigenen Bezirk, und keine drei Jahre später, kurz nach seinem zwanzigsten Geburtstag, übernahm er die Gang. War gar nicht schwer gewesen. Er hatte nur drei Freunden, die ihm auf dem Weg zum Boss im Weg gestanden hatten, eine Kugel in den Schädel jagen müssen. Das Angebot einer Partnerschaft schlug Tom aus. Er wollte nicht ständig über die Schulter schauen müssen. Nein, wenn er eins gelernt hatte, dann, dass man keine halben Sachen machen durfte. Er erledigte die Sache kurz und schmerzlos, ein weiterer Schuss, ein weiterer Kopf, der wie eine Melone wegplatzte. Feindliche Übernahme aus den eigenen Reihen abgeschlossen. Danach brachte er den ganzen Laden so richtig auf Vordermann, baute seine internationalen Kontakte aus und achtete darauf, wem er den Rücken zuwandte.

Tom lehnte sich in seinem Penthouse an die große Scheibe

und schaute auf das nächtliche Bonn. Seit sechs Monaten war er hier, die Stadt gefiel ihm, war anders als das Ruhrgebiet. Beschaulicher irgendwie und gleichzeitig auch weltoffen. Lag wahrscheinlich an dem ganzen Hauptstadtscheiß, den die hier vierzig Jahre lang abgezogen hatten.

Warum er ausgerechnet heute Abend über seine Anfangsjahre im Revier nachdachte? Weil heute sein dreißigster Geburtstag war, ein ganz guter Zeitpunkt, um sich selbst zu fragen: Wohin wird dein Weg dich führen, Tom? Leider konnte er nur die Frage stellen. Die Antwort war irgendwo da draußen verborgen. Versteckt zwischen den dunklen Häusern und den Gassen, in die kaum Licht von den grellen Neonlampen fiel.

※※※

»Tom, Schatz, komm ins Bett, ich bin da so allein.«

Tom drehte sich zu der Stimme um. Für einen Augenblick dachte er, Zoe stehe im Türrahmen. Doch die schlanke Frau in Pumps, einem Stringtanga und mit einer langen Perlenkette zwischen den nackten Brüsten war nicht Zoe. Das heruntergedimmte Licht der Stehlampe hatte ihm einen Streich gespielt.

»Wie heißt du noch mal?«

Die Schwarzhaarige zog einen Schmollmund. »Das weißt du nicht mehr? Ramina! Du hast mir versprochen, dass du heute noch nett zu mir sein wirst.«

Selbst im trüben Licht sah Tom das gierige Funkeln in ihren Augen und das Zucken der Mundwinkel. Gerade eben noch hatte ihn der Anblick des fast nackten Körpers und der schimmernden Haut erregt, aber ihre Gier turnte ihn ab. Sie war auch nur eine von vielen geilen Schlampen, die auf den nächsten Kick warteten und das Glück hatten, dass sie sich diese Kicks mit ihrem Körper erkaufen konnten.

»Zieh dir was über, ich hab keine Lust.«

Langsam und mit schwingenden Hüften kam Ramina auf ihn zu. »Keine Lust?«, gurrte sie. »Aber da kann man doch was machen.«

»Ich sagte, zieh dir was über und dann verschwinde. Ich will dich hier nicht mehr sehen, deine Zeit ist um. Sag Lucas draußen Bescheid, der gibt dir was.«

»Ich will nichts von deinen Lakaien, ich will was von dir.« Sie stand vor ihm, fuhr mit der Hand über seine Brust und versuchte, sein Hemd aufzuknöpfen.

»Lass mich los!«, knurrte er. Doch Ramina schien die Warnung nicht zu hören. Tom sah die langen schwarz lackierten Fingernägel auf seinem Hemd, vor allem sah er das Zittern ihrer Finger. Sie widerte ihn an.

Er hielt ihre Hand fest, riss sie von seiner Brust los und schlug Ramina mit dem Handrücken der linken Hand brutal ins Gesicht. Mit einem Schmerzensschrei knickte die Frau ein. Nur weil Tom ihre Hand noch fest umklammerte, sackte sie nicht ganz zu Boden. Ein Ruck, und mit einem lauten Knacken brach ihr Handgelenk, bevor er die Hand losließ. Ihre Schreie gellten jetzt durch das ganze Penthouse.

Lucas, einer seiner beiden Bodyguards, stürze in den Raum, blieb dann aber abrupt stehen, als er seinen Boss seelenruhig am Fenster sah, eine nackte wimmernde Frau vor ihm auf dem Boden.

»Schaff sie hier raus, Lucas, und gib ihr was, damit sie aufhört zu flennen. Wenn sie Stress macht, leg sie um.«

Das Wimmern wurde noch lauter.

Lucas nickte zustimmend, ohne auch nur eine Miene zu verziehen. »Geht klar, Boss.«

Er griff zu und zog die schreiende Ramina an den Haaren nach oben, bevor er sie nach draußen stieß.

»Verdammt, wo ist nur Zoe geblieben?«, murmelte Tom, während er wieder auf das nächtliche Bonn schaute. Zoe hatte Stil gehabt. Sie war jung gewesen, aber sie hatte Stil gehabt. Seit vier Tagen sie nun schon verschwunden, niemand von seinen Leuten hatte sie gehen sehen. Sie hatte alle ihre Sachen in der Suite zurückgelassen und nur ihre Handtasche von Versace mitgenommen. Vier Tage. Sie konnte jetzt schon sonst wo sein. Ihr Verrat hatte ihn richtig wütend gemacht, so wütend, dass am ersten Abend der große Flachbildfernseher draufgegangen war. Geholfen hatte das aber auch nicht.

Jetzt war er nicht mehr wütend, er vermisste sie. Komisches Gefühl, verdammt, wann hatte er je eine von den Schlampen vermisst?

Stadtmauer Hillesheim/Eifel

Sie war den Schlangen gerade noch entkommen. Viel hatte nicht gefehlt. Sie schauderte, als sie nach unten blickte, und wich erschrocken zurück. Die grob behauenen Steine der Mauer strahlten einen Rest Frühlingswärme aus, trotzdem war ihr kalt. Sie zitterte. Hier oben auf dem Stahlgerüst, das vor ein paar Jahren als Ersatz für den ehemaligen Wehrgang angebracht worden war, würden die Schlangen sie nicht erreichen können. Die Treppe war sie heraufgerannt, voller Panik, dass sie vielleicht doch nicht schnell genug sein würde. Jetzt konnte sie durchatmen. Ja, hierherauf würde keine Schlange gelangen, die hatten Angst vor der Höhe.

Sie beugte sich über das Geländer und schaute hinunter auf den Park. Selbst von hier oben konnte sie noch das wütende Zischen hören und die unzähligen sich windenden Leiber sehen. Tiefschwarze, lange Schlangen, die Mäuler weit aufgerissen. Sie sah die langen spitzen Giftzähne, die sich am liebsten in den wehrlosen Körper eines Opfers gebohrt hätten. In *ihren* Körper.

Erschrocken schrie sie auf. Da, die ersten Schlangen wanden sich am Treppengeländer empor, schlängelten sich über Stufen. Weitere Tiere folgten. Sie schienen alle auf ein geheimes, unhörbares Kommando zu reagieren. Eine Welle von zuckenden Schlangenleibern wälzte sich langsam die Treppenstufen empor. Sie suchten ihr Opfer. Sie suchten nach ihr. Mit einem Angstschrei drehte sie sich um und rannte los. Eine weitere Treppe führte ganz nach oben, zur Spitze des ehemaligen Wachturms, von dem jetzt nur noch die Außenmauern standen. Oben angekommen, konnte sie durch die viereckigen Schießscharten der Turmumrandung das Tal unter sich sehen. Der Wind war warm und umschmeichelte ihr Gesicht. Für einen Moment waren die glänzenden schwarzen Schlangen und das unablässige bösartige Zischen vergessen.

Es war, als hätten der Wind und die Weite des Kylltals einen Knoten in ihr zum Platzen gebracht. Plötzlich fühlte sie eine nie gekannte Stärke in sich aufsteigen. Sie war gar nicht hilflos, und diese Treppe, die hier oben auf der Höhe des Turms endete, war keine Falle, sondern eine willkommene Gelegenheit. Plötzlich wusste sie, was sie zu tun hatte. Sie musste nur fest an ihre Kräfte glauben, dann würde alles gut. Denn sie hatte besondere Kräfte, das wurde ihr jetzt klar, als sie in die Tiefe schaute. Sie konnte fliegen. Warum hatte sie daran nicht vorher gedacht? Egal! Schließlich war es ihr ja noch rechtzeitig eingefallen.

Die schwarzen Schlangen hatten mittlerweile auch die zweite Treppe erreicht. Es würde nicht mehr lange dauern, vielleicht drei, vier Minuten. Nun, so lange wollte sie nicht warten. Warum auch, wo doch klar war, was sie tun musste. Entschlossen kletterte sie in die Nische, schloss die Augen, fühlte die Macht in sich aufsteigen, eine Macht, die sie tragen würde. Sie lächelte glücklich, schloss die Augen, und mit dem Lächeln im Gesicht sprang sie nach vorne, weg von den Schlangen, hinein in den warmen Frühlingswind.

Campingplatz Pönterbach

Die beiden Männer waren seit drei Tagen bei uns auf dem Platz. Beide etwa Mitte zwanzig, in einem alten VW-Transporter, der notdürftig als Wohnmobil herhalten musste. Notdürftig heißt, sie hatten nur zwei alte Matratzen hinten im ausgeräumten Wagen und einen alten Kartuschen-Gaskocher, um sich Kaffee zu kochen. Nichts gegen Low-Budget-Camping, aber die beiden wirkten mehr, als seien sie auf der Flucht statt im Urlaub.

Okay, ich bin nicht von der Sozialfürsorge, und ich muss mich auch nicht um die Campingausrüstung unserer Gäste kümmern. Solange hier jeder ein wenig Rücksicht auf den anderen nimmt und die Platzmiete bezahlt, ist er bei uns willkommen.

Die ersten zwei Tage verbrachten die beiden damit, ihren beachtlichen Vorrat an Dosenbier zu minimieren. Weil sie das ruhig und gesittet für sich taten, gab es daran nichts auszusetzen, schließlich durften sie schon seit Jahren Alkohol trinken. Ihre Mahlzeiten bestritten sie mit Dosenravioli und Brötchen aus meinem Laden. Der eine war groß, breitschultrig und trat etwas großspurig auf. Der andere war schmal, ausgezehrt, und ich hätte die Einnahmen eines gesamten Monats darauf verwettet, dass der lieber was Stärkeres als Dosenbier gehabt hätte. Etwas viel, viel Stärkeres, am besten etwas, das man direkt in die Venen knallen konnte. Mich störte das gierige Funkeln, das er in den Augen hatte, als ich die Ladenkasse öffnete. Genug Gründe also, ein wenig aufmerksamer zu sein.

Im letzten Jahr war schon mal etwas aus dem Laden gestohlen worden, seitdem achtete ich darauf, die Tür auch wirklich abzuschließen, wenn ich auf dem Platz unterwegs war. Doch die beiden blieben weiter unauffällig.

Es war schließlich Rosalinde Koslowski, die mich auf die Männer in ihrem schäbigen VW-Transporter ansprach. Rosa brauchte neuen Stoff, neuen Lesestoff, und zwar nicht irgendeinen.

»Paul, haste se bekommen?«

Vor ein paar Wochen hatten mir Klaus und Rosa feierlich das Du angeboten. Ich wusste natürlich sofort, was Rosa meinte. Die Gattin im Firmenimperium Fliesen-Koslowski, sechsmal im Ruhrgebiet, davon dreimal in Herne, war eine begeisterte Leserin von Heftromanen. Seit Rosa und Klaus mit ihrem großen Wohnmobil regelmäßig nach Andernach kamen, hatte ich bei unserem Großhändler die entsprechenden Titel regelmäßig vorbestellt. Sehr zur Freude von Rosa, die todunglücklich war, wenn sie mal eine Woche bei ihren Lieblingsserien aussetzen musste.

Ich griff in unser Zeitschriftenregal und zog drei Hefte heraus: »Schlag weiter, kleines Försterherz – Teil 2«, dann natürlich das aktuelle Heft »Dr. Bergmann – Klinik der Leidenschaft« und druckfrisch »Gräfin Sybille: Wo mein Herz dich findet«.

»Oh, Paul, du hast se wirklich alle bekommen. Komm, lass dich drücken.« Bevor ich es verhindern konnte, wuchtete Rosa ihre hundert Kilo, umhüllt von feinster rosafarbener Mikrofaser, um die Theke herum und umarmte mich, dass mir die Luft wegblieb.

»Ich weiß das wirklich zu schätzen, Paul, also echt jetzt, dat kannste mir glauben. Mann, Mann, Mann, wat hätt ich nur getan, wenne die Klinik der Leidenschaft nich gekricht hättes. Dat sind so Schicksale, ich sach immer zu meinem Klaus, so Schicksale, die findeste nich im Leben. Dat ist hohe Litera… dingens, du weißt schon.«

Ja, ich wusste schon, und vor allem wusste ich, dass ich bald wieder Luft holen musste. »Rosa, du kannst mich jetzt wieder loslassen.«

»Och, war dat zu feste? Nä, so 'n Mordskerl wie du wird ja wohl noch 'ne Umarmung vertragen.«

Langsam füllten sich meine Lungen wieder mit Luft, und die Rippen schienen auch noch alle in einem Stück zu sein.

»Hörma, Paul, wat ich dir die ganze Zeit noch sagen wollte. Also, der Klaus meint ja, dat is nix. Abba ich hab da so 'nen Riecha für. Also, die beiden jungen Kerls, die innem VW-Bus hausen. Die machen die Mädchen oben aussem Wohnmobil schöne Augen. Und ich könnte wetten, dass die nich nur ein Bierchen trinken.«

»Ich kümmere mich darum, Rosa. Und ihr kommt doch am Freitag?«

»Ehrensache, Paul. Mitte Helga klär ich noch die Salate, und wenn der Klaus bei dir mit anfassen soll, sachse einfach Bescheid.«

»Wird gemacht, Rosa, und lieben Dank für die Unterstützung.«

»Jederzeit, mein Lieber, jederzeit.«

***

Als ich über den Platz in Richtung VW-Transporter schlenderte, sah ich schon von Weitem die beiden Mädchen, die Rosa erwähnt hatte. Sie gehörten zu zwei Familien, die seit ein paar Tagen bei uns campten. Ein Wohnmobil und ein Caravan, Münsteraner laut Kennzeichen, zwei befreundete Familien, die gemeinsam die Osterferien verbrachten. Für Anfang April war es in den letzten Tagen erstaunlich mild gewesen, die Mädels hatten das zum Anlass genommen, enge nabelfreie T-Shirts und verdammt kurze Röcke zu tragen. Zu Helgas Jugendzeiten wären diese Röcke sicher unter den Strafbestand der Erregung öffentlichen Ärgernisses gefallen. Ich hatte auf den Anmeldebogen nachgesehen, die beiden waren sechzehn Jahre alt. In meinen Augen ein wenig zu jung für die Kerle in dem Transporter. Für sechzehn hätte ich sie allerdings, ohne den Blick auf die Unterlagen, nicht gehalten. Die Mädchen wollten eindeutig älter wirken und hatten sich entsprechend geschminkt und gestylt.

Nichts davon ging mich etwas an. Was mich aber anging, war das weiße Zeug, das die Männer ungeniert und in aller Öffentlichkeit auf ihrem klapprigen Campingtisch zwischen Bierdosen und ein paar schmutzigen Tellern zur Schau stellten.

»Tag, die Herren. Ich vermute mal, dass Sie in den drei Päckchen da auf dem Tisch nicht Ihren Traubenzuckervorrat aufbewahren. Ich schlage vor, die jungen Damen, die Sie gerade davon überzeugen wollten, mit Ihnen Party zu machen, gehen jetzt zurück zu den elterlichen Wohnwagen. Und Sie packen Ihren Kram hier ein und suchen sich eine neue Bleibe. Bestimmt haben Sie noch mehr Möglichkeiten, Junggemüse aufzureißen und zu dealen.«

Während die beiden Mädchen irritiert kicherten, wahrscheinlich war von meiner Rede nur das Wort »Junggemüse« hängen geblieben, erhob sich der Breitschultrige und baute sich vor mir auf. »Mit wem wir unsere Zeit verbringen, geht dich gar nichts an. Und die Päckchen da vorne hast du nie gesehen. Alles klar, Krüppel?«

Ich drohte ihm mit dem Zeigefinger meiner Prothese. »Na, na, Kerlchen, das mit dem Duzen haben wir so nicht abgesprochen. ›Krüppel‹ ist außerdem politisch unkorrekt. Das heißt offiziell ›Menschen mit Handicap oder besonderen Bedürfnissen‹. Und so ein besonderes Bedürfnis habe ich auch. Ich würde dir die Päckchen am liebsten in den Hintern rammen, tue ich aber nicht.«

»Halt deine Klappe, sonst –«

»Bevor du dich weiter aufregst, sag ich dir, wie das hier ausgehen wird, dann kannst du dich hinterher nicht beschweren. Also, du wirst versuchen, mich zu schlagen, aber ich werde viel schneller sein. Dein ausgezehrter Freund da vorne wird dir zu Hilfe kommen, das beschert ihm eine geprellte Kniescheibe. Schmerzen wirst du auch haben. Aber es muss ja nicht so kommen, ihr könnt auch einfach eure Klamotten packen und gesittet abreisen.«

Wenn ich ehrlich war, für das Wort »Krüppel« hatte er schon eine Abreibung verdient. Aber es wurde Frühling, die Sonne schien, die Luft war lau, warum es also nicht einmal auf die ruhige Tour versuchen?

Der Breitschultrige grinste und schlug ohne Vorwarnung zu. Ich hatte es ja nur gut gemeint. Ich wich dem Schlag aus, sodass seine Faust ins Leere pfiff, und griff mit meiner gesunden Hand an eine Stelle oberhalb seines Ellenbogens. Meister Wang, mein früherer Lehrer, hatte mir einmal erklärt, dass es überall am Körper Punkte gibt, die besonders schmerzempfindlich sind. Da, wo ich den Breitschultrigen gepackt hatte, war so ein Punkt. Die Hand wird sofort taub, und glühende Schmerzwellen strahlen bis in den Nacken hoch. Man konnte auf diese Art einen Arm dauerhaft schädigen, so weit musste es ja aber nicht kommen. Der Breitschultrige schrie vor Schmerzen auf. Die Mädchen starrten stumm auf den wimmernden Möchtegern-Dealer. Wahrscheinlich überlegten sie, ob es sich lohnte, das Ganze mit dem Handy zu filmen. Der Ausgezehrte sprang auf, um seinem Kumpel zu Hilfe zu eilen.

Was hatte ich gerade noch gesagt? Hörte denn keiner mehr zu, wenn Erwachsene redeten? Als er fast bei mir war, trat ich ihm mit einem niedrigen Sidekick gegen das Knie. Fest genug, um ihn aus dem Spiel zu nehmen. Er knickte ein und knallte geradezu filmreif auf den Rasen.

»Und ich habe noch gesagt, es muss nicht so kommen. Jetzt wird dein Kumpel zwei Wochen herumhumpeln, und du kannst nur einarmig packen. Aber du hast mich doch jetzt verstanden, oder?«

Statt einer Antwort hörte ich nur ein hohes Wimmern.

»Nicke doch bitte mit dem Kopf, damit ich weiß, dass du alles begriffen hast.«

Auf sein heftiges Nicken hin ließ ich den Arm des Breitschultrigen los. Mit einem Stöhnen sank er zu Boden. Da lag auch schon sein Freund, der sein geprelltes Knie bejammerte.

»So, die Damen, wenn ich Sie jetzt bitten dürfte, zurück zu Ihren Eltern zu gehen. Die beiden Herren hier werden in einer Stunde unterwegs sein. Und wenn ich Ihnen einen Rat geben darf: Lassen Sie die Finger von Koks.«

»Fuck you, Alter. Wie spießig kann es denn noch werden?«

Ich sparte mir eine Antwort, was die beiden dazu brachte, tatsächlich murrend den Rückzug anzutreten. Nach wenigen Schritten drehte sich die eine noch einmal zu mir um und zeigte mir ihren ausgestreckten Mittelfinger.

»Ich vermute, mit dem Abschiedsgruß seid ihr beide gemeint«, wandte ich mich an die Männer. »In einer Stunde seid ihr weg, oder ich komm wieder, und dann wird es wirklich fies.«

Ich wartete nicht auf eine Antwort, sondern nahm die drei Päckchen vom Campingtisch. »Ein guter Freund von mir ist bei der Polizei, der weiß, wie man das Zeug entsorgt. Also macht euch bitte keine Gedanken.«

Antenne Osteifel/Mayen

»… das Ganze kommt einer Nachrichtensperre gleich: Weder die Polizei in Andernach noch die Kriminalpolizei in Koblenz wollen so richtig mit der Sprache raus. Und auch aus dem Andernacher Krankenhaus gibt es nichts Neues zu erfahren. Was wissen wir? Wir wissen, dass ein Siebzehnjähriger überraschend gestorben ist, und zwar unter Umständen, die die Ärzte dazu bewogen haben, sowohl die Polizei als auch die Gesundheitsbehörden einzuschalten. Damit bleiben die Fragen im Raum: Handelt es sich möglicherweise um eine meldepflichtige Erkrankung? Welche Seuche hat dieser Junge in die Bäckerjungen-Stadt eingeschleppt? Überraschend hat sich ein Freund des Toten über unsere Facebook-Seite bei uns gemeldet. Ich habe ihn besucht. Er möchte im Moment noch anonym bleiben, was ich verstehen kann. Also nenne ich ihn einfach Michi. Aber hören Sie selbst.«

»Michi, willst du uns verraten, was deinem Freund passiert ist?«
»Also, ich will als Erstes mal klarstellen, dass der Basti echt cool drauf war. Ich meine, der brauchte nichts, um cool zu sein. Jeder in der Szene kennt seinen tag. Basti war voll der Burner.«
»Hast du einen Verdacht, woran dein Freund gestorben sein könnte? Hatte er Kontakte ins Ausland, hat er in den letzten Monaten eine Fernreise unternommen?«
»Fernreise? Nee, echt, das wär ja auch gar nicht gegangen,

ist ja noch Schule. Also, mich hat das total geflasht, das mit Bastis Tod. Ich blick da nicht durch, wie das passieren konnte.«

»Ich muss dich das jetzt fragen: Hat dein Freund Drogen genommen?«

»Nee, nicht so richtig. Ich mein, wir alle haben mal ab und zu an einem Joint gezogen. Aber Basti war kein Kiffer, der hatte es echt drauf. Für den waren seine pieces überall in der Stadt das Wichtigste.«

»Du meinst die Graffitis, die dein Freund gesprayt hat?«

»Ja klar, die waren Kult. Und – Sie bringen das doch ins Radio, oder? – also der Basti hat nie was falsch gemacht, der war kein Junkie oder so, und er hat sich auch ganz sicher nicht bei irgendwem angesteckt.«

»Das also sagt der beste Freund des Toten. Wir fragen uns jetzt: Was verheimlichen uns die Behörden? Wie lange können sie noch diese Mauer des Schweigens aufrechterhalten? Gudrun Müller-Mölke für Antenne Osteifel.«

»Und was sagst du? Sollen wir das so bringen?« Gudrun Müller-Mölke stoppte die Wiedergabe auf ihrem Rechner im Studio.

Marcel Pfaffer nickte abwägend. »Also, die Story ist der Hammer. Ich hab mich umgehört, niemand ist da im Moment so nah dran wie wir. Die Rhein-Zeitung hat bislang gar nichts, und die Koblenzer suchen noch. Ich vermute mal, dass der SWR bei der ersten Pressekonferenz dabei sein wird, aber das kann ja noch dauern. Du weißt aber schon, dass wir ziemliche Geschütze auffahren von wegen ›Seuche in der Bäckerjungen-Stadt‹?«

»Klar, darum reden wir darüber. Du bist der Chefredakteur, deine Entscheidung, lieber Marcel.«

Pfaffer grinste. »Kannst du noch ein Stück zum Thema Drogen in Andernach machen, mit der Polizei sprechen oder noch besser mit jemandem, der die Szene kennt?«

Gudrun Müller-Mölke überlegte kurz. »Da gibt es einen

Mitarbeiter im Jugendzentrum, den ich bei dem Metal-Konzert kennengelernt habe, vielleicht weiß der ja was.«

»Klasse, versuch den zum Reden zu bringen. Ich setze Markus dran, der soll in Mainz die aktuellen Zahlen rausfinden: Drogentote, Drogendelikte, aber auch schwere Erkrankungen, meldepflichtige Seuchen – die ganze Bandbreite, solange wir nicht wissen, worum es geht. Als Volontär muss der sowieso noch recherchieren üben.«

»Und warum soll er das recherchieren?«

»Wir bringen heute Abend eine Schwerpunktsendung. Ich lass gleich noch einen Trailer produzieren. Wir nehmen den Andernacher Vorfall und stricken den Rest drum herum.«

»Ja, das kriege ich hin.«

»Gut, also los, zeigen wir den anderen, dass wir hier in Mayen schneller sind.«

Campingplatz Pönterbach

»Warte, Paul, ich fasse mit an.«

Ich war gerade dabei, die Schubkarre zu beladen. Überrascht drehte ich mich um und sah Kalle über den schmalen Feldweg auf mich zutraben. Neben der Zufahrtsstraße war dieser Feldweg der direkte Weg ins Pöntertal. Einen guten Kilometer weiter traf er auf den sogenannten Traumpfad »Höhlen- und Schluchtensteig«, einen ausgewiesenen und zertifizierten Premium-Rundwanderweg, der über Kell und Wassenach zum Laacher See führte.

Auf dieser Strecke gab es nicht nur Wanderer, sondern auch zahlreiche Läufer. Zu ihnen gehörte offenbar nun auch mein Freund Kalle, denn er trug ein Joggingoutfit samt atmungsaktivem Höschen und Laufschuhen. Unter seinem atmungsaktiven T-Shirt zeichnete sich der Umriss eines Brustgurtes ab, mit dem die Herzfrequenz erfasst wird.

»Ich wusste gar nicht, dass du mit dem Lauftraining angefangen hast?«

Kalle bremste wenige Schritte vor mir ab, drückte zwei Knöpfe an seiner Laufuhr und holte ein paarmal tief Luft, während er die Hände auf den Oberschenkeln abstützte.

»›Angefangen‹ trifft es ganz gut, ist heute mein zweiter Lauf. Ich wollte meinen freien Nachmittag mal sinnvoll nutzen. Hab in den letzten Monaten ja doch ein paar Kilo zu viel auf die Rippen bekommen. Außerdem kann ich es mir nicht erlauben, dass irgendein Verdächtiger einfach schneller rennt als ich. Dir muss ich das ja nicht erzählen, wahrscheinlich ziehst du jeden Morgen dein Karate-Kata und die anderen Übungen durch.«

»Ja, schon, aber ich habe auch viele Jahre in meiner Freizeit nichts anderes als Kampfsport gemacht. Für mich sind diese morgendlichen Trainingseinheiten so selbstverständlich wie Zähneputzen.«

Kalle lachte. »Dir ist schon klar, dass das uns Normalsterbliche ziemlich runterzieht? ›So selbstverständlich wie Zähneputzen‹, das macht mich jetzt fertig. Du kannst froh sein, dass ich dich so lange kenne. Weißt du, was ich für einen Kampf mit meinem inneren Schweinehund ausfechten musste, um loszutraben? Du bist ja so was von widerlich diszipliniert.«

»He, mal langsam. Du hast schließlich angefangen. Außerdem kann ich ja nichts dafür, dass du bei deinem Bürojob Fett ansetzt.«

Kalle schlug mir, immer noch grinsend, auf die Schulter. »Eins zu null für dich, Paul. So, und nun lass dir mit den Holzkohlesäcken helfen. Danach darfst du mich zu einem erfrischenden Mineralwasser einladen.«

Zu zweit hoben wir vier große Säcke Holzkohle und eine Wanne mit Anmachholz in die Schubkarre. Während ich die Schubkarre über den schmalen Weg zum Blockhaus schob, das im hinteren Teil des Platzes fast am Waldrand lag, schaute ich Kalle fragend an. »Du bist doch nicht zufällig bei deiner Laufrunde hier vorbeigekommen?«

»Nee. Abgesehen davon, dass die Strecke Kell–Campingplatz und zurück fürs Erste reicht und ich hier Pause machen kann, habe ich auch noch eine Frage. Also, eigentlich zwei, eine berufliche und eine private.«

»Klar kannst du Tanja zum Grillfest mitbringen, ich würde mich freuen.«

Kalle blieb stehen und blickte mich verwundert an. »Alter, langsam wirst du mir echt unheimlich. Das ... Hat sie sich bei dir gemeldet? Habt ihr miteinander gesprochen?«

»Komm weiter, umso schneller bist du bei deinem Wässerchen. Nein, du hast nur bei meiner Geburtstagsfeier alle Anzeichen von, sagen wir mal, unterdrückter Wahrheit bei dem Wort ›Kollegin‹ gezeigt. Da hab ich mal einen Schuss ins Blaue gewagt.«

»Dreck, Pest und Verdammnis, wie mein Opa zu sagen pflegte, das wird immer schlimmer mit dir. Also gut, kennst du auch meine zweite Frage?«

»Kann ich hellsehen?«, erwiderte ich grinsend.

»Würde mich ehrlich gesagt auch nicht mehr wundern. Aber gut, das macht dich wieder eine Spur menschlicher, mein Lieber. Also, Frage Nummer zwei: Hast du die Schwerpunktsendung auf Antenne Osteifel gehört?«

»Der neue Sender, der seit ein paar Monaten aus Mayen sendet?«

»Genau der.«

»Nö, ich glaube, Helga hört den öfters. Ich hab entweder den SWR an oder hör eine CD.«

»Okay, es gab da gestern Abend eine Schwerpunktsendung. – Warte mal ...« Kalle zog aus der Tasche seiner Laufhose sein Handy heraus. »Komm, wir setzen uns hier auf die Bank.«

Warum auch nicht, im Umkreis von hundert Metern gab es niemanden, den wir hätten stören können.

»Der Sender hat ein paar allgemeine Sachen über das Thema Drogen in Rheinland-Pfalz gebracht. Und das hier.« Kalle tippte auf einen kleinen Pfeil, und ich lauschte einem kurzen Beitrag samt Interview.

»… *wie lange können sie noch diese Mauer des Schweigens aufrechterhalten? Gudrun Müller-Mölke für Antenne Osteifel.*«

Kalle stoppte die Wiedergabe der Aufzeichnung. »Mein Chef sagt, dieser Michi macht sich nur wichtig und wäre für uns nicht relevant, weil die Kolleginnen und Kollegen der Kripo sowieso das Umfeld des Toten durchleuchten. Aber ich wollte deine Meinung hören. Was sagst du: Ist das jemand, der nur auf ein bisschen Ruhm scharf ist, weil er den Toten kannte? Oder weiß dieser Michi mehr? Vielleicht steckt er mit drin in der ganzen Geschichte.«

»Gegenfrage, kennst du die Redakteurin, diese Müller-Mölke?«

»Nicht persönlich, hab aber von Kollegen aus Mayen gehört, dass sie Haare auf den Zähnen haben soll.«

»Ich wäre vorsichtig, sie klingt so, als würde sie sich gerade in den Fall verbeißen. Und der Sender muss sich noch profilieren, die könnten besonders motiviert sein. Aber das nur am Rande. Für mich klingt dieser Michi an mehreren Stellen ziemlich unsicher. Die Beteuerung, dass niemand Drogen genommen habe, weist auf das genaue Gegenteil hin. Vor allem aber: Wenn er deinen Toten so gut kannte, dann war er mit ihm vor dessen Tod zusammen.«

»Meinst du wirklich?«

»Ja, unbedingt. Prüf doch mal zwei Dinge. Hat man auf dem Marktplatz Spraydosen gefunden?«

Kalle schüttelte augenblicklich den Kopf. »Nein, hat man nicht, das habe ich schon nachgefragt.«

»Wenn der Tote, also dieser Basti, aber weinend auf dem Platz gefunden wurde, wo sind dann die Farbdosen geblieben, mit denen er den Brunnen angesprüht hat? Und du hast erzählt, dass die Handknochen gebrochen waren. Einen Arm oder ein Handgelenk kann man sich bei einem unglücklichen Sturz leicht brechen, aber die Handknochen?«

»Der Arzt sagt, dass es keine Anzeichen von Sturzverletzungen gab.«

»Dann hat da jemand draufgetreten. Womöglich jemand, der gerade mit einem Sack Spraydosen geflüchtet ist.«

Kalle rieb sich nachdenklich die Nase. »Du meinst, da war ein Komplize, der alles mitgenommen hat? Und dieser Komplize war dieser Michi?«

»Ja, das meine ich. Der war viel zu stolz auf die Graffitis seines Freundes und zu sehr bemüht, seinen Kumpel im besten Licht dastehen zu lassen. Ich würde sagen: Basti hatte das Sagen, und Michi, wer immer hinter diesem Namen steckt, war der Mitläufer.«

Kalle steckte das Handy wieder ein. »Super, Paul. Ich danke dir für deine Einschätzung. Mal sehen, ob mir Frau Müller-Mölke den richtigen Namen ihres Interviewpartners verrät. Du solltest echt darüber nachdenken, wieder mit dem Ermitteln anzufangen.«

»Ja, ja, das hast du schon ein paarmal gesagt, aber wie stellst du dir das konkret vor? Soll ich etwa drüben im Laden des Campingplatzes Klienten empfangen oder vielleicht in meinem winzigen Wohnzimmer? Wie sieht denn das aus?«

»Also, daran soll es doch echt nicht scheitern. Du kannst potenzielle Klienten besuchen, oder wir bauen den ehemaligen Hobbyraum deines Onkels aus. Du und Helga, ihr nutzt den Raum doch gar nicht. Und wenn du keine Klienten hier bei euch auf dem Campingplatz haben willst, dann miete einfach ein Büro in Andernach. Da findet sich bestimmt was.«

Wegen Kalles begeisterter Aufzählung klangen meine Bedenken und Einwände wirklich kleinlich.

»Die Botschaft ist angekommen – an einem Büroraum soll es nicht scheitern«, lenkte ich ein. »Bleibt die Frage, ob ich wirklich so weit bin.«

Kalle schlug mir lächelnd auf die Schulter. »Endlich kommen wir zum Kern des Ganzen. Das ist eine Frage, die ich dir nicht beantworten kann. Aber ich weiß, wie du arbeitest, und ich habe miterlebt, wie du Fälle aufklärst. Ich glaube, über kurz oder lang kannst du gar nicht anders. Das ist so, als würde man einem reinrassigen Rennpferd nur noch erlauben, auf der Weide zu grasen. Irgendwann will es aber doch wieder galoppieren.«

»Netter Vergleich, Kalle. Bevor ich aber galoppiere, werde ich den Grill für morgen Abend ausprobieren. Hol dir doch aus dem Laden etwas zu trinken und komm zum Blockhaus. Wenn der neue Abzug, den wir gebaut haben, nämlich nicht zieht, dann haben wir beide noch eine Menge zu tun.«

Kalle stand auf und streckte sich mit einem leisen Stöhnen. »Okay, ich helfe dir mit dem Grill, und dann fährst du mich nach Hause. Ich glaube, den Rückweg lass ich heute aus. Man soll es beim Training ja auch nicht übertreiben.«

***

Während Kalle sich im Laden etwas zu trinken besorgte, inspizierte ich das Blockhaus und baute eine Pyramide aus Anmachholz.

Hans hatte das Haus damals mit einem achteckigen Grundriss entworfen. Auf einer anderthalb Meter hohen Bruchsteinmauer ruhten Wände aus dicken, geschälten Stämmen. Platz war kein Thema gewesen, deshalb bot das Haus gut vierzig Quadratmeter Grundfläche. Zwei bodentiefe Fenster erlaubten einen phantastischen Blick über den Campingplatz und das Naturschutzgebiet.

In der Mitte des Hauses stand ein großer gemauerter Grill. Die ursprünglichen Luftschlitze gab es noch, aber Kalle hatte die Idee gehabt, einen batteriebetriebenen Lüfter einzubauen. Die Batterie des Lüfters, der in einem Metallkasten untergebracht war, wurde von einem Solarpanel auf dem Dach gespeist. Über dem Grill hatte Hans damals von einem Schlosser einen Abzug aus Stahlblech einbauen lassen. Den Abzug hatten wir gesäubert und einen Flaschenzug installiert, mit dem man nun den Grillrost stufenlos verstellen konnte.

Entlang der Wände gab es Sitzbänke, hinten stand eine gemauerte Theke mit Arbeitsplatte und Spüle. Neben dem mannshohen Kühlschrank dahinter führte eine zweite, schmale Tür nach draußen. Hans hatte damals vorgehabt, noch einen Anbau als Holz- und Getränkelager an das Blockhaus zu setzen. Doch dann machte ihm sein schwaches Herz einen endgültigen Strich durch alle Ausbaupläne. Vielleicht sollte ich ja seine Idee verwirklichen, überlegte ich. Aber ich wusste jetzt schon, was Helga dazu sagen würde: Eins nach dem anderen, wir haben genug zu tun.

»Und, wie zieht er?«, fragte Kalle beim Eintreten.

»Das werden wir gleich sehen. Ich hab extra auf dich gewartet.« Ich riss ein Streichholz an und steckte den Anzünder in Brand, den ich zwischen das Kleinholz geklemmt hatte. Nur wenige Sekunden später leckten die ersten Flammen an dem Holz empor.

»So weit sieht das doch gut aus«, kommentierte Kalle das brennende Holz. »Mach doch mal unseren Lüfter an.«

Ich legte einen Schalter um, und mit einem leisen Surren startete der Lüfter. Der Effekt war beeindruckend. Die Flammen loderten auf, fraßen sich in kürzester Zeit an dem Holz entlang und stoben geradezu nach oben.

»He, cool, so was habe ich das letzte Mal in einer alten Schmiede gesehen. Das klappt doch prima. Da hast du in kürzester Zeit die richtige Glut zum Grillen, ohne den lästigen Rauch«, sagte Kalle begeistert. »Also, diesen Punkt kannst du schon mal von deiner Liste streichen.«

Ich schaltete den Lüfter aus. Die Flammen fielen förmlich in sich zusammen. Die Glut löschte ich mit Wasser. Zischend stieg Rauch empor, aber auch dieser Qualm zog tadellos durch unseren erneuerten Abzug noch oben weg.

»Ja, ich denke, da kann Helga beruhigt sein. Komm, ich fahr dich jetzt nach Hause, du Sportler.«

※※※

Als wir gerade einsteigen wollten, fiel mir was ein. »Warte mal gerade, Kalle. Ich hab noch was für dich.«

Ich ging schnell in meine Wohnung und holte die drei Päckchen, die ich den zwei Knalltüten abgenommen hatte, aus dem Tresor in meinem Schlafzimmer. Der war, bis auf meinen Revolver, immer leer.

Draußen drückte ich Kalle die Päckchen in die Hand. »Da, mein Beitrag für eure Asservatenkammer.«

Kalle hielt ungläubig eines der Päckchen hoch. »Ist das das, wonach es aussieht?«

»Keine Ahnung, ich hab es nicht probiert. Nur die Deppen in schlechten Krimis stippen mit dem Finger in unbekannte Pülverchen, um sie zu probieren. So blöd bin ich nicht. Ich habe die Waren von inzwischen abgereisten Gästen konfisziert.«

»Und die haben dir diesen wunderschönen Vorrat freiwillig überlassen? Wie schwer sind die? Ich würde sagen, die drei Beutel hier wiegen zusammen zwanzig bis dreißig Gramm. Selbst wenn das wie üblich verschnitten ist, sind das noch sechs- bis achttausend Euro. Bist du sicher, dass die nicht sauer sind und wiederkommen?«

Ich schüttelte den Kopf. »Wobei kann man heute schon sicher sein, aber die haben es mir ja auch nicht ganz freiwillig überlassen. Ich werde die Augen offen halten und regelmäßig einen Blick über die Schulter werfen.«

»Mann, Paul, und du willst mir erzählen, dass du damit zufrieden bist, den ganzen Tag Brötchen zu verkaufen und Rasen zu mähen? Haha, dass ich nicht lache. Du musst wirklich wieder ermitteln, sonst nimmt das noch ein ganz schlimmes Ende mit dir hier in der Pampa, fernab von jedem Verbrechen.« Kalle grinste von einem Ohr zum anderen.

»Mal sehen, erst mal muss ich Helgas Eröffnung der Grillsaison überleben.«

Ich hatte ja keine Ahnung, wie nah ich mit dieser launigen, nur so dahingesagten Bemerkung der Wahrheit kam.

Andernach – WhatsApp-Gruppe
»Best party in the city«

Jan: »Jo, Leute, habt ihr Bock, am Freitag abzuhängen?«
Alex: »Schon, Alter, aber meine Eltern machen Stress wegen Chemie. Muss sehen, was geht.«
Lara: »Joa, was denn? Party?«
Marie: »Party? Oder nur chillen? Auf chillen hätte ich echt keinen Bock. Ich finde, da muss was abgehen.«
Jan: »Hab 'ne geile Idee. Da ist doch die Grillhütte oben bei der alten Heimschule.«
Alex: »Heimschule? Kein Plan, was du meinst.«
Jan: »Oberhalb vom Pöntertal. War mit dem Jeep da. Die Hütte ist voll krass mit Grill und so.«
Lara: »Du Depp, die ist doch abgeschlossen, war mit meinem Dad mal da oben.«
Jan: »Schlüssel? Shit! Irgendeinen Plan?«
Marie: »Thorstens Vater hat doch Schlüssel, der macht doch auf Jäger und so. Weiß ich von meinen Alten, die kegeln mit dem.«
Alex: »Wer ist Thorsten?«
Marie: »So 'n Opfer, aus der A. Hanna kennt den.«
Alex: »Echt jetzt?«
Jan: »Steht die Hanna etwa auf den Loser? Die ist doch sonst voll korrekt.«
Lara: »Nee, doch nicht Hanna. Als ob die mit dem Loser abhängt.«
Marie: »Tut sie auch nicht, aber ich glaub, der Loser hilft ihr bei Latein. Ich schreib sie mal an.«
Alex: »Die soll aber ohne den Loser auftauchen.«
Lara: »Schnauze, du Spast. Willste jetzt die Party in der Hütte oder nicht?«
Jan: »Chillt mal, Leute. Marie, mach doch mal die Hanna klar. Ich hab auch noch ein paar Neue. Chris und Nina, die sind beide korrekt. Kenn ich vom Training. Die haben bestimmt auch Bock auf Party.«

Alex: »Also abgemacht. Marie fragt Hanna. Ich organisiere den Rest. Wodka-Cola, Bier und ein paar Schnelle.«
Jan: »Mann, Alter, übertreib es nicht gleich.«
Alex: »Ach, hör auf, du Pussy, für dich kann ich auch noch Saft mitbringen.«
Jan: »Selten so gelacht.«
Lara: »Ich bringe Brot mit.«
Marie: »Klar, ich frag meine Mum, die hat bestimmt noch Würstchen.«
Jan: »Jep, wird doch, Leute.«

Andernach-Eich

Thorsten Seltmann starrte auf sein Handy. Das war echt abgefahren. Hanna hatte ihm gerade eine SMS geschickt. Hanna – ihm! Sie war cool. Er mochte ihre Haare. Und wenn er ihr Latein erklärte, dann konnte er ab und zu sogar ihr Shampoo riechen. Einmal hatte sie ihn so angeschaut, dass er ganz hart geworden war.

Hanna war eben anders, nicht so eine Zicke wie die übrigen Mädchen. Mit Zicken kannte er sich wirklich gut aus. Seine ältere Schwester Eva zum Beispiel war eine Mega-Zicke. Die war nur zwei Jahre älter, aber wie die sich aufführte, vor allem, seit sie den Führerschein hatte …

Egal, Eva war sowieso bald weg, die wollte am liebsten in Berlin oder München studieren. Von wegen Studium, Eva dachte wahrscheinlich eher an Party ohne Ende, aber das ging ihn nichts an.

Die SMS hatte ihn umgehauen. Hanna hing ab und zu mit so 'ner Clique ab. Die meisten kannte er. Klar, wer in der Schule kannte Jan Öckenhofen nicht? Auslandsjahr in den USA, die Familie hatte eine riesige Spedition. Jan war Kapitän der Schul-Basketballmannschaft, spielte auch im Verein,

Landesjugendmeister, Kandidat für die U-17-Nationalmannschaft. War zwar nur ein Gerücht, hielt sich aber hartnäckig. Thorsten setzte sich auf sein Bett und las die SMS noch mal. Hanna hatte aufgezählt, wer noch alles kam. Alex musste natürlich dabei sein. Alex war Jans Kumpel. Alex' Vater war Arzt, irgend so ein hohes Tier in Bonn, fette Kohle. Dann Laura und Marie. Das waren echt Oberzicken, aber die musste man eben in Kauf nehmen.

Krass war der Schluss: Jan bat um einen Gefallen, simste Hanna. Das hätte er im Traum nicht für möglich gehalten. Der Schlüssel von der Grillhütte war kein Problem. Der hing im Arbeitszimmer bei seinem Vater im Schlüsselkasten. War auch nicht geheim oder so.

Am besten, er holte sich den Schlüssel sofort. Sein Vater war auf so einem Kongress, der kam erst am Samstag wieder, das ging also klar.

Thorsten sprang vom Bett und lief die Treppe hinunter. Im ganzen Haus war es unnatürlich still. Eva war mit ihrem Lover unterwegs, Mutter noch in Koblenz einkaufen. Der Schlüssel hing genau da, wo ihn Thorsten erwartet hatte. Direkt daneben hing noch ein Schlüssel. Der zum Waffenschrank. Thorsten hatte schon ein paarmal zusammen mit seinem Vater geschossen. Das war ganz schön krass gewesen, der Rückstoß und so. Er steckte den Schlüssel für die Grillhütte ein, und dann öffnete er mit dem Schlüssel das erste Schloss des Waffenschranks. Für die zweite Verriegelung brauchte man eine Zahlenkombination. Thorsten kannte die Zahlen, er hatte aufgepasst, als sein Vater den Code eingegeben hatte. Mit einem satten Schmatzen öffnete sich die Tür. Ja, da lagen sie. Mattschwarz und tödlich. Thorsten streichelte behutsam mit den Fingerspitzen über das kalte Metall. Er dachte an Jan und Alex. Die würden Augen machen.

He, Jungs, schon mal so richtig geschossen? Habt ihr Bock auf ein paar Probeschüsse?

Thorsten wusste, dass er die Waffen danach reinigen musste, aber auch das hatte er gelernt. Und fehlende Patronen würden nicht auffallen, davon gab es hier weiß Gott genug. Entschlossen griff er zu.

Polizeiinspektion Andernach

»Und Dirk hat wirklich gesagt, wir sollen die Finger von diesem Zeugen lassen?«, fragte Kalle Tanja ungläubig.
»Ja, weil nämlich die Kollegen aus Koblenz schon dran sind. Außerdem haben wir ja genug zu tun. Sascha hat sich krankgemeldet, das heißt auch, dass wir keine Sondertouren fahren können.«
Tanja sah, dass Kalle das gar nicht in den Kram passte. Aber schließlich fügte er sich. »Okay, also gut, solange Sascha krank ist, müssen wir das nicht auch noch übernehmen, aber ansonsten denke ich schon, dass wir mit diesem Michi einen guten Kandidaten für unseren Sprayer haben. Fand Paul übrigens auch, ich habe ihm das Radiointerview vorgespielt.«
Tanja lachte auf. »Ach so, daher weht der Wind. Du hast dir erst einmal Rückendeckung für deine Vermutung geholt.«
»Komm, Tanja, du weißt genau, dass Paul wirklich gut war, nee, gut ist. Glaubst du vielleicht, man wird nur für seine schönen blauen Augen in eine NATO-Spezialeinheit berufen?«
Tanja hob abwehrend die Hände. »Schon gut, schon gut. Dein Paul muss ja ein richtiger Superheld sein, den würde ich ja gern mal näher kennenlernen. Die ein-, zweimal, wo wir uns kurz gesehen haben, machte er einen ganz netten Eindruck.« Tanja boxte Kalle spielerisch gegen die Schulter. »Jetzt zieh nicht so ein Gesicht, als hätte ich mich auf deinen Lieblingshasen gesetzt. Ich wollte gar nicht Pauls Kompetenz in Abrede stellen. Du kennst ihn schließlich schon ewig und kannst bestimmt sein Fachwissen besser einschätzen als ich.«
Tanja nahm einen Stapel Akten und wollte gerade an ihren

Schreibtisch zurückgehen, als ihr auffiel, dass Kalle offenbar noch etwas auf dem Herzen hatte.

»Ähm, Tanja, wenn du Paul besser kennenlernen willst, also … da hätte ich einen … ähm, Vorschlag.«

»Polizeioberkommissar Seelbach, werden Sie gerade rot?«

»Quatsch, ist nur sehr warm hier.«

»Echt? Ist mir bis gerade nicht aufgefallen. Was hast du denn für einen Vorschlag?«

»Hast du heute Abend schon was vor? Auf Pauls Campingplatz wird die Einweihung der Grillhütte gefeiert. Die habe ich zusammen mit ihm renoviert. Und da dachte ich, wir, also wir könnten da zusammen hingehen. Natürlich nur, wenn du nichts anderes vorhast.«

»Nein, ich habe nichts anderes vor. Und ich würde sehr gern mit dir zu dem Grillfest gehen. Natürlich nur, wenn du mich abholst, ich darf dann was trinken. Und du musst versprechen, dass alles unglaublich nett, ungezwungen und wahnsinnig lustig wird.«

»Öh, ja, das wird nett, lustig und … ähm, ungezwungen – versprochen.«

»Dann ist es abgemacht. Ich hätte ab sieben Zeit.«

Kalle strahlte. »Um sieben, ja klar. Ich bin da, ich freu mich drauf.«

Als Tanja zurück zu ihrem Schreibtisch ging, murmelte sie lächelnd: »Ich freu mich auch, Kalle.«

Grillhütte in der Nähe der alten Heimschule

»Mensch, Alex, was machst du denn für einen Scheiß? Willst du uns hier alle ausräuchern? Fuck, das stinkt ja wie die Hölle.«

»Hör auf zu maulen, Jan, mach es doch besser. Das Scheiß-Holz ist total nass, das brennt eben nicht.«

»Hanna, hol doch mal deinen Naturburschen von draußen rein, was macht der überhaupt? Komm, der soll sich mal nützlich machen.«

»Jan, du kannst so arschig sein, weißt du das eigentlich?«

»Huuh, sind wir heute ein wenig empfindlich?«

Hanna stand empört auf, ging nach draußen und warf die Tür mit einem lauten Krachen hinter sich zu.

»Zicke!«, rief Jan von drinnen und wurde dafür mit vielstimmigem Kichern belohnt.

Hanna verdrehte genervt die Augen. Sie wusste doch, wie Jan war, der totale Pascha.

Als Hanna zur Seite schaute, sah sie Thorsten. Der stand da wie angewurzelt, im Arm ein Bündel dürrer Tannenzweige.

Shit, dachte Hanna, er hat alles gehört.

※※※

Naturbursche, er kann sich mal nützlich machen – Jan, dieser Arsch! War ja klar, wie das laufen würde. Sie würden ihn ausnutzen, seine Anwesenheit nur gerade eben hinnehmen. Thorsten war nicht einmal sonderlich überrascht. Warum sollte der Schul-King sich auch plötzlich mit ihm abgeben wollen?

Und er Idiot war extra schon eine Stunde früher hierher zur Grillhütte gefahren, um aufzuschließen, die Fensterläden zu öffnen und zu lüften. Hanna war ebenfalls mit dem Rad gekommen, hatte aber einen Teil der Strecke geschoben, weil sie den falschen Weg genommen hatte, der ließ sich mit dem Rad nicht befahren. Und schließlich war Jan gekommen, und zwar in einem nagelneuen offenen Jeep Wrangler. Eigentlich durfte er ja nur in Begleitung seiner Eltern fahren, aber die wussten entweder nichts von der Spritztour, oder es interessierte sie nicht. Jan hatte die anderen dabei: Alex auf dem Beifahrersitz, Laura und Marie kichernd auf der Rückbank. Thorsten hatte ihre Begeisterungsschreie schon vor Minuten durch den stillen Wald gehört, wahrscheinlich war Jan wie ein Bekloppter durch die Schlaglöcher gebrettert, um damit anzugeben, wie toll er auch offroad fahren konnte.

Hanna hatte alle begrüßt und auch ihn immerhin mit einem kurzen Nicken zur Kenntnis genommen. Thorsten kapierte sofort: Sie hatten ihn für den Schlüssel gebraucht, das war's, mehr nicht. Er hatte in der Hütte gesehen, dass da zwar Feuerholz und alte Zeitungen lagen, aber was fehlte, waren trockenes Anmachholz und dünne Äste, um das Feuer überhaupt in Gang zu kriegen. Also war er losgegangen, um draußen Zweige zu suchen. Als er zurückkam, drang schon dichter Rauch aus den offenen Fenstern. Und er konnte jedes Wort verstehen, das dieser Jan von sich gab.

Arschloch!

***

»Thorsten, es tut mir echt leid. Aber du kennst doch Jan, der meint es nicht so«, sagte Hanna.

»Schon gut, echt. Natürlich meint er das so. Für die bin ich doch nur ein Opfer, der Loser vom Dienst, der zufällig an die Schlüssel rankommt. Aber das ist mir egal. Ich mach jetzt Feuer. Die können da drinnen einen auf Räucheraal machen, neben der Hütte ist noch eine Feuerstelle.« Thorsten wäre am liebsten sofort wieder abgehauen, aber er traute sich nicht, die Clique rauszuschmeißen, um die Hütte abschließen zu können. Dann wäre er für immer und ewig unten durch. Wütend ging er um die Hütte herum und warf das trockene Holz neben dem gemauerten Steinring der Feuerstelle auf den Boden.

Dann passt mal auf, dachte er, so geht das, ihr Versager. Geschickt schichtete er Holz über einem Ballen Zeitungspapier auf, riss ein Streichholz an und entzündete das Ganze. Es dauerte nicht mal eine Minute, bis das trockene Tannenholz Feuer fing. Hell loderten die Flammen hoch. Behutsam legte Thorsten weitere Äste nach. Er war so vertieft, dass er Hanna erst bemerkte, als sie sich zu ihm auf den Boden hockte.

»Du machst das echt gut. Wo hast du das gelernt?«

»Meinst du das ernst?« Thorsten warf ihr einen misstrauischen Seitenblick zu, sah aber nur aufrichtige Neugier in ihrem Gesicht.

»Na ja, wir haben zwei Kaminöfen, ich mach die im Winter immer an, wenn ich aus der Schule komme. Meistens bin ich der Erste zu Hause. Außerdem hat mein Vater in unserem Garten eine Feuerstelle, da durfte ich schon als kleines Kind Lagerfeuer machen, natürlich am Anfang unter Aufsicht. Es ist auch gar nicht schwer, du musst nur trockenes, dünnes Holz haben, und du darfst mit den dickeren Ästen nicht die Flammen erschlagen. Gehört ein bisschen Fingerspitzengefühl dazu. Hier, nimm mal den Ast, den musst du seitwärts in die Flammen legen. Ganz ruhig, nicht einfach hektisch draufwerfen, so schnell verbrennt man sich nicht die Finger.« Thorsten reichte Hanna einen Ast, den er schon passend gekürzt hatte. Sie folgte seinen Anweisungen und lächelte ihn von der Seite an.

»So hat mir das noch keiner erklärt. Ist eigentlich easy.«

»Sag ich ja.«

»Du, Thorsten?«

»Ja?«

»Ich wollte nur sagen –«

Ein lautes Motorengeräusch unterbrach Hanna. Schlitternd bremste ein Cross-Motorrad vor der Hütte, das Hinterrad rutschte zur Seite und schrammte eine tiefe Furche in den Boden. Ein Mann nahm seinen Helm ab und schaute sich um.

Seine Begleiterin, ihr riesiger Busen war selbst unter der schwarzen Lederjacke nicht zu übersehen, schwang sich vom Sozius.

»Wer zum Teufel ist das denn?«, fragte Thorsten halblaut.

»Das sind Freunde von Jan. Er hat so was erwähnt. Er heißt, glaube ich, Chris und sie Nina. Jan kennt die beiden vom Krafttraining«, erklärte Hanna.

Krafttraining, das sieht Jan, diesem alten Angeber, ähnlich, dachte Thorsten.

»He, Digga, da seid ihr ja endlich.« Das Motorengeräusch hatte Jan nach draußen gelockt.

»Geile Location für 'ne Party, hätte ich hier in der Pampa gar nicht erwartet«, antwortete Chris.

»Ja, und am besten bleibt ihr direkt schon draußen, drinnen ist es etwas stickig, aber mein Kumpel Thorsten hat schon Feuer gemacht.«

Thorsten traute seinen Ohren kaum. Hatte Jan Öckenhofen ihn gerade »Kumpel« genannt? Hanna zwinkerte ihm zu. »Schätze, dein Feuer macht doch Eindruck, vor allem im Vergleich zu Alex' Kokelversuchen.«

Thorsten blieb misstrauisch. Seine Oma sagte immer: »Eine Schwalbe macht noch keinen Sommer.« Abwarten, was da noch kam. Thorsten stand auf, half Hanna hoch, was sie mit einem dankbaren Lächeln belohnte, und musterte die Neuankömmlinge.

Die beiden waren schon mindestens neunzehn oder zwanzig. Sie zogen ihre Motorradjacken aus und warfen sie lässig über den Sitz der Maschine.

In Thorstens Augen sah Chris wie einer dieser kalifornischen Surfer aus. Braun gebrannt, lange blonde Haare, die nach hinten gekämmt waren, Dreitagebart und ein strahlendes Lächeln wie aus der Zahnpastawerbung. Dass Chris Krafttraining machte, sah man gleich, fand Thorsten, die Bizepse sprengten fast das langärmelige T-Shirt.

Nina war deutlich schlanker, aber auch durchtrainiert. Auf ihren Armen und am Hals gab es etliche Tattoos. Ihre Haare waren in einem grellen Orangeton gefärbt und auf der linken Kopfseite raspelkurz geschnitten. Auf der anderen Seite reichten die Haare dagegen bis auf die Schulter. Seine Schwester Eva hatte einmal so einen Haarschnitt haben wollen. Thorsten grinste bei der Erinnerung an den Aufstand, den seine Eltern gemacht hatten.

»Wollt ihr was trinken?«, fragte Jan. »Wir haben Wodka-Cola.«

»Wie sieht es mit einem Cocktail aus?« Ninas Frage sorgte

bei Jan für ziemliche Verlegenheit, stellte Thorsten amüsiert fest. Der arme Kerl wurde ganz rot.

»Nee, nur Wodka-Cola. Und Apfelsaft.«

Nina lächelte spöttisch. »Dann nehm ich wohl 'ne Coke.« Ihre Stimme klang rauchig und ziemlich tief.

»Die lässt Jan aber voll auflaufen«, raunte Hanna so leise, dass nur er, Thorsten, es verstehen konnte. Tja, das war doch mal eine ganz neue Situation: Jan Öckenhofen, der Star der Schule, buhlte förmlich um die Gunst der beiden Älteren.

»Der macht voll den Knecht vor den beiden«, erwiderte Thorsten ebenso leise. Und damit tauchte schon die nächste Frage für ihn auf: Warum waren Chris und Nina überhaupt hier oben im Wald? Die hatten doch bestimmt was Besseres zu tun, als ausgerechnet mit Jans Fanclub abzuhängen.

Campingplatz Pönterbach

»Ich sach dir, noch 'ne Viertelstunde länger in unserem Womo, und ich wär schreiend rausgelaufen. Meine Rosa erfindet offenbar den Kartoffelsalat neu, zumindest tut se so, dabei schmeckt ihr Kartoffelsalat wirklich eins a, der is so richtig knorke. Wenne verstehst, wat ich meine. Abba gibt sich meine Rosa damit zufrieden? Nee! Dat is jetzt die dritte Salatsoße, die sie rührt. Man könnte meinen, wir haben heute Abend hier Lisbeth von England zu Besuch.«

Klaus Koslowski saß neben mir auf der Bank und linderte seine Verzweiflung über die Koch-Eskapaden seiner Gattin mit einem Pils.

»Ich habe auch selbst gebrautes India Pale Ale da, ein Geschenk von Kalle, wenn du das mal probieren möchtest«, sagte ich.

»Pale Ale, is dat so 'ne englische Plörre, so ohne Schaum?«

»Ja, so was wird in England gebraut, ursprünglich eine

Biersorte, die in die Kolonien verschifft wurde, daher wohl auch der höhere Anteil an Hopfen und Alkohol.«

Klaus machte ein skeptisches Gesicht. »Ich weiß nich, so 'n ehrliches Bier«, er nickte in Richtung der Flasche in seiner Hand, »is mir eigentlich lieber. Schmeckt gut, dieses Vulkan...dingens hier. Und ich meine, wenn dat einem schmeckt, muss man doch keine Zeit verschwenden, wat Neues auszuprobieren. Bei uns in Herne gab et viele Jahre Ritter Pils. Ich sach dir, die ersten drei Gläser haste auf ex gezischt, danach ging's dann mit dem Geschmack. Also, ein Bierchen, dat ich mir erst schönsaufen muss, is auch nicht dat Wahre.«

Lachend schlug ich ihm auf die Schulter. »Tu mir einen Gefallen und erwähne das alles nicht in Kalles Gegenwart, das würde ihm das Brauerherz brechen.«

»Is klar. Kalle is ein netter Kumpel, aber wenn et um Bier geht, lässt der nich mit sich reden. Dat habe ich auch schon gemerkt«, grinste Klaus. »Wollen wir dann gleich mal den Grill anwerfen?«

Im Wald oberhalb des Campingplatzes heulte ein Motorrad auf, irgendjemand fuhr offensichtlich auf dem Forstweg, und zwar ziemlich schnell.

»Wat is denn da oben los? Vor 'ner Stunde habe ich da schon ein Auto gehört. Mit ganz lautem Kreischen, so wie wenn die Weiber Spaß haben auffe Kirmes.«

Ich deutete mit dem Zeigefinger auf das Waldstück oberhalb unseres Platzes. »Da drüben führt ein Forstweg zur sogenannten alten Heimschule, das war mal Ende der zwanziger Jahre eine Art katholisches Internat. Und noch ein Stück weiter gibt's eine Grillhütte, die man mieten kann. Das Auto habe ich auch gehört, da wollte wohl jemand gern mal offroad fahren und seine weibliche Begleitung beeindrucken. Mit einem normalen Pkw kannst du da oben nicht fahren, die Schlaglöcher dort sind viel zu tief.«

»Weibliche Begleitung beeindrucken, Paul, dat is dat Stichwort: Lass uns anfangen, sonst macht mir Rosa hinterher noch die Hölle heiß. Ich sach dir, die Frau hat Temperament. Also, da könnt ich Geschichten erzählen.«

Allein schon, um Klaus daran zu hindern, mir mehr über Rosas Temperament zu verraten, sagte ich schnell: »Dann los, Feuerholz und Grillkohle sind schon oben. Kalle und seine Kollegin Tanja müssten auch jeden Moment kommen. Ich schätze, in einer Stunde sind alle Gäste da und wollen etwas essen. Übrigens: Im Kühlschrank gibt's auch frisches Bier.«

Klaus Koslowski sah mich an, als hätte ich ihm gerade den Weg zum Heiligen Gral verraten. »Sach doch gleich, dat da noch Bierchen lagern. Mensch, Paul, auf geht's.«

Grillhütte in der Nähe der alten Heimschule

»Da regt sich also der Schmidtke total auf, von wegen, dass es Leute gibt, die sich die Trikots der Nationalmannschaft kaufen, um damit anzugeben. Krieg ich natürlich mit. Ich also zu dem Schmidtke und sag ganz lässig, so als wäre das nix: ›Ich trag dieses Trikot nur, weil ich im Kader der Nationalmannschaft bin.‹ Ich sag euch, das Gesicht hättet ihr sehen müssen – total episch.«

Laura und Marie lachten bewundernd und himmelten Jan weiter an. Thorsten wurde das Gefühl nicht los, dass dieser Abend ziemlich seltsam war. Er saß hier tatsächlich mit Jan Öckenhofen am Lagerfeuer und hörte sich dessen Angebergeschichten an. Aber es gefiel ihm, das hätte er auch nicht erwartet. Jan war lustig, er konnte tolle Storys erzählen, und er wusste, wie man eine Pointe rüberbrachte.

Solange Hanna hier neben mir am Feuer sitzt, kann Jan so viele Storys erzählen, wie er will, dachte Thorsten zufrieden. Hannas Fingerspitzen hatten eben seine Hand berührt. Geiler Abend!

Die Würstchen hatten sie rasch gegrillt, die waren lecker

gewesen. Danach hatten sie dann ein größeres Feuer entfacht. Jan hatte angefangen, seine Storys zum Besten zu geben, und Thorsten entspannte sich immer mehr.

»Sag mal, Thorsten, wie kommst du eigentlich an die Schlüssel für diese Hütte hier?«, fragte Nina interessiert. Noch so ein Punkt, den Thorsten nie für möglich gehalten hätte: Chris und Nina waren richtig nett, die hatten ihn von Anfang an nicht von oben herab behandelt.

»Mein Vater kümmert sich für verschiedene Jagdpächter um die Reviere. Die Grillhütte hier gehört einem Verein in Kell, und mein Vater ist da im Vorstand. Ich hab mir die Schlüssel aus seinem Arbeitszimmer geholt. Er hat bestimmt nichts dagegen, schließlich machen wir hier nichts kaputt oder so.«

Ein lautes Splittern ließ Thorsten zusammenzucken.

»Ach, shit!«, tönte es aus der Hütte.

Jan unterbrach seine aktuelle Erzählung und rief. »Ey, Alter, alles klar bei dir?«

Alex schaute aus der Tür. »Sorry, Leute, mir ist die aktuelle Wodkaflasche aus der Hand gerutscht. Die schlechte Nachricht: Da liegen jetzt nur noch Scherben. Die gute Nachricht: Es war nicht mehr viel in der Flasche drin.« Alex' Stimme klang schleppend. Der ist eigentlich schon ziemlich dicht, dachte Thorsten.

»Aktuelle Ansage – wir haben nur noch eine Flasche Wodka, aber jede Menge Coke.« Alex grinste in die Runde und erhielt als Antwort ein vielstimmiges »Buh«.

»Tja, das war's wohl. Eine Flasche Wodka auf acht Personen, da kann man wohl nicht viel reißen«, amüsierte sich Thorsten.

Nina legte den Kopf schief und schaute ihn ernst an. Irgendwie kam es Thorsten so vor, als würde sie ihn gerade abchecken. Dann griff sie in ihre Hosentasche und zog eine flache Metalldose heraus.

»Um zu entspannen, braucht man doch keinen Wodka.« Sie öffnete die Dose. Mehrere kleine Kapseln, ungefähr in der

Größe einer Kopfschmerztablette, kamen zum Vorschein. Sie waren textmarkergrün, und Thorsten hätte schwören können, dass sie von innen her leuchteten.

»Sind das Drogen? Ich meine, LSD oder so?«, fragte er misstrauisch.

Nina lachte auf. »Quatsch, das Zeug ist auf Naturbasis, so zum Runterkommen. Glaubst du, wir würden uns beim Training mit irgendwelchen harten Sachen zudröhnen?«

»He, was hast du denn da?« Alex war auf Nina und ihre Pillen aufmerksam geworden.

Chris antwortete für sie. »Haben die neu im Studio. Da ist so ein Typ, Medizinstudent, der hat die Dinger entwickelt, um nach einem anstrengenden Work-out zu entspannen. Sind nicht schlecht, vor allem, wenn der Abend so cool läuft wie hier.«

»Darf ich?«, fragte Alex.

Nina hielt ihm die grünen Kapseln entgegen. »Klar, bedien dich.« Alex nahm gleich zwei und spülte mit Wodka-Cola nach.

»Und – du auch mal?«, fragte Nina. Sie schaute Thorsten dabei tief in die Augen.

»Ja, ey, Thorsten, nimm eine, oder haste Schiss?«, forderte Alex ihn heraus.

»Warum nicht? Wieso sollte ich Schiss haben?« Thorsten sah, dass Hanna neben ihm Luft holte, um etwas zu sagen. Aber er kam ihr zuvor. Rasch griff er zu und schluckte eine der Kapseln. Er würde hier vor den anderen ganz sicher keinen Rückzieher machen.

Campingplatz Pönterbach

»Noch einen Rotwein? Ihr Glas ist ja leer. Und Sie wollen doch nicht schon aufhören zu essen? Sie haben ja noch gar kein Steak probiert. Die habe ich in einer Knoblauch-Rosmarin-Marinade eingelegt.« Helga schaute Tanja auffordernd an.

»Oh nein, bitte, Frau Behrend, kein Steak mehr. Rotwein gern, aber ich kann unmöglich noch was essen. Ich habe in den letzten zwei Stunden mehr gegessen als in den letzten zwei Tagen. Es war alles unglaublich köstlich, das können Sie mir glauben.«

»Aber so ein kleines Steak für obendrauf geht doch bestimmt noch«, mischte sich Kalle scheinheilig ein.

»Du weißt ja nicht, was du da sagst, Kalle. Nimm dir ruhig noch ein Steak für ›obendrauf‹, dann wird es nicht mehr lange dauern, und du kannst dir deine Hemden in XXL bestellen. Und beschwer dich nicht, wenn ich dir die Treppen raufhelfen muss.« Tanja lachte meinen Freund an, der die Frotzeleien mit ihr sichtlich genoss.

Ich beobachtete das Ganze aus sicherer Entfernung und fühlte mich sauwohl. Wir hatten gut dreißig Gäste bewirtet, der Großteil war schon wieder gegangen, aber ein knappes Dutzend genoss noch den Abend, darunter die Koslowskis und die beiden Ehepaare, deren Mädchen ich bei den Möchtegern-Dealern verscheucht hatte.

Klaus Koslowski stellte sich neben mich. »Die beiden da drüben, Kalle und seine Kollegin, würden aber auch ein nettes Paar abgeben«, stellte er fest, »da hab ich so 'n Näschen für. Dat sieht doch 'n Blinder mit Krückstock, dat da wat am Köcheln is. Und meine Rosa sacht auch, dat die Tanja 'ne ganz Patente is.«

Ich grinste Klaus an. »Mal abwarten. Ich würde es Kalle von Herzen gönnen. Tanja ist wirklich nett.«

»Darauf trink ich einen.« Klaus hob seine Bierflasche, prostete mir zu und gönnte sich einen ausgiebigen Schluck.

»Wat denn, Paul, deine Flasche is ja leer. Musse noch fahren?«

»Keine Sorge, Klaus, ich lass es nur ein wenig langsamer angehen, ich hasse es, die Kontrolle zu verlieren.«

»Jau, dat kenn ich. Geht mir immer so beim sechsten oder siebten Bierchen. Ich sach dir, wat da hilft. Augen zu und durch. Weil spätestens dat neunte schmeckt dann auch schon wieder.«

Interessante These, ich hatte aber nicht vor, die heute auf ihren Wahrheitsgehalt zu testen.

»Paul, Paul!«

Helga winkte mich quer durch den Raum zu sich.

»Sorry, Klaus, die Pflicht, ich meine, Helga ruft.«

»Geh nur, ich amüsier mich hier auch allein.«

Ich ging zu Helga hinüber. »Was ist denn?«

»Paul, ich wollte Frau Dievenbach –«

»Tanja, bitte sagen Sie doch Tanja, Frau Behrend.«

»Aber dann bin ich auch die Helga.«

»Sehr gern, Helga.«

»Ähm«, ich räusperte mich laut, »du wolltest mir eigentlich was sagen, Helga?«

»Oh, entschuldige bitte. Also, ich wollte … äh … Tanja noch Rotwein anbieten, aber drüben die Kratsbergs haben gerade die letzte Flasche leer gemacht, und das Bier müsste auch nachgefüllt werden. Ich würde gern mit Rosa das Essen ein wenig zusammenstellen, da kann sich später jeder noch bedienen. Wärst du so nett und würdest mit Kalle aus dem Lager Getränke holen?«

»Klar, kein Problem.« Ich gab Kalle einen Wink, der schob sich noch rasch ein kleines Brötchen mit Kräuterbutter in den Mund, bevor er kauend zu mir herüberschlenderte.

»Helga hätte gern noch ein paar Getränke. Packst du gerade mal mit an?«

»Sicher, mach ich doch gern.«

Tanjas helles Lachen klang quer durch den Raum.

»Deiner Kollegin gefällt es gut bei uns. Ich glaube, du hast die Richtige um ein Date gebeten.«

Kalle flüsterte mir zu: »Eine Wahnsinnsfrau und eine tolle Kollegin. Meinst du …? Ich meine … Ob ich …?«

»Ich bin ja nun wirklich kein Fachmann in solchen Dingen,

aber Helga hat ihr gerade schon das Du angeboten. Ich denke, auf Helgas Menschenkenntnis ist Verlass.«

Kalle grinste selig. »Echt? Ja dann.«

Was immer das heißen sollte, ich wollte es gar nicht so genau wissen. Mir reichte es, dass Kalle zufrieden war.

Grillhütte in der Nähe der alten Heimschule

Wie lange saß er hier schon neben Hanna am Feuer? Eine Stunde, zwei? Es war unglaublich. Er konnte den Duft von Hannas Haaren riechen. Sogar Ninas Parfüm hatte er in der Nase, dabei saß die mehr als zwei Meter von ihm entfernt. Irre – er hatte Superkräfte. Heimlich spannte er seinen Bizeps an. Das bildete er sich doch nicht ein, die waren auch größer und härter geworden. Wow!

»Thorsten, alles in Ordnung?« Hannas besorgte Frage lenkte ihn von seinen Superkräften ab.

»Klar, was soll denn sein?«

»Ich weiß nicht, du wirkst so weggetreten. Hast da mit geschlossenen Augen gesessen, echt krass. Sind das diese Pillen, geht's dir gut?«

»Super ... ich ... ähm ... merk eigentlich nix. Man entspannt halt nur so.«

»Gut, weil Alex ist schon seit einer halben Stunde in der Hütte, von dem hört man gar nichts mehr. Ich weiß nicht, ob das gut war, dass der gleich zwei genommen hat – und dann auch noch zusammen mit dem Wodka.«

Stimmt, Alex war weg. Hatte er gar nicht bemerkt. Thorsten schaute sich um. Wo waren eigentlich Nina und Chris? Er hatte doch gerade noch ihr Parfüm gerochen.

»Sag mal, sind Nina und Chris bei Alex?«

Hanna musterte ihn, als hätte er nach dem Osterhasen gefragt.

»Die sind doch vor zehn Minuten gefahren. Hast du das gar nicht mitbekommen?«

Zehn Minuten, unmöglich! Shit, die beiden hatten doch hier am Feuer gesessen.

Plötzlich stand Alex am Feuer mit den beiden Pistolen in den Händen.

»Bleibt ganz ruhig. Ich kann sie hören. Aber noch sind sie weit weg.«

»Scheiße, Alex, wo hast du die Knarren her?«

Jan war erschrocken aufgesprungen. Alex drehte sich langsam zu ihm um. Langsam und irgendwie bedrohlich.

»Das sind meine, die habe ich drinnen in einem Rucksack gefunden. Die gehören jetzt mir. Wer was findet, darf es behalten. Also sag mir nicht, was ich tun soll. Das weiß ich selber am besten. Ich werde euch beschützen. Bei mir seid ihr sicher. Ich knall die ab.«

»Alex, hör auf. Bau jetzt keinen Scheiß. Komm runter, Digga. Die sind echt, ich meine, die sind geladen.« Thorsten hörte selbst die Angst in seiner Stimme.

»Klar sind die echt, Loser. Ich bin der Einzige, der weiß, was zu tun ist, ihr Opfer. Da unten, seht ihr die Lichter? Da geh ich jetzt hin und hol sie raus. Ich kann sie retten. Ich kann alle retten. Ich muss es nur tun. Keiner kann es tun, nur ich. Ich allein.«

Thorsten verstand nichts von dem, was Alex da faselte, aber er würde jetzt einfach aufspringen, ihm die Pistolen aus den Händen reißen und Hanna beschützen.

»Keiner, hört ihr. Keiner, nur ich! Die Zombies werden mich nicht kriegen.« Alex steckte sich eine Pistole hinten in den Hosenbund und lud die andere durch, wie im Kino.

»Bist du irre!«, schrie Jan, doch Alex schaute nicht mal zu ihm hinüber.

Bevor Thorsten reagieren konnte, drehte sich Alex um und rannte los, zwischen den Bäumen hindurch, sprang über ein paar quer liegende Baumstämme und war verschwunden.

»Alex!« Jans Schrei hallte ohne Wirkung durch den Wald.

Panisch schaute Jan in die Runde. »Fuck, was ist denn mit dem los? Wo will der hin? Woher hat er die Knarren?«

»Tu doch was, Jan!«, kreischte Laura schrill.

Thorsten war mit einem Satz auf den Beinen und spurtete los. Alex drehte durch, und er hatte die Pistolen. Das war nicht gut, das war gar nicht gut. Gott sei Dank hab ich Superkräfte, dachte Thorsten. Ich bin schnell, und ich kann im Dunkeln sehen. Warum hab ich das nicht früher bemerkt? Alle seine Sinne waren auf Anschlag, wie bei Spiderman. Thorsten hörte hinter sich die anderen, Hanna rief besorgt seinen Namen. Nicht ablenken lassen, weiterrennen. Wenn einer Alex aufhalten konnte, dann er. Er musste ihn einholen, bevor es zu spät war. Wie im Film rauschten die Bäume an ihm vorbei. Er rannte, sprang, wich geschickt Zweigen und Ästen aus. Da vorne – Thorsten sah Alex gebückt über eine Wiese rennen. Und er sah das Ziel, das Alex ansteuerte. Sein Magen zog sich zusammen. Alex rannte geradewegs auf ein hell erleuchtetes Blockhaus zu.

»Alex, bleib stehen!«

Alex drehte sich nicht einmal zu ihm um, sondern lief einfach weiter. Gelächter und Stimmen wehten zu ihm herüber. Scheiße, da waren lauter Leute. Natürlich waren da Leute, das war der Campingplatz Pönterbach. Thorsten biss die Zähne zusammen und rannte noch schneller, schneller, als er jemals zuvor gerannt war. Alex durfte auf keinen Fall dieses Haus erreichen. Plötzlich blieb er mit einem Fuß an einer Wurzel hängen, stolperte und fiel der Länge nach hin. Sein Knie knallte auf einen Stein.

»Ah, fuck!« Thorsten biss sich auf die Lippen. Kniff die Augen zu. Die Superkräfte halfen ihm, der Schmerz war plötzlich irgendwie weggewischt.

Hinter sich hörte er Hannas Rufe. Er rappelte sich hoch, suchte hektisch die Wiese nach Alex ab. Da ... da war er, Alex presste sich mit dem Rücken an die Wand des Blockhauses und schlich zur Tür.

»Digga, nein!«

Die Pistole in der Hand, trat Alex die Tür auf und stürzte ins Haus.
Angstschreie statt Gelächter.
Angstschreie und plötzlich ein Schuss.

Campingplatz Pönterbach

Hier im Pöntertal gab es keinen Lärm, nicht abends. Der Knall des Schusses hallte durch das Tal, schreckte ein paar Rebhühner auf, die sich lautstark beschwerten.
Kalle wirbelte zu mir herum. »Dieser Jäger ist aber verdammt nah, oder bilde ich mir das nur ein?«
Ich stellte den Bierkasten wieder auf den Boden und lief zur Tür.
»Das war verdammt nah, und es war kein Jäger.«
»Was denn dann?«
Es gibt Dinge, die bleiben für immer im Gedächtnis. Ein Autoliebhaber kann dir am Motorgeräusch sagen, welches Modell gerade um die Ecke biegt. Kalle hatte einen Schuss gehört. Ich hatte eine Pistole gehört, genauer gesagt, eine P8 Combat von Heckler & Koch. Die Sonderausführung für das Kommando Spezialkräfte der Bundeswehr. Meine alte Dienstwaffe. Ich hatte jahrelang mit dieser Waffe auf den Schießständen geschossen. Es gibt Dinge, die vergisst man einfach nicht.
»Kalle, alarmier den Notruf. Nimm das Telefon drinnen bei mir auf der Küchentheke. Wir haben einen oder mehrere unbekannte Schützen. Und Geiseln.«
»Geiseln?«
»Der Schuss kam oben aus dem Blockhaus. Das war eine P8, das war kein Jäger. Also los, beeil dich. Ich lauf schon mal los.«
»Paul, bau jetzt keinen Scheiß. Du bleibst hier unten, bis die Kollegen eingetroffen sind.«

Ein zweiter Schuss gellte durch unser Tal, dann ein Schrei. Ich schaute Kalle an. Der hielt meinem fragenden Blick nur für einen kurzen Moment stand, bevor er gequält das Gesicht verzog. »Verdammt noch mal, Tanja, Helga, die anderen. Sei vorsichtig. Aber schnapp dir die Schweine.«

Ich sparte mir eine theatralische Antwort und rannte los.

**

»Ich weiß, dass ihr euch am liebsten auf mich stürzen wollt, aber ich knall jeden ab, der sich bewegt.« Alex schaute sich um, die Zombies bleckten die Zähne, knurrten ihn wütend an, wagten aber nicht, näher zu kommen. Eine dieser Kreaturen hatte er schon erwischt. Gerade noch rechtzeitig, als sich das Wesen mit seiner blutigen Fratze auf ihn stürzen wollte, um sich in seinem Hals festzubeißen. Ein paar Zombies zogen ihren Kumpel gerade zur Seite. So ist das, wenn man plötzlich selbst das Opfer ist.

Alex wandte sich zu den zwei, drei Menschen, die ängstlich hinter der Theke in Deckung gegangen waren, als er seinen Warnschuss abgegeben hatte.

»Keine Sorge, ich hol uns hier alle lebend raus. Die Monster haben erst mal genug. Wenn du einen abknallst, halten sich die anderen fürs Erste zurück. Wir schaffen das Level hier.«

»Alex! Leg die Pistole auf den Boden. Sofort.«

»Halt die Schnauze, Thorsten, du Loser. Sei froh, dass ich dich nicht erschossen habe, als du durch die Tür da gekommen bist.«

»Alex, hör auf!« Bei der Stimme drehten sich alle Köpfe zur Tür herum.

»Mensch, Hanna, das ist gut, dich zu sehen. Komm rein, pass auf die Zombies da drüben auf. Du kannst die Überlebenden hier führen, der Loser nervt ja nur.«

»Alex, leg die Waffe hin.« Er hörte Hannas Flehen, aber sie wusste ja nicht, was er wusste. Ihm blieben höchstens ein paar Minuten, bevor die Kreaturen da drüben wieder von ihrem Blutdurst übermannt wurden. Dann gäbe es kein Halten. Dann musste er sie alle töten.

Da! Sie fingen schon an zu murren. Sie bewegten sich. Gieriges Knurren kam aus ihren Kehlen. Alex stellte sich breitbeinig hin und hob langsam die Pistole. Er hatte eine Aufgabe zu erfüllen.

***

Vorsichtig hob ich den Kopf und schaute durch das große Fenster. Im Raum stand ein junger Mann, siebzehn, achtzehn Jahre alt. Er bedrohte mit seiner Pistole Tanja, Helga, die Münsteraner und einige weitere Gäste. Zwischen ihnen auf dem Boden sah ich die Beine eines am Boden liegenden Mannes. Also hatte der Kerl nicht nur in die Luft geballert. Hinten, in einer Ecke, stand ein anderer Teenager, der mir vage bekannt vorkam, und in der Tür eine junge Frau.

Der Bewaffnete sprach gerade, gab der Frau aufgeregt Anweisungen. »Komm rein, pass auf die Zombies da drüben auf. Du kannst die Überlebenden hier führen, der Loser nervt ja nur.«

Wovon redet der?, fragte ich mich. Zombies, Überlebende?

»Alex, leg die Waffe hin.« Die junge Frau schien ruhig und vernünftig.

Ich konzentrierte mich auf diesen Alex. Ich musste da rein, aber nicht durch die Vordertür. Alex stand mit dem Rücken zur Theke, und zwischen der Vordertür und ihm lagen gut fünf Meter. Reiner Selbstmord, durch die Tür zu kommen. Ich war zwar schnell, aber niemand ist so schnell wie eine Kugel.

Ich suchte den Raum nach Rosa und Klaus ab. Die mussten wohl hinter der Theke Deckung gesucht haben, denn ich sah sie nirgendwo.

Ein Plan wäre jetzt gut. »Nur Dummköpfe machen keinen Plan. Die Welt ist voller toter Dummköpfe« – einer der Lieblingssprüche meines Ausbilders. Alex hob die Pistole und stellte sich breitbeinig hin. Er sah nicht so aus, als würde er mit sich reden lassen. Die Pistole zielte abwechselnd auf Helga und Tanja.

Ich duckte mich vom Fenster weg und lief um das Blockhaus herum. Die Seitentür neben dem Kühlschrank stand offen. Vorsichtig zog ich sie einen Spalt weit auf und hoffte dabei, dass Alex nicht durch einen Luftzug oder ein Geräusch gewarnt wurde. Ich schlüpfte durch den Spalt und duckte mich. Vor mir auf dem Boden kauerten Rosa und Klaus. Ich legte den Zeigefinger warnend auf die Lippen. Klaus sah mehr grimmig als verängstigt aus und nickte nur.

Langsam erhob ich mich. Immer noch keinen richtigen Plan, aber das, was einem Plan am nächsten kam. »Alex, du solltest die Zombies da drüben nicht sofort erschießen, wir anderen müssen erst hier raus«, sagte ich laut.

Alex' Kopf ruckte in meine Richtung. Ich hatte die Hände gehoben und hoffte, dass ich in seinen Augen nicht wie ein Zombie aussah.

»Scheiße, wo kommst du denn her?«

»Du hast doch gesagt, wir sollen uns hier verstecken.«

Alex runzelte die Stirn, dachte nach.

Reden. Und langsam gehen.

Ich suchte seinen Blick. Solange er sich auf mich konzentrierte und mit mir redete, schoss er nicht. Ziemlich dürftig, der Plan. Ich spürte den Schweiß im Nacken.

»Hör zu, ich bringe die anderen in Sicherheit. Kannst du die Zombies in Schach halten?«

»Klar, Mann. Hab ja sogar schon einen erwischt.«

Reden, zwei Schritte weiter.

Alex war nicht dumm. Der schwarze Lauf zielte direkt auf meine Brust.

»Gut, dann wissen sie jetzt, dass du es ernst meinst, Alex. Nicht wahr, das ist gut.«

»Die knurren schon, die lassen sich nicht mehr lange einschüchtern.«

Reden, zwei Schritte weiter.

Nah genug. Wenn er jetzt abdrückte, konnte er nicht danebenschießen, dann war es vorbei. Ich schluckte trocken, versuchte, ganz ruhig und unbeteiligt auszusehen. He, Alex, ich bin der nette Kerl, der dir bei den Zombies hilft. Du musst mich nicht erschießen.

»Bleib stehen. Ich will nicht, dass du noch näher kommst.« Alex' Stimme hatte etwas Schrilles. Sofort blieb ich wie angewurzelt stehen.

Halte immer die Hände auf der Höhe des Laufes, das spart wertvolle Zeit. Wenn jemand mit einer Pistole vor dir steht, kannst du seine Schusshand und die Waffe zur Seite schlagen. Das machen aber nur Idioten. Drückt der Schütze dabei ab, geht die Kugel sonst wohin, verletzt Unbeteiligte, schlägt durch ein Fenster, tötet Unschuldige. Es gibt nur eine Richtung, in die man die Pistole schlagen kann, und selbst das war eigentlich Wahnsinn. Ich hatte das trainiert, aber da besaß ich noch beide Hände. Falscher Zeitpunkt, um zu jammern.

Alex' Blick wurde misstrauisch. Ich sah, wie sich der Zeigefinger am Abzug krümmte.

»Schau mal, Alex, ich weiß, wovon ich rede. Mir haben die Zombies die Hand abgebissen.«

Ich schaute zu meiner Prothese. Und Alex schaute auch hin. Es war wie ein Zwang, er konnte gar nicht anders.

Ich machte einen Ausfallschritt nach vorne und stieß mit beiden ausgestreckten Händen die Schusshand und die Pistole nach oben. Die einzige Richtung, die ungefährlich war.

Alex schrie überrascht auf und drückte ab. Der Schuss war so laut, dass mir die Ohren klingelten. Die Kugel jaulte als Querschläger durch den Raum.

Mein Kopf ruckte vor. Ich rammte Alex meine Stirn gegen die Nase. Es knackte laut, als sein Nasenbein brach. Alex schrie, Blut spritzte aus der Nase. In Bewegung bleiben. Ich drehte mich zur Seite, packte mit der gesunden Hand sein Handgelenk und riss es herunter. Gleichzeitig schnellte mein Knie nach oben. Kann sein, dass dabei sein Handgelenk brach, auf jeden Fall war der Schmerz groß genug, dass er die Pistole fallen ließ. Mein Bein war noch nicht wieder auf dem Boden, als ich Schwung aus der Hüfte holte. Mein angewinkelter Ellenbogen krachte gegen sein Kinn. Alex verdrehte die Augen, ich ließ sein Handgelenk los, und er fiel in sich zusammen wie eine Marionette, der man die Fäden gekappt hatte. Rasch kickte ich die Pistole aus seiner Reichweite.

»Hanna, oh Gott, Hanna!«

Bei dem Schrei wirbelte ich herum. Die junge Frau lag auf dem Boden, und auf ihrem T-Shirt war ein riesiger Blutfleck. Wieso?

Ich schaute hoch. Der Querschläger musste den Kaminabzug getroffen haben. Erst den schmiedeeisernen Abzug, dann Hanna. Der andere Teenager kniete neben dem Mädchen und hielt sie im Arm.

Draußen hörte ich die ersten Sirenen. Blaulicht zuckte hektisch durch die Dunkelheit.

»Tanja, schnell, im Laden an der Wand neben der Kasse hängt Verbandszeug. Sag Kalle, er soll auch einen Notarzt anfordern.«

Tanja lief los. Ich schaute zu den Übrigen. Helga suchte meinen Blick und schüttelte den Kopf. Der Mann auf dem Boden, um den alle herumstanden, war also tot.

Ich kniete mich neben das Mädchen und fühlte ihren Puls. Er war schwach, aber vorhanden. »Wie heißt du?«, fragte ich den Jungen, der Hanna im Arm hielt.

»Thorsten, Thorsten Seltmann.«

»Bist du mit Gerd Seltmann verwandt?«

Thorsten nickte. »Das ist mein Vater.« Daher also kannte ich den Jungen. Gerd Seltmann war öfter hier bei uns auf dem Platz, jetzt erkannte ich auch die Familienähnlichkeit.

»Okay, Thorsten, ich bin Paul. Ich will später wissen, was ihr hier getrieben habt. Jetzt holst du erst mal da drüben zwei Jacken, wir müssen dafür sorgen, dass Hanna nicht auskühlt.«

Während des kurzen Wortwechsels untersuchte ich die junge Frau. Die Kugel war in die rechte Schulter eingeschlagen, unterhalb des Schlüsselbeins. Ich zog schnell mein Hemd aus, ballte es zusammen und drückte es auf die Wunde. In diesem Moment stürzten zwei Notfallsanitäter in den Raum.

»Aus dem Weg, machen Sie Platz. Ist das die einzige Verletzte?«

»Nein, dort drüben liegt ein Toter, und der Täter liegt dort ...«

»Paul, Vorsicht!«

Thorsten sprang auf mich zu und stieß mich mit voller Wucht zur Seite. Ein Schuss knallte durch den Raum. Thorsten schrie auf und brach zusammen.

Halb auf dem Boden liegend, schaute ich zu Alex. Die Waffe, die ich weggekickt hatte, lag immer noch hinten in der Ecke. Alex blickte lächelnd auf eine neue Pistole, offenbar hatte er noch eine zweite Waffe dabeigehabt. Dass sein Gesicht blutverschmiert war, schien ihn nicht zu stören. Der Lauf schwang herum, zielte abwechselnd auf die knienden Sanitäter und auf mich.

»Polizei! Waffe fallen lassen! Legen Sie sofort die Waffe weg!«

In der Tür standen zwei Beamte und zielten auf den sitzenden Alex.

Langsam, wie in Trance, schaute er die Polizisten an. Die Pistole sank herab. Für einen Herzschlag dachte ich, es wäre vorbei.

»Lassen Sie die Waffe fallen!«

Alex' Blick war leer, er murmelte etwas Unverständliches, dann riss er die Pistole wieder hoch.

»Nein!«

Mit meinem Schrei konnte ich es nicht aufhalten. Niemand konnte das. Alex lächelte immer noch, als er den Lauf beinah zärtlich in den Mund nahm und abdrückte.

DRF-1

»*Dramatische Ereignisse in Andernach-Kell. Der Campingplatz Pönterbach, der im Naturschutzgebiet Pöntertal zwischen dem Andernacher Ortsteil Kell und dem Laacher See liegt, wurde Schauplatz eines Amoklaufs.*

Nach dem bisherigen Kenntnisstand stürmte ein bewaffneter siebzehnjähriger Schüler eine Grillparty des Campingplatzes. Ohne Vorwarnung erschoss er einen vierundsechzigjährigen Mann aus Gerolstein und bedrohte anschließend die übrigen Anwesenden mit einer Schusswaffe.

Zurzeit gibt es unterschiedliche Aussagen darüber, wie der Täter letztlich überwältigt werden konnte. Fest steht, dass dabei zwei weitere siebzehnjährige Teenager, ein Mädchen und ein Junge, schwer verletzt wurden. Sie werden beide im Andernacher Krankenhaus behandelt, die Ärzte bezeichnen ihren Zustand als stabil.

Die eintreffende Polizei konnte nicht verhindern, dass der Täter am Ende die Waffe gegen sich selbst richtete und Selbstmord beging. Der Täter soll aus Andernach stammen. Vorstrafen habe er keine gehabt, hieß es in einer Stellungnahme der Polizei.

Die Hintergründe der Tat liegen völlig im Dunkeln, ebenso wie die Frage, woher der Täter seine Waffe hatte. ›Wir ermitteln in jede Richtung, möglicherweise hatte der junge Mann private Probleme, und die Situation eskalierte‹, so die Einschätzung eines Polizeisprechers. Die Polizei wollte unter Hinweis auf die laufenden Ermittlungen keine Auskunft darüber geben, in welchem Verhältnis der Täter zu den beiden Opfern stand und ob es eine Verbindung zu dem Vierundsechzigjährigen gab. Der Mann, ein ehemaliger Bahnbeamter, hatte zusammen mit seiner Frau einen Kurzurlaub auf dem Campingplatz verbracht. Die Ehefrau und die übrigen Beteiligten wurden von einem Polizeipsychologen und einem Notfallseelsorger betreut.

Am Haupttor des Campingplatzes legten erste Mitbürger

Blumen und Kerzen nieder. Die Polizei hat den Platz für die Untersuchung des genauen Tathergangs und seiner Hintergründe gesperrt. Sowohl die Inhaberin des Platzes als auch ihr Neffe, beide waren bei dem Amoklauf anwesend, standen für einen Kommentar nicht zur Verfügung. Der Neffe, Paul David, ist, wie Quellen berichten, ein ehemaliger Bundeswehroffizier. Der Hauptmann a. D. war viele Jahre Feldjäger und – dies konnte bislang allerdings nicht offiziell bestätigt werden – Mitglied einer NATO-Spezialeinheit.

Zu einem Zusammenhang zwischen seiner früheren Tätigkeit und dem Amoklauf wollten sich die zuständigen Stellen nicht äußern.«

Bonn

Tom schaute nicht hoch, als Lucas hereinkam und neben dem Frühstückstisch Haltung annahm. Seine Leibwächter waren mal bei einer Spezialeinheit gewesen. Bestimmte Angewohnheiten kann man einfach nicht mehr ablegen, dachte Tom belustigt. Er las den Zeitungsartikel in der Süddeutschen zu Ende. Nicht dass ihn das Thema interessiert hätte, aber hier ging es ums Prinzip. Seine Leibwächter hatten zu warten, bis er, der Chef, fertig war. Es war eine Frage von Macht. Schließlich hob Tom den Blick.

»Was gibt es, Lucas?«

»Wir haben sie, Boss.«

»Wen habt ihr? Geht es auch etwas genauer?«

»Sorry, Boss. Wir wissen jetzt, wohin Zoe verschwunden ist. Wir haben einen Taxifahrer gefunden, der hat sie zum Bahnhof gebracht.«

»Und weiter?«

»Na ja, da endet dann die Spur.«

»Willst du mich verarschen? Zoe ist abgehauen, sie hat sich

ein Taxi genommen. Das zusammen ist aber noch verdammt weit entfernt von ›Wir haben sie, Boss‹ – oder täusche ich mich da?«

Lucas ließ Toms Ausbruch mit stoischem Gesichtsausdruck über sich ergehen.

»Natürlich, Boss, da hast du recht. Aber wir haben uns gedacht, wenn die Schlampe, sorry, ich meine natürlich, wenn Zoe zum Bahnhof wollte, dann wollte sie nicht ins Ausland, da wäre der Flughafen doch sinnvoller gewesen. Georg und Pit haben überlegt, ob sie nach Hause gefahren ist.«

Tom war kurz davor, die Geduld zu verlieren und Lucas sein Glas Orangensaft an den Kopf zu werfen. Beschäftigte er denn nur Idioten? Mit trügerisch sanfter Stimme sagte er: »Herzlichen Glückwunsch, das schränkt unsere Suche ja enorm ein. Nach Hause zu Mami und Papi – warum bin ich da nicht selber drauf gekommen? Schade nur«, Toms Stimme schwoll zu einem Brüllen an, »dass wir keine Ahnung haben, in welcher der mehr als zweitausend verfickten Städte, die es in Deutschland gibt, sie früher gewohnt hat.«

Lucas drückte die Brust heraus, als wolle er einem Offizier Meldung machen. »Stimmt, Boss, aber Irina, eine von den Mädchen aus dem Club, kannte Zoe. Zoe hat der mal was von früher erzählt. Ich habe also im Internet recherchiert.« Lucas zog ein gefaltetes Blatt Papier aus der hinteren Hosentasche. »Das hier habe ich gefunden, Boss.«

Tom faltete das Papier auseinander. »Okay, das sind Regionalmeldungen aus der Eifel. Und?«

»Die Nachricht unten rechts, Boss. Ich glaube, Zoe ist tot.«

Campingplatz Pönterbach

Eine grauenvolle Nacht lag hinter mir. Ich hatte, wenn überhaupt, nur etwa zwei Stunden geschlafen. Es hatte bis weit nach Mitternacht gedauert, bis die Polizei abgerückt war. Helga, Kalle, Tanja und ich hatten uns um die Gäste gekümmert. Rosa und Klaus merkte man nichts an, sie schienen die ganze Aufregung erstaunlich gut verkraftet zu haben. Die beiden zogen sich in ihr Wohnmobil zurück. Die Münsteraner wollten mit ihren Familien in einem Hotel in Andernach übernachten und so schnell wie möglich abreisen. Annegret Schwelm, die Frau des ermordeten Horst Schwelm, war im Krankenhaus. Der Notarzt hatte ihr ein Beruhigungsmittel gegeben und wollte sie über Nacht unter ärztlicher Aufsicht haben. Helga hatte den erwachsenen Sohn der beiden angerufen. Er würde spätestens am Mittag hier eintreffen.

Zum Glück war Kalle so vorausschauend gewesen und hatte nicht nur die Polizeiinspektion in Andernach alarmiert, sondern gleich auch die Rettungsleitstelle. Der Notarzt hatte sofort die Versorgung von Thorsten und Hanna übernommen. Zeit spielte bei Schussverletzungen eine wichtige Rolle, so gesehen hatten die beiden die besten Chancen, alles zu überstehen. Hoffte ich zumindest. Wieder und wieder fragte ich mich, ob ich anders hätte handeln müssen. War es falsch gewesen, einzugreifen? Hätte ich lieber auf die Polizei warten sollen? Nein, Alex war in seinem Zombie-Wahn bereit gewesen, weitere Unschuldige zu erschießen, davon war ich zutiefst überzeugt. Dass das Mädchen bei meinem Eingreifen verletzt worden war, war ein schreckliches Unglück. Mit dieser Schuld musste ich leben.

Und als es dann endlich still war, ich allein in meinem Wohnzimmersessel saß, kam er zurück. Ich musste nur die Augen schließen, schon schaute mich Alex wieder an, murmelte etwas, das ich immer noch nicht verstehen konnte, und jagte sich eine Kugel durch den Kopf.

Ich hatte schon etliche Menschen sterben sehen, mehr, als mir lieb war. Was mir zu schaffen machte, war das Lächeln. Alex war nicht verzweifelt gewesen, getrieben, von Ängsten gehetzt. Er hatte ausgesehen, als wäre es das Selbstverständlichste der Welt, sich zu erschießen. Als wäre er tatsächlich glücklich.

Ich hatte Einsatzleiter von Spezialkommandos kennengelernt, die nach einer Geiselbefreiung eine einfache Rechnung aufmachten. Minuspunkte für Verletzte oder gar Tote im eigenen Team. Ansonsten waren verletzte Zivilisten bedauerlich, aber nicht immer vermeidbar. Ausgeschaltete Geiselnehmer und überlebende Geiseln gaben Pluspunkte. Am Ende konnte man einen Strich unter den Einsatz ziehen und sehen, ob es ein Erfolg war.

Leider lief das bei mir nicht so. Ich hätte nach zusätzlichen Waffen suchen müssen. Hatte ich aber nicht. Und jetzt saß ich da, mit meinen Schuldgefühlen im Kopf und einem lächelnden Selbstmörder vor Augen. Es war dieses zufriedene, glückliche Lächeln, das mir den Schlaf raubte. Willkommen in Paul Davids privatem Horrorkabinett.

Antenne Osteifel/Mayen

»Was haben wir zu diesem Amoklauf?«

Marcel Pfaffer schaute in die Runde. Die ratlosen Gesichter, in die er blickte, sprachen Bände. »Kommt schon, Leute, habt ihr TV Mittelrhein gesehen? Da läuft die Meldung rauf und runter. Sogar dpa und der SWR berichten darüber, am Montag wird das *der* Aufmacher in der Rhein-Zeitung. Also noch mal: Was haben wir zu diesem Amoklauf?«

Die Einzige, die nicht betreten auf die eigenen Schuhe starrte, war Gudrun. Etwas anderes hatte er auch nicht erwartet. Sie war zwar Freie, aber diejenige mit der größten Erfahrung in der Redaktion.

Redaktion – wie das klang. Ein Haufen Anfänger, die darauf brannten, Radio machen zu dürfen. Sein Team bestand nur aus zwei Volontären und zwei Jungredakteurinnen und eben aus Gudrun und ihm selbst. Es gab noch zwei, drei Freie, die aber hauptsächlich in Koblenz und Mainz arbeiteten und zulieferten. Gudrun war die einzige freie Journalistin, die hier regelmäßig dabei war. Sie hatte vorher in Berlin gearbeitet und war – irgend so eine Scheidungskiste – seit einem Jahr zurück in der Eifel. Der Redaktionschef blickte sie auffordernd an. Sie verstand den Wink. Zeig dem Junggemüse mal, wie man Radio macht.

»Ich finde, wir sollten einen neuen Aspekt bringen. Die übliche Tour – ›*das ist ganz schrecklich, die Polizei hat eingegriffen, Einzelheiten will man noch nicht bekannt geben*‹ – können wir uns sparen. Wir brauchen was Eigenes.«

Marcel stieß einen anerkennenden Pfiff aus. »Schön, dass wenigstens einer mitdenkt. Aber jetzt die Preisfrage, Gudrun: Was Eigenes, das klingt zu schön, um wahr zu sein. Hast du dazu auch eine Idee?«

»Hab ich. Eine Frage: Warum? Eigentlich sind es mehrere Fragen: Warum greift ein Junge zur Waffe? Warum denkt er, mich werden die nicht erwischen, wenn ich hier herumballere? Und wer ist er, wo kommt er her? Wie sieht es mit seinem familiären Background aus?«

Marcel Pfaffer tippte mit seinem Kugelschreiber nachdenklich in das Notizbuch vor sich, bevor er breit grinsend zustimmte. »Klingt gut. Du sorgst für die Story. Wer kann Gudrun vom Office aus unterstützen?«

Markus, einer der Volontäre, hob zögernd die Hand. »Ich bin mit den Recherchen in Sachen Drogen durch. Wenn Pati für mich die Regionalmeldungen übernimmt, habe ich Luft.«

»Geht klar, Markus. Du stimmst dich mit Gudrun ab und hältst mich auf dem Laufenden. Britta, du übernimmst in den nächsten Tagen die Regionalmeldungen. Solltest du Hilfe benötigen, sagst du Bescheid. Alles klar so weit?«

»Eines noch, Marcel. Kann sein, dass wir wenig Zeit haben und ich nicht alles doppelt absichern kann.«

Marcel wusste, was Gudrun meinte. Üblicherweise achtete er darauf, die Recherchen und Nachrichten mit zwei unabhängigen Quellen zu belegen, aber das kostete Zeit. Und sie hinkten jetzt schon hinterher.

»Lass uns mal für Aufmerksamkeit sorgen. Wenn sich dann herausstellt, dass wir falschliegen, können wir immer noch zurückrudern. Du weißt schon: Wild West.«

Gudrun lächelte. »Wild West« war das Stichwort: Erst schießen, dann fragen.

»Mich würde interessieren, woher die Waffen kamen und ob da Drogen im Spiel waren. Volle Breitseite, wir müssen eben erst mal im Trüben fischen. Ach, bevor ich das vergesse: Was ist mit dem Ebola-Toten im Krankenhaus? Sind wir da noch aktuell?«

Diesmal meldete sich Tobi, der andere Volontär: »Ich hab das weiter im Blick behalten, während Markus die Drogenzahlen für Rheinland-Pfalz recherchiert hat. Unsere Story liegt im Moment auf Eis, es gibt einfach keine neuen Fakten über den Toten.«

»Gut, Tobi, bleib trotzdem dran. Wir sollten sehen, dass wir die Fäden in der Hand behalten. Versucht, so viel wie möglich heute zu schaffen, damit wir am Montag eine neue Schwerpunktsendung machen können. Morgen, am Sonntag, senden wir aus der Konserve und machen aktuell nur die Nachrichten, darum kümmern sich Pati und Luisa.«

Marcel Pfaffer klappte sein Notizbuch zu, für alle das sichtbare Signal, dass die Redaktionsbesprechung zu Ende war. Stühle wurden zurückgeschoben, die kleine Runde löste sich auf.

»Ach, Gudrun, warte mal einen Moment.«

Die übrigen Redaktionsmitglieder von Antenne Osteifel warfen zwar neugierige Blicke auf ihren Redaktionsleiter und die freie Redakteurin, wagten aber nicht, stehen zu bleiben.

»Das war gerade mein voller Ernst. Ich würde das gegenüber der Geschäftsleitung genauso sagen wie zu dir. Wir müssen uns von den anderen abgrenzen. Wenn man über uns redet, werden auch die Werbekunden auf uns aufmerksam. Wir müssen beweisen, dass wir was draufhaben. Und zwar mehr als Autohaus-Eröffnungen und die Vorstandssitzung des Tierschutzvereins. Kriegst du das hin?«

Gudrun Müller-Mölke lächelte verschwörerisch. »Verlass dich drauf. Aber ich sag dir, wenn wir das alles auf die Reihe bekommen haben, will ich auch was davon haben.«

»Und an was hast du gedacht?«

»Einen festen Vertrag mit Jahresbonus und den Posten als deine Stellvertreterin. Ich denke, wir beide sind ein gutes Team.«

Marcel Pfaffer erwiderte das Lächeln. »Wenn alles so läuft, wie ich es mir vorstelle, dann sollte so ein Vertrag kein Problem sein. Ich spreche mit der Geschäftsführung, klemm du dich hinter die Story.«

Campingplatz Pönterbach

Der Mann stand unschlüssig vor dem Blockhaus. Er stand einfach nur reglos da, machte keine Fotos, hatte kein Handy in der Hand, und er sah auch nicht aus wie ein Reporter. Nicht mal von Weitem.

Ich bemerkte ihn, als ich zum Lagerschuppen unterwegs war. Es war Sonntag, acht Uhr morgens, zu früh für Gaffer.

»Guten Morgen, kann ich Ihnen helfen?«, fragte ich laut, als ich näher kam. Der Fremde drehte sich um und nahm seine Schirmmütze ab. Es war Gerd Seltmann, Thorstens Vater.

»Hallo, Paul. Entschuldige bitte, ich hätte mich gleich auch bei dir und Helga gemeldet. Aber ich wollte einfach –« Er brach ab und wischte sich mit der Hand über die Augen. »Ich wollte nur sehen, wo ... wo es passiert ist.«

»Schon gut, Gerd, du musst dich nicht entschuldigen. Wie geht es Thorsten?«

Gerd schien meine Frage zuerst gar nicht richtig verstanden zu haben. Ich wollte sie gerade wiederholen, als er antwortete: »Gut, sagen die Ärzte. Sie haben ihn operiert. Sie ... mussten ihm eine Niere entfernen. Er ist doch erst siebzehn, und fast hätte die Kugel seine Wirbelsäule – oh Gott.« Gerd stöhnte auf wie ein verwundetes Tier.

»Er hat mir das Leben gerettet, Gerd. Er hat mich aus der Schussbahn gestoßen und mir das Leben gerettet.«

Gerd schluchzte. »Entschuldige, Paul, ich, ich weiß nur einfach nicht –«

»Es waren deine Waffen, nicht wahr?«

»Was? Wie hast du –?«

»Ich hatte einen ganzen schrecklich langen Tag Zeit zum Nachdenken. Wie kommt ein siebzehnjähriger Schüler an zwei P8 Combat? Und vor allem, was hatten Hanna und Thorsten hier zu suchen? Sie haben beide diesen Alex beschworen, die Waffe wegzulegen. Sie waren verzweifelt, ganz sicher keine Mitläufer bei einem Spiel, das plötzlich aus dem Ruder gelaufen war. Alex' Vater ist Dr. Michael van Bremmer. Das hat mir die Polizei erzählt. Ein Herzspezialist, der in Bonn arbeitet. Wie wahrscheinlich ist es, dass er gleich zwei Pistolen besitzt? Du dagegen hast einen Jagdschein, bist Sportschütze und warst beim Bund.«

Gerd Seltmann nickte. »Ich war unterwegs, eigentlich wäre ich erst gestern Abend zurückgekommen. Iris hat mich dann angerufen, und wir waren noch nachts im Krankenhaus. Gestern waren da überall Reporter, also sind wir irgendwann nach Hause, und ich habe mich umgesehen. Die beiden Pistolen lagen nicht im Waffenschrank in meinem Arbeitszimmer. Es gibt einen Schlüssel und eine Zahlenkombination. Thorsten muss sich die Kombination gemerkt haben. Es fehlen auch Patronen. Ich weiß nicht, warum er die Pistolen genommen hat. Verstehst du, Paul, ich weiß es nicht. Meine Pistolen … und jetzt … jetzt sind Menschen tot, mein Junge hat nur noch eine Niere und liegt im Krankenhaus. Wie soll ich das nur Iris erklären?«

Ich wusste, dies alles musste Gerd mit sich ausfechten. Seine Waffen im Haus waren schon immer ein Risiko gewesen, daran gab es nichts zu deuteln. Aber er war kein leichtsinniger Waffennarr. Ich persönlich machte ihm keinen Vorwurf.

»Gerd, Thorsten hat zwar die Pistolen genommen, aber er hat nicht abgedrückt. Dieser Alex ist der Täter. Du warst am Freitagabend zwar nicht dabei, aber meinst du, du könntest mir ein paar Fragen beantworten?«

※※※

Nach der ersten Tasse Kaffee an meiner Küchentheke schien sich Gerd wieder gefasst zu haben. Ich hatte ihm sogar etwas Stärkeres als Kaffee angeboten, aber davon wollte er nichts wissen.

»Ich beantworte gern alle deine Fragen, Paul, aber ich weiß doch kaum etwas.«

Ich saß an der anderen Seite der Küchentheke. Keine optimale Situation für eine Befragung, aber Gerd war ja auch kein Verdächtiger.

»Gehörten Alex und Hanna zu Thorstens Freunden?«, begann ich.

»Von Hanna Däumlin weiß ich, dass sie in Thorstens Nachbarklasse ist. Die beiden besuchen denselben Lateinkurs. Thorsten gibt ihr seit einem halben Jahr Nachhilfeunterricht. Einen Alex kenne ich nicht, Thorsten hat diesen Namen nie erwähnt, oder falls doch, hab ich es vergessen.«

Auf meiner inneren Liste machte ich hinter Hanna ein großes Ausrufezeichen. »Okay. Hast du eine Vermutung, was die drei hier oberhalb unseres Campingplatzes wollten?«

»Oh ja. Der Schlüssel für die Grillhütte in der Nähe der alten Heimschule fehlt an meinem Schlüsselbrett. Ich vermute, dass Thorsten den Schlüssel genommen und dabei dann den Schlüssel zum Waffenschrank in die Finger bekommen hat.«

»Hat Thorsten einen Führerschein?«

»Nein, er wollte erst in einem Monat damit anfangen. Wieso fragst du?«

»Weil in Richtung Grillhütte am Freitag zuerst ein Auto und dann ein Motorrad lautstark unterwegs waren. Thorsten hat also keinen Führerschein, ich kann mir gar nicht vorstellen, dass Hanna mit dem Auto durch den Wald gefahren ist und Alex mit dem Motorrad.«

»Nein, ich meine mich auch zu erinnern, dass Hanna noch gar keinen Führerschein hat. Thorsten hat das mal beim Mittagessen erzählt. Hanna hatte ihn gefragt, zu welcher Fahrschule er gehen würde.«

»Alex kann nicht nacheinander mit dem Auto und später mit dem Motorrad in den Wald gekommen sein. Das bedeutet, die drei waren nicht allein oben an der Grillhütte«, überlegte ich laut. Gerd wischte sich mit der Hand übers Gesicht und seufzte. »Ich sagte ja schon, dass ich keine große Hilfe für dich sein werde. Weißt du, ich zermartere mir den Kopf, ob Thorsten in den letzten Wochen irgendwie anders war, ob er Andeutungen gemacht haben könnte. Aber mir will nichts einfallen. War ich so sehr mit mir selbst beschäftigt, dass ich gar nicht bemerkt habe, dass mein Junge mich braucht?«

»Ich glaube nicht, dass du dir darüber Gedanken machen musst. Ich glaube, dass Thorsten lediglich die Schlüssel für die Grillhütte organisiert hat, damit dort oben gefeiert werden kann. Das würde auch das Auto und das Motorradgeräusch erklären. Hättest du ihm erlaubt, die Schlüssel zu nehmen?«

Gerd zögerte, doch schließlich nickte er. »Schon. Die Grillhütte gehört ja unserem Verein, achtzehnte Geburtstage oder Partys werden da nicht gern gesehen. In der Vergangenheit ist einfach zu viel zu Bruch gegangen. Aber wenn Thorsten gefragt hätte, hätte ich ihm den Schlüssel gegeben. In solchen Sachen war er immer sehr vernünftig.«

»Siehst du, da hast du's. Dein Sohn ahnte, dass du ihm den Schlüssel gegeben hättest, deswegen hat es ihn sicher auch keine große Überwindung gekostet, den Schlüssel einfach zu nehmen.«

»Und die Waffen? Da hat es dann mit der Vernunft ausgesetzt. Thorsten durfte zwar mal schießen, aber nur auf dem Schießstand und unter meiner Aufsicht. Er wusste genau, dass ich da keinen Spaß verstehe. Die Pistolen sind schließlich kein Spielzeug.«

»Ja, er hat einen Fehler gemacht, aber du bist Vater eines sehr mutigen jungen Mannes, der alles versucht hat, um die Situation dort im Blockhaus ohne weiteres Blutvergießen zu beenden.« Ich dachte einen Augenblick nach. »Ich wüsste zu gern, wer die übrigen Teilnehmer der kleinen Party waren. Hat Thorsten etwas gesagt?«

»Nein. Er scheint sich nach der Operation an nichts zu erinnern. Er hat nur nach Hanna gefragt, und er wusste noch, dass er getroffen wurde. Ist das nicht seltsam? Alles andere scheint er vergessen zu haben. Die Ärzte sagen, so etwas könnte durch einen Schock ausgelöst werden.« Plötzlich kam wieder Leben in Gerds Augen. »Wenn du möchtest, könnten wir zusammen zur Grillhütte hochfahren. Vielleicht findest du dort Antworten. Ich wollte sowieso nach dem Rechten sehen. Es sei denn, die Polizei –«

»Ich glaube nicht, dass die Polizei etwas dagegen hat, wenn wir uns dort umsehen. Die Grillhütte war nicht der Tatort. Ja, lass uns dorthin fahren, und sollten wir etwas finden, dann können wir ja immer noch die Polizei verständigen.«

Grillhütte in der Nähe der alten Heimschule

»Für mich sieht das nicht gerade nach einer wilden Party aus«, stellte Gerd erleichtert fest. Wir standen in der Grillhütte. Nein, hier sah es wirklich nicht nach wilder Party aus: kein zerstörtes Mobiliar, keine leeren Flaschen. Unter einer Bank lagen Glasscherben. Helles Glas, ich bückte mich und hob ein Stück mit dem Rest eines Etiketts auf, eine billige Wodkamarke.

In dem gemauerten Grill der Hütte lagen dicke Äste, Grünholz, leicht angekohlt, und halb verbranntes Zeitungspapier.

»Was denkst du, Paul?«

»Also, Wodka gab es, und hier hat jemand untalentiert

versucht, ein Feuer anzuzünden. Und zwar mit Frischholz und jeder Menge Zeitungspapier.«

»Thorsten war das nicht.« Jetzt schwang Stolz in Gerds Stimme mit. »Der weiß, worauf man achten muss, damit ein Feuer brennt.«

Ich ging nach draußen. Keine fünf Meter vom Hütteneingang entfernt war der Boden aufgewühlt von Reifenspuren. Eindeutig ein Motorrad, und zwar ein geländegängiges mit Stollenreifen. Seitwärts neben der Hütte stand ein gemauerter Lagerfeuerring. Und anders als in der Hütte fand ich hier nur Holzasche, davon aber jede Menge. Da hatte jemand in der Hütte vergeblich versucht, ein Feuer anzuzünden. Hier draußen dagegen hatte es geklappt. Angesichts der Aschenmenge war das entweder ein sehr großes Feuer gewesen, oder es hatte mindestens drei Stunden lang gebrannt.

»Paul, schau mal, das lag drinnen im Mülleimer.« Gerd trat zu mir an den Lagerfeuerring und hielt mir drei Plastikverpackungen entgegen. Thüringer Rostbratwürstchen, acht Stück pro Packung.

»Ich denke, das bestätigt unsere Vermutung«, sagte ich.

»Du meinst, dass Thorsten, Hanna und dieser Alex nicht allein hier oben waren?«

»Wird die Hütte regelmäßig gereinigt, zum Beispiel nach einer Vermietung?«

Gerd musste nicht lange überlegen. »Natürlich, das gehört mit zum Mietvertrag. Wir wollen keine Essensreste im Abfall haben, das lockt schließlich nur Ungeziefer an.«

»Dann dürfte die Sache klar sein. Insgesamt vierundzwanzig Würstchen – ich glaube kaum, dass jeder von den dreien acht Stück gegessen hat. Da drinnen gab es auch keine Tasche oder einen Rucksack. Wie hat Thorsten die beiden Pistolen transportiert? Sicher nicht auf dem Gepäckträger seines Fahrrads.«

Das leuchtete Gerd ein. »Jemand hat seine Sachen mitgenommen.«

»Ganz genau. Dieser Jemand hat die Scherben unter die Bank geschoben und die Verpackungen ordnungsgemäß in den Mülleimer geworfen.« Ich deutete auf einen kleinen Holzvorrat neben dem Lagerfeuer. »Thorsten weiß, wie man Feuer macht. Er ist nicht allein hier oben. Während er Holz sucht, wird drinnen herumgekokelt. Dann brennt hier das Feuer, also wird draußen gegrillt. Im Dunkeln kann man von hier aus leicht die Lichter des Campingplatzes sehen.«

Es fehlte eigentlich nur noch eine einzige Bestätigung für meine Theorie. Ich musterte eine dichte Buschgruppe neben einem Stapel gefällter Baumstämme. Zwischen den Zweigen blitzte es metallisch. Ich ging zu dem Gebüsch und schob die Zweige auseinander. Hinter dem Holzstapel, gut verborgen von der Buschgruppe, lagen zwei Fahrräder.

»Gerd, komm doch mal her!«

»Das da ist Thorstens Mountainbike«, erklärte Gerd nach einem kurzen Blick auf die Räder.

»Diejenigen, die hier oben in der Hütte waren, wussten nicht, was sie mit den Rädern anstellen sollten. Hast du den Schlüssel für die Hütte gefunden?«

»Glaub es oder nicht, der hing ordentlich neben der Tür an einem Nagel.«

»Also haben wir Thorsten, Hanna, Alex und mindestens zwei weitere Personen. Einer mit dem Auto, einer mit dem Motorrad.«

»Vierundzwanzig Würstchen und fünf Personen, immer noch eine ganze Menge.«

»Auf einem Motorrad können zwei Personen fahren, in einem Auto auch mal fünf. Thorsten und eine weitere Person sind mit dem Fahrrad gekommen, hier waren also zwischen acht und maximal neun Personen. Wenn wir wissen wollen, was am Freitag passiert ist, müssen wir Hanna fragen oder die anderen Personen auftreiben, die mitgefeiert haben.«

Gerd schüttelte resigniert den Kopf, er sah aus, als wollte er das alles nicht noch genauer wissen. Ich konnte das gut verstehen, er machte sich Sorgen um seinen Sohn. Und dann waren da noch die beiden Pistolen, für die er Rechenschaft ablegen musste. Da würde einiges auf ihn zukommen.

»Du wirst mit der Polizei reden müssen. Sprich mit Kalle Seelbach, er weiß, was zu tun ist«, schlug ich vor. Gerd ließ den Kopf hängen, aber nickte schließlich zustimmend.

»Ich werde wohl nicht darum herumkommen, außerdem sind die Pistolen registriert, über kurz oder lang muss ich das ja melden.«

Ich spürte eine vertraute Neugierde in mir aufsteigen. Es gab Fragen, die nach Antworten verlangten. Kalle hatte wohl doch recht. Mir fehlte das Ermitteln, die Suche nach Antworten, das Zusammentragen von Beweisen und Anhaltspunkten. Vielleicht würde es mir mit den neuen Antworten gelingen, das lächelnde Gesicht aus meinem Kopf zu vertreiben. Einen Versuch war es wert.

Ein Keller in Godesberg

Tom kannte Hotte schon seit vielen Jahren. Sie hatten sich damals in den stinkenden, dunklen Seitenstraßen am Industriehafen gegenseitig den Rücken freigehalten.

Hotte war zwar kein Kämpfer wie Tom, aber er war schnell und skrupellos. Irgendwann hatten sie sich dann aus den Augen verloren.

Als Tom die Gang übernommen hatte, suchte er nach Hotte und machte ihm ein unwiderstehliches Angebot. Tom brauchte jemanden, dem er vertrauen konnte, zumindest mehr als seinen bezahlten Schergen.

Hotte war ein Genie, was Zahlen und Sprachen anging. Auf der Straße half ihm das beim Überleben nur wenig, aber es half ihm, bei ihm, Tom, einzusteigen. Hotte kümmerte sich um die Finanzen in seinem Imperium. Er sprach fließend Russisch und Italienisch, und so knüpfte er die nötigen Kontakte zu den alteingesessenen Familien in Neapel und den aufstrebenden russischen Drogenbossen. Mit seinen Begabungen eröffnete

Hotte neue Kanäle für die Geldwäsche. Damals, als Tom ihn zu sich geholt hatte, war Hotte ein schmächtiger Buchhaltertyp mit einer viel zu großen Brille und einem schlecht sitzenden Anzug gewesen. Den Buchhalter, fand Tom, sah man Hotte immer noch an, aber die rahmenlose Designerbrille und der von einem Londoner Maßschneider gefertigte Anzug standen ihm wirklich gut.

Was er an Hotte schätzte, war, dass der sich nicht zu schade war, einen Zweitausend-Euro-Anzug mit Blut zu besudeln.

Tom betrachtete die Szene vor sich, so wie man sich ein gutes Theaterstück ansah. Durchaus interessiert, aber mit einer gewissen Distanz, schließlich war er nur Zuschauer hier unten im feuchten, muffigen Keller der Godesberger Jugendstilvilla. Es gab weiß Gott schönere Keller, aber dieser hier hatte besonders dicke Wände und war von Hottes Leuten zusätzlich schalldicht isoliert worden. Wer in diesem Keller »befragt« wurde, konnte so viel schreien, wie er wollte, stören würde das niemanden.

»Ich frage dich ein letztes Mal, also hörst du mir jetzt besser ganz genau zu.« Hotte griff in die Haare des Mannes und riss den Kopf zu sich herum. Der Kopf war so ziemlich das Einzige, was der Befragte bewegen konnte, der Rest war mit breitem Klebeband an einen Stuhl gefesselt. »Wer weiß noch davon? Mit wem hast du zusammengearbeitet?«

Selbst von seinem Platz im hinteren Teil des Kellers konnte Tom das erstickte Stöhnen des gefesselten Mannes hören. Er hätte sich auch gewundert, wenn aus der blutigen Masse, die vor zwei Stunden noch ein Gesicht gewesen war, irgendein vernünftiger Satz herausgekommen wäre. Hottes Männer hatten da ganze Arbeit geleistet und waren auch mit dem Rest nicht gerade zimperlich umgegangen. Doch Tom wurde eines Besseren belehrt.

»Fran… Fran… Frank.« Das Ganze war mehr Stöhnen als Name und mit letzter Kraft ausgestoßen worden.

»Frank also, wer hätte das gedacht? Du bist dir ganz sicher? Wir wollen doch schließlich hier alle fertig werden.« Der Gefesselte zuckte zusammen, als hätte Hotte ihn geschlagen, schließlich ein Nicken.

»Ach, da bin ich aber froh, dass wir uns am Ende doch noch aussprechen konnten.«

Hotte schnippte mit dem Finger, während er den Gefesselten weiter anlächelte. Einer von Hottes Männern trat vor, zog seine Pistole, lud sie durch und hielt sie ihm mit dem Griff voran entgegen. Hotte nahm die Waffe, hielt die Mündung dem Gefesselten an die Stirn und drückte ab.

※※※

»Du hast da Blut auf deinem Anzug.« Tom deutete auf ein paar dunkle Flecken.

»Mir hat das Fischgrätmuster sowieso nicht so gut gefallen«, antwortete Hotte grinsend, und damit war die Sache für ihn erledigt.

»Wer war der Kerl? Warum hatte ich da drüben den Logenplatz bei deiner kleinen Show?« Tom fragte das aus reiner Neugierde, denn dass sein Finanzchef ohne einen genauen Plan handelte, hatte er in den ganzen Jahren noch nie erlebt.

»Ich schlage vor, wir gehen nach oben in mein Arbeitszimmer, da ist es ein wenig gemütlicher als hier unten. Ich habe einen neuen Whisky, den musst du unbedingt probieren.«

Bei jedem anderen Mann hätte Tom es nicht akzeptiert, dass man seine Fragen nicht sofort beantwortete, aber bei Hotte machte er eine Ausnahme. Das hier war Hottes Spiel, und bis zu einem bestimmten Punkt war Tom bereit, mitzuspielen. Hotte drehte sich zu seinen vier Männern um, die dabei waren, den Toten loszuschneiden. »Achtet darauf, dass nichts in seinen Taschen zurückbleibt, und dann entsorgt ihr ihn wie immer in der Kiesgrube. Ach, und spätestens morgen früh will ich wissen, wo Frank Rinaldi steckt.«

Hotte führte Tom zu einem kleinen Aufzug, der vom Keller direkt in sein Arbeitszimmer führte. Die Aufzugtür war hinter einem Bücherregal verborgen, das Hotte, nachdem sie den Raum betreten hatten, wieder an seinen Platz zurückschob.

Die Villa hatte einem hohen Diplomaten der britischen Botschaft gehört, Hotte hatte sie vor einem Jahr gekauft. Einen Großteil des Mobiliars hatte er nach seinem Einzug entsorgt, nur die hohen, gut gefüllten Bücherregale und ein offener Kamin erinnerten noch an den Einrichtungsstil des Vorbesitzers. Hotte bevorzugte statt englischer Herrenclubatmosphäre Designermöbel und moderne Skulpturen. Im Raum gab es viel Glas, Edelstahl und weißes Leder.

»Um deine Fragen zu beantworten«, Hotte füllte zwei Whiskygläser und reichte eines an Tom weiter, »unser Freund da unten war Andrej Smirnow. Der Nachname kommt übrigens von dem russischen Wort ›still‹. Leider war Andrej alles andere als still. Ich hab ihn wirklich gemocht, er hat zunächst gute Arbeit geleistet. Aber dann fing er an zu reden. Vielleicht hat er sogar in die eigene Tasche gearbeitet. Mist! Das habe ich ganz vergessen zu fragen.«

Hotte schnalzte verärgert mit der Zunge. »Na egal, er wusste ein paar Details von Projekt S, nicht genug, um uns in Schwierigkeiten zu bringen, aber genug, um andere neugierig zu machen. Und Neugier können wir in den nächsten Wochen nicht gebrauchen. Andrej kannte auch Zoe. Als du mir das mit ihr erzählt hast, bin ich misstrauisch geworden. Ich dachte, es wäre nett, wenn du den Schlussakt meiner kleinen Befragung miterlebst, wegen Zoe und so.«

Tom trank einen Schluck, bevor er fragte: »Und dieser Frank?«

»Frank heißt eigentlich Francesco Rinaldi, er ist ein Neffe von Giacomo Rinaldi und betreibt ganz offiziell in Köln ein paar Fitnesscenter und einen Vertrieb für Sportlernahrung. Eiweißshakes, Abnehmdrinks, so 'n Zeug eben, was man in der Muckibude gut verkloppen kann. Inoffiziell erledigt er einen Teil der Drecksarbeit für seine Familie. Andrej hat mal für ihn gearbeitet. Ich nahm allerdings an, das wäre Geschichte. Ich weiß, dass Giacomo Rinaldi schon seit geraumer Zeit ein ungesundes Interesse an unseren Aktivitäten an den Tag legt. Informationen über Projekt S sind genau das eine, was ich diesem alten Mafioso nicht gönne.«

Tom ließ sich das Gesagte durch den Kopf gehen. Viele Entscheidungen traf er spontan, aber Projekt S war größer als alles, was er bisher angepackt hatte. Es steckte eine Menge Geld darin, aber wenn alles lief wie geplant, würden sie schon in wenigen Wochen nicht mehr wissen, wo sie die Euroscheine noch lagern konnten.

»Hör zu, Hotte, wir starten in weniger als zehn Tagen mit der ersten Welle. Die bisherigen Tests sind alle zufriedenstellend verlaufen, der Alte hatte mit allem recht. Ich will nicht, dass mir ein gieriger Italiener dazwischenfunkt. Ich lass dir, was diesen Rinaldi betrifft, freie Hand. Um den Rest kümmere ich mich selber, vor allem aber will ich keine zusätzlichen Teilhaber oder Mitwisser.«

»Du hast den Alten ausgebootet?«

»Warum den Kuchen teilen?«

Hotte prostete ihm zu. »Mir auch recht. Und was den Rest angeht – ich werde dich nicht enttäuschen, Tom.«

Nein, das wirst du nicht, dachte Tom und hob ebenfalls sein Glas, ansonsten ist in meiner Kiesgrube noch jede Menge Platz.

Andernach-Kell

»Hallo, Paul, komm rein. Mit dir hätte ich heute nicht mehr gerechnet.« Kalle warf einen kurzen Blick über die Schulter.

»Passt es dir gerade nicht? Sag ruhig.«

»Nee, warum, klar, passt schon.«

Nee, warum, klar, passt schon – Kalles Gestotter in Zusammenhang mit dem Schulterblick war ziemlich eindeutig, er hatte Besuch, und zwar nicht von seiner Mutter.

»Du, wenn du mit Tanja allein sein willst – ich hätte ja auch vorher anrufen können.«

Jetzt beendete ein Grinsen die Unsicherheit in der Miene meines Freundes. »Boah, bist du eklig, Paul. Woher zum Teufel weißt du, dass Tanja bei mir im Wohnzimmer sitzt?«

»Hallo, Paul, redet ihr gerade von mir? Ich wollte sowieso gleich gehen.« Tanja stand in der Tür zu Kalles Wohnzimmer. Kalle verdrehte die Augen, aber das bekam nur ich zu sehen.

»Nein, wir reden nicht über dich, Tanja, und du musst ja auch nicht gleich gehen, nur weil Captain Hook hier bei mir auftaucht.«

Kalle schlug mir mit der flachen Hand auf die Schulter. »Sorry wegen des Gestammels eben. Du bist hier echt jederzeit willkommen. Tanja ist hier, weil sie genau wie ich von einer Reporterin Besuch bekommen hat.«

Kalle führte mich in sein Wohnzimmer. Er hatte vor Jahren günstig ein kleines Einfamilienhaus in Kell gekauft und umgebaut. Hier unten gab es jetzt ein großes Wohnzimmer mit Durchgang zur Küche und einer breiten Glasfront zur Terrasse. Kalles ganzer Stolz waren ein Fernseher in der Größe meiner Küchentheke und ein Surround-System, bei dem man das Gefühl hatte, mitten zwischen den Musikern zu stehen. Der Rest der Einrichtung folgte dem Leitsatz: »Möbel follows sound«, will sagen, Kalle hatte seine Sitzgruppe und den niedrigen Couchtisch exakt auf die Boxen seiner Musikanlage ausgerichtet.

»Kaffee, Espresso oder darf es auch schon was Stärkeres sein?«, fragte mein Polizeifreund. »Ist schließlich schon nach sechs Uhr.«

»Ein Espresso wäre gut, und dann würde ich gern mehr von dieser Reporterin hören.«

»Tanja, dann fang du doch an, ich mach schnell den Espresso fertig. Übrigens, Paul, die Dame, die bei uns beiden war, ist diese Gudrun Müller-Mölke von Antenne Osteifel.«

Ich setzte mich und schaute Tanja fragend an. »Und wie kam die ausgerechnet auf euch?«

»Ich vermute, sie hat einen wirklich guten Draht zum Koblenzer Polizeipräsidium. Vielleicht wollte da ja jemand beweisen, dass wir alles zu jeder Zeit im Griff hatten. So nach dem Motto: Zwei unserer Beamten waren vor Ort und haben sofort das Richtige getan. Oder sie hat mit ein paar Angehörigen geredet. Ich erinnere mich, dass Kalle und ich beim Grillen offen darüber gesprochen haben, dass wir beide in Andernach bei der Polizei sind.« Tanja zuckte mit den Schultern. »Diese Müller-Mölke hat bei mir angerufen, um einen Termin zu vereinbaren.«

»Genau, bei mir hat sie auch durchgeklingelt«, tönte es aus der Küche, gefolgt vom Zischen und Blubbern der Espressomaschine.

Tanja lächelte kurz in Kalles Richtung. Die beiden – das war so offensichtlich. Merkten die das gar nicht? Ich schob den Gedanken zur Seite und konzentrierte mich wieder auf Tanjas Bericht.

»Also, zunächst wollten wir gar nichts sagen«, nahm sie den Faden wieder auf. »Es gibt schließlich Vorgaben und Pressesprecher. Aber dann hat unser Chef gesagt, dass wir ja als Zivilisten bei dir waren. Irgendjemand in der oberen Etage hielt das wohl für eine gute Idee, mehr Offenheit zu zeigen. Auf meine Rückfrage haben Kalle und ich die Erlaubnis erhalten, mit der Journalistin zu sprechen. Die wollte dann wissen, woher die Schusswaffen kamen und wie der Täter überwältigt wurde. Zur ersten Frage konnte ich nichts sagen, und zur zweiten habe ich mit dem Hinweis auf die laufenden Ermittlungen geschwiegen. Dann wollte sie wissen, warum wir da waren. Okay, das habe ich beantwortet, und zum Schluss hätte sie am liebsten noch einmal von mir den genauen Tathergang erfahren, aber das konnte ich abblocken. Also sehr ergiebig war das für sie nicht.«

»Shit, ich fürchte, ich war da nicht so schweigsam.« Kalle stellte mir eine Tasse Espresso auf den Couchtisch.

»Wieso? Was hast du denn erzählt?«, fragte ich.

»Na ja, von mir wollte sie wissen, wer die Polizei gerufen

hat, das habe ich beantwortet, und dann ging es darum, ob das die richtige Vorgehensweise war, die habe ich ihr dann erklärt. Ich wollte schließlich nicht, dass es hinterher so aussieht, als hätten wir unüberlegt gehandelt. Ich habe ihr auch erzählt, dass du zuerst die Schüsse gehört und sofort erkannt hast, dass da eine Pistole abgefeuert worden war und kein Jäger geschossen hatte. Ich habe von der eigentlichen Tat ja gar nichts mitbekommen, und weil ich nicht dabei gewesen bin, konnte ich auch sagen, dass ich nichts darüber weiß. Und dann wollte sie noch mehr über deine Vergangenheit wissen, aber da habe ich nur erklärt, was jeder in Kell weiß, dass du bei der Militärpolizei warst und dass wir uns schon seit unserer Jugend kennen.«

Ich trank einen Schluck Espresso und dachte nach. »Was ihr beide da erzählt habt, ist für die Reporterin wenig ergiebig, ich denke, das war die richtige Strategie. So wittert niemand eine Verschwörung oder glaubt, dass man etwas vertuschen will, und trotzdem gibt es nicht viel zu berichten.«

Kalle stieß erleichtert die Luft aus.

»Ich bin froh, dass du das so siehst, Paul. Ganz geheuer waren mir diese beiden Gespräche nicht. Zum einen, weil sie uns beide ja unabhängig voneinander interviewt hat, und zum anderen, weil wir für so was bei der Polizei ausgebildete Fachleute haben.«

Tanja nickte Kalle lächelnd zu. »Ist mir auch so gegangen, das war ein ganz merkwürdiges Gefühl. So, als würde jedes Wort auf die Goldwaage gelegt. Ich bin dankbar, wenn ich morgen zum Dienst antreten kann und keine Interviews geben muss.«

»Übrigens, Paul«, warf Kalle ein, »Gerd Seltmann hat mich angerufen und mir von den Pistolen und dem, was ihr oben in der Grillhütte entdeckt habt, erzählt.«

Ich sah Tanjas Neugierde und umriss ihr kurz, was heute früh passiert war.

»Thorsten wollte den Täter aufhalten, daran habe ich überhaupt keinen Zweifel«, sagte sie. »Als du mit Kalle weg warst, um die Getränke zu holen, kam plötzlich dieser Alex reingestürzt und hat einmal in die Decke geschossen. Horst, mit dem wir uns unterhalten hatten, ist dummerweise gleich zu ihm hin und hat ihn angebrüllt, er soll die Pistole weglegen. Da hat sich dieser Alex umgedreht und Horst ohne zu zögern niedergeschossen. Erst dann ist Thorsten ins Blockhaus gekommen. Im ersten Moment habe ich befürchtet, dass Alex ihn auch erschießen würde, vielleicht lag es ja auch an Hanna, denn das Mädchen kam kurz nach Thorsten. Ich denke, ihr Auftauchen hat Alex für einen kurzen Moment zur Besinnung gebracht, zumindest hat sie mit ihrem Erscheinen verhindert, dass Thorsten erschossen wurde.«

Tanja wischte sich mit der Hand über das Gesicht. Kalle, der neben ihr saß, ergriff die andere Hand und drückte sie. Diese kleine Geste sagte schon einiges. Dass er ihre Hand weiter festhielt und sie ihm dafür einen dankbaren Seitenblick zuwarf, sprach Bände.

»Ich möchte herausfinden, warum Alex geschossen hat. Warum spricht ein junger Mann die ganze Zeit von Zombies, warum erschießt er wildfremde Menschen und später sich selber? Unser Campingplatz ist zurzeit noch geschlossen, und wenn ich dort weiter tatenlos herumsitze, werde ich keine Antworten auf diese Fragen bekommen.«

»Du kannst aber doch nicht auf eigene Faust anfangen zu ermitteln«, warf Tanja ein.

Ich grinste sie schief an. »Dann frag mal Kalle. Der liegt mir schon seit Wochen in den Ohren, dass ich endlich private Ermittlungen anbieten soll.«

»Aber die Zulassung –«

»Tanja, bitte. Ich will ja nicht gleich Hochglanz-Anzeigen schalten. Ich werde in den nächsten Tagen ein Gewerbe anmelden, mein Führungszeugnis beantragen, damit alles seine Richtigkeit hat. Paragraf 14 Gewerbeordnung und das Führungszeugnis nach Paragraf 30 Absatz 5 Bundeszentralregister.«

Ein leises, glucksendes Lachen unterbrach meine Ausführungen.

»'tschuldigung, Paul, ich glaube, ich muss das Tanja erklären. Also, mein einarmiger Kumpel hier war nicht nur Feldjäger und NATO-Ermittler, er hat auch ein ziemlich gutes Gedächtnis und leider Jura studiert. Ich will damit sagen: Wenn einer weiß, was er zu tun hat, damit das alles rechtlich wasserdicht ist, dann er.«

Tanja schaute abwechselnd Kalle und mich an, bevor sie resigniert den Kopf schüttelte. »Ihr beiden zusammen, das ist ja wie ... Ach, vergesst es. Also, du willst ermitteln, und du weißt, was du zu tun hast. Als du aber Kalle bei dem Toten am Laacher See geholfen hast, bist du diesen Weg nicht gegangen, warum also jetzt?«

Gute Frage, Frau Polizeikommissarin, dachte ich. Ja, warum jetzt das Ganze offiziell machen? Die Antwort war leicht. »Ich fürchte, dass wir diesmal im Rampenlicht stehen werden. Ihr hattet schon euren Auftritt in den Medien, und diesmal haben wir keine Leiche am Laacher See, sondern auf unserem Campingplatz. Mein Bauchgefühl sagt mir, dass ich da aufpassen sollte.«

Tanja dachte einen Moment nach, bevor sie zustimmend nickte. »Gute Antwort, Paul, das alles könnte wirklich nützlich sein. Okay, ich habe also bald nicht nur Polizistenkollegen, sondern auch einen Privatermittler im Freundeskreis. Und wie soll es jetzt weitergehen?«

»Da brauche ich eure Hilfe.«

»Och, komm schon, das ist ja wie im schlechten Krimi. Privatdetektiv wendet sich an Polizistenfreund«, lachte Tanja amüsiert.

»Dich, liebe Tanja, würde ich nur in Ausnahmefällen belästigen«, erwiderte ich grinsend, »aber mein Kalle hier hat so lange rumgenervt, da muss er jetzt auch mit den Konsequenzen leben.«

Tanja lachte ein helles, sympathisches Lachen, das in ein Kichern überging. Sie entzog Kalle ihre Hand, die dieser immer noch festgehalten hatte, und tätschelte ihm das Knie. »Tja, ich würde sagen, selber schuld, Herr Seelbach.«

Kalle genoss dieses Geplänkel in vollen Zügen, das sah ich ihm an.

»Haha, mach dich nur über mich lustig. Also, schieß los, Paul, womit kann ich dem aufstrebenden Star am Ermittlerhimmel dienen?«

»Thorsten war nicht allein mit Hanna und Alex in der Grillhütte. Aber er war nicht mit Alex befreundet, sagt zumindest sein Vater. Insgesamt waren da zwischen acht und neun Personen. Wer waren die? Kennt ihr schon irgendwelche Namen?«

»Die Kollegen haben natürlich mit den Eltern des Täters gesprochen. Die Mutter hat einen Nervenzusammenbruch erlitten. Vom Vater haben wir erfahren, dass Alex viel mit einem anderen Jungen, Jan Öckenhofen, zusammen war. Jetzt, wo wir wissen, dass es noch mehr Beteiligte gab, werden wir uns morgen dahinterklemmen.«

»Versuch doch auch rauszubekommen, wie Jan seine Freizeit verbracht hat.«

»Und was wirst du morgen tun, während wir richtig arbeiten?«, fragte Kalle grinsend.

»Ich werde einen Krankenhausbesuch machen.«

Campingplatz Pönterbach

Wie jeden Morgen in den letzten drei Jahren stand ich natürlich morgens im Laden, bereit, Brötchen und die aktuellen Zeitungen zu verkaufen. Brötchen und Zeitungen waren da, nur keine Käufer. Mist! Bei dem Hin und Her der letzten zwei Tage hatte ich schlicht vergessen, unserem Bäcker in Nickenich Bescheid zu sagen.

»Guten Morgen, Paul, sag mal, war das heute Morgen der Erik mit den Brötchen? Ich hab da ein Auto gehört«, fragte Helga, als sie von ihrer Wohnung hinunter in unseren kleinen Laden kam.

»Ja, und jetzt kannst du ganz viele Brötchen einfrieren«, erwiderte ich verärgert, »ich hab leider vergessen, ihn anzurufen.«

»Komm, zwei Dutzend Brötchen werden wir wohl noch verkraften können. Der Handarbeitskreis trifft sich heute Nachmittag in Kell, ich werde einfach die Käthe anrufen und ihr sagen, dass ich belegte Brötchen statt Kuchen mitbringe.«

»Du weißt aber auch, Helga, dass es um mehr als nur die Brötchen geht. Wir haben Vorbestellungen, und wir sollten zusehen, dass die Polizei so schnell wie möglich den Platz wieder freigibt. Ich fürchte, die schlechte Publicity wird uns das Pfingstgeschäft verhageln.«

Helga zwinkerte mir lächelnd zu. »Wenn du dich da mal nicht täuschst, mein Lieber. Wir hatten gestern Abend schon mehr als ein Dutzend Reservierungsanfragen in unserem E-Mail-Postfach, obwohl ich einen Großteil davon ganz sicher nicht auf unserem Platz willkommen heißen möchte.«

Helga wies mit dem Zeigefinger in Richtung Anrufbeantworter, der hektisch blinkte. »Jede Wette, dass da noch mehr drauf sind.« Ich startete die Wiedergabe. Tatsächlich fünfzehn neue Nachrichten: zwei Mal ein Anrufer von Antenne Osteifel, der sich zunächst beschwerte, dass Helga einen Kollegen vom Platz verwiesen hatte, und dann einen Rückruf verlangte, eine deutlich höflichere Frau vom SWR und ein Redakteur von TV Mittelrhein. Die übrigen elf Anrufer wollten gern einen Platz reservieren. Ich schrieb mir die einzelnen Namen und Rückrufnummern auf, um sie später nacheinander zu kontaktieren. Als der sechste Anrufer darum bat, mit seinem Wohnwagen »ganz in der Nähe des Blockhauses aus den Nachrichten« stehen zu dürfen, stoppte ich die Wiedergabe.

»Das sind ja alles Tatortgaffer«, sagte ich angewidert. »Ja, das überrascht mich nicht, so ähnlich waren auch die Mails. Ein Mann aus Stuttgart hat sogar angefragt, ob wir Tatortführungen organisieren würden.«

»Du machst Witze.«

»Kein Scherz, mein Junge. Ein anderer gab uns neben seinem Reservierungswunsch noch den guten Rat, den Tatort nicht zu säubern, er würde gern noch Fotos von den Blutlachen machen, da er eine Website zum Thema Amokläufe betreibt.«

Helga schüttelte den Kopf und schnalzte missbilligend mit der Zunge. »Mir ist ganz schlecht geworden bei diesen Mails. Zum Glück gab es auch andere Nachrichten. Von unseren Stammgästen zum Beispiel, die uns versichern wollten, dass sie auf jeden Fall wiederkommen werden, egal was die Medien sagen.«

»Moment mal. Egal was die Medien sagen? Ich war gestern bei Kalle, der hat mir von einer Reporterin erzählt.«

»Du warst gerade weg, da kam hier auch jemand vom Radio vorbei. Du hast ja eben die beiden erbosten Anrufe gehört, ich vermute mal, das war der Chef. Ich habe den Knaben nämlich nach der ersten Frage mehr oder weniger höflich vom Platz geworfen.«

Ich musste unwillkürlich grinsen. Da wäre ich ja gern dabei gewesen. »Viel werden die nicht berichten können, Helga. Von dir haben sie keinen Kommentar bekommen. Und Kalle hat auch kaum etwas gesagt, Tanja war sogar noch schweigsamer.«

»Da irrst du dich aber gewaltig.« Helga seufzte. »Du hörst den falschen Sender. Bereits um sechs Uhr hat Antenne Osteifel einen längeren Beitrag gebracht. Später soll es dann eine Schwerpunktsendung geben. Aber ich sehe das wie unsere Stammgäste – wir sollten uns davon nicht verrückt machen lassen. Wichtig ist doch nur, dass die Polizei die Hintergründe herausfindet. Warum hat dieser arme Junge überhaupt geschossen? Der war doch gar nicht richtig bei sich, bei all dem wirren Zeug, was der da geredet hat.«

Helga trat zu mir, umarmte mich und drückte mir einen Kuss auf die Wange. »Das hab ich noch gar nicht gesagt: Ich bin sehr froh darüber, dass du eingegriffen hast. Egal was irgendjemand sagen wird, du hast unser Leben gerettet. Ich weiß, du warst bei Kalle, um mit ihm über den Fall zu sprechen. Vergiss mal eine Zeit lang unseren Campingplatz und finde heraus, was da wirklich passiert ist.« Helga lächelte mich an, dann straffte sie die Schulter. »Vielleicht kann Kalle klären, wann wir den Betrieb wiederaufnehmen können. Ich kümmere mich jetzt mal um die Sachen da draußen an unserer Schranke. Ich denke, die Blumen und Kerzen trage ich zum Blockhaus, aber was sollen wir mit den ganzen Stofftieren anfangen? Vielleicht kann man die reinigen und einer Kita spenden. Mal sehen.«

Und mit diesem abschließenden »Mal sehen« ging Helga nach draußen. Nachdenklich schaute ich ihr hinterher. »Egal was die Medien sagen.« Dieser kurze Satz von Helga machte mir Sorgen, und zehn Minuten später wusste ich, dass ich allen Grund hatte, mir Sorgen zu machen.

Antenne Osteifel

»Der Amoklauf eines siebzehnjährigen Schülers auf einem Campingplatz in der Nähe von Andernach-Kell sorgt nach wie vor für Entsetzen. In dieses Entsetzen mischt sich mittlerweile aber auch die Forderung nach Aufklärung. Es gibt zu viele unbeantwortete Fragen. Meine Kollegin Gudrun Müller-Mölke fasst für uns den aktuellen Stand zusammen. Sie hat mit Zeugen und mit der Polizei gesprochen.«

»Warum hat der siebzehnjährige Gymnasiast aus Andernach zur Waffe gegriffen und abgedrückt? Diese Frage stellen sich die trauernden Eltern, aber auch die Polizei. Die nächste offene Frage ist: Woher hatte der junge Täter die Waffe?

›*Mein Freund Paul David hatte gleich gehört, dass das Pistolenschüsse waren, und ist hingegangen.*‹ *Polizeioberkommissar Karl-Günther Seelbach von der Andernacher Polizeiinspektion gibt uns einen ersten Hinweis. Sein Freund*

Paul David, ein ehemaliger Feldjäger, ist ein Mann mit einer Vergangenheit, die von den zuständigen Behörden unter Verschluss gehalten wird.

Was hat dieser Mann zu verbergen? Wie wahrscheinlich ist es, dass ein Siebzehnjähriger, der bislang nicht aufgefallen ist, an eine scharfe Waffe kommt? Oder, anders gefragt, wie wahrscheinlich ist es, dass ein ehemaliger Militärpolizist solch eine Waffe besitzt? Paul David hat einen Unterarm verloren, er lebt zurückgezogen auf einem Campingplatz im Pöntertal. Das Pöntertal anstelle der großen schillernden Welt des Verbrechens. So ein Wechsel kann schon zu Überreaktionen führen, bestätigt uns Dr. Michaela Soltau, Diplom-Psychologin an der Uni Bonn, auf unsere telefonische Anfrage:

›Tatsächlich kann keiner genau sagen, was in einem solchen Mann vorgeht oder lange Zeit schwelt, bevor es ausbricht. Solche Männer sind es gewohnt, unter großem Druck zu agieren, ihr Leben aufs Spiel zu setzen. Und dann ist das plötzlich alles vorbei. So etwas kann eine Psyche in ein tiefes Loch fallen lassen.‹

Womöglich ging es David ja auch darum, einzugreifen, um seine Mitverantwortung zu vertuschen. Wie sonst kann man sich erklären, dass jemand freiwillig in ein Gebäude geht, in dem ein Amokläufer gerade einen Menschen getötet hat? Auch wenn die Besitzerin, Davids Tante, nicht mit der Presse reden will und mein Kollege des Platzes verwiesen wurde, wissen wir schon einige Details. Paul David, das haben unsere Recherchen ergeben, war nicht bei Polizeioberkommissar Seelbach, als dieser den Notruf absetzte.

›Paul ist da hoch, und ich hab unsere Einsatzzentrale verständigt.‹

Ist das der normale Weg? Ein Amokläufer schießt um sich, und nur die örtliche Polizeiinspektion wird angerufen? Polizeioberkommissar Seelbach ist fest davon überzeugt, richtig gehandelt zu haben.

›Ja, natürlich habe ich das richtig gemacht. Zunächst wird immer die örtlich zuständige Dienststelle benachrichtigt, die

ihrerseits Kräfte zum Einsatzort schickt. Die sind ja in der Regel auch am schnellsten vor Ort. Meine Kollegen sind sofort mit mehreren Streifenwagen zum Campingplatz gekommen. Ich habe auch gleichzeitig einen Notarzt und Sanitäter angefordert. Weitere Verstärkung aus anderen Dienststellen waren aus meiner Sicht erst einmal nicht nötig. Und um Ihre Frage zu beantworten: Ja, so sieht bei uns die ›1. Phase‹ des Einsatzes aus.‹

Seelbach zeigte sich bei unsrer Frage nach Spezialkräften uneinsichtig. Er verwies im Interview mit unserem Sender weiter auf festgelegte Abläufe.

›Natürlich, bei einer größeren Bedrohungslage oder einer Geiselnahme gibt es die sogenannte ›2. Phase‹. Hier wird dann eine ›besondere Aufbauorganisation‹ ins Leben gerufen. Wir haben einen Einsatzleiter, und es werden mehrere Abschnitte gebildet, die sich beispielsweise um die Absperrung des Einsatzortes, die Ermittlungen, die Fahndung und die Pressearbeit kümmern. Hier kommen dann auch Spezialkräfte zum Einsatz, sprich, es kann dann sein, dass das Spezialeinsatzkommando oder auch die Verhandlungsgruppe, also in Gesprächsführung und Psychologie speziell ausgebildete und intensiv trainierte Polizeibeamtinnen und -beamte, angefordert werden.‹

So weit die Erklärungen Karl-Günther Seelbachs.

Wir halten fest: Offenbar sah Seelbach es noch nicht als größere Bedrohungslage an, dass ein Amokläufer in einem kleinen Blockhaus zu schießen beginnt. Und war es denn keine Geiselnahme, die dort vor seinen Augen geschah? Aber anstatt das Ganze geschulten Kräften oder einem SEK zu überlassen, ruft Seelbach seine Kollegen aus Andernach zu Hilfe und überlässt seinem Freund, einem behinderten Zivilisten, das Feld.

Hätte eine Spezialeinheit nicht möglicherweise Schlimmeres verhindern können? Warum steht Seelbach so loyal zu seinem Jugendfreund? Hier könnte ein ganz anderer Aspekt Licht ins Dunkel bringen. Der Vater des Täters, ein bekannter Bonner

Arzt, ist davon überzeugt, dass sein Sohn nicht bei Sinnen gewesen sein kann. Nicht bei Sinnen oder unter Drogeneinfluss? Woher könnten aber diese Drogen stammen? Sabrina Miback, eine sechzehnjährige Schülerin aus Münster, hat mit ihren Eltern die letzten Tage auf dem Campingplatz Pönterbach verbracht und dabei eine bemerkenswerte Beobachtung machen können.
›*Ich hab das sogar mit dem Handy gefilmt. Dieser David hat seinem Freund, dem Polizisten, drei Tüten mit weißem Pulver in die Hand gedrückt. Ich glaube, der dealt.*‹
Ist der Campingplatz Pönterbach also ein Umschlagplatz für Drogen? Warum schreitet hier die Polizei nicht ein? Uns liegt das Video vor, tatsächlich sieht das Ganze wie eine Drogenübergabe aus.

Hält womöglich der Polizist Seelbach seine schützende Hand über seinen Jugendfreund? Vielleicht gehört ja auch der Täter zu den bedauernswerten Drogenopfern, und vielleicht war es für alle Beteiligten nur von Vorteil, dass der Junge nicht mehr reden kann. Ein Mitwisser weniger für die, die im Dunkeln die Fäden ziehen. Noch greifen die Behörden nicht durch. Wir stehen praktisch vor einer Mauer des Schweigens, errichtet aus falsch verstandener Loyalität oder Gründen, die wir noch ermitteln müssen. Polizeikommissarin Tanja Dievenbach blockt unsere berechtigten Nachfragen jedenfalls ab:
›*Das ist ein laufendes Ermittlungsverfahren, dazu kann ich Ihnen nichts sagen.*‹
Dazu kann ich Ihnen nichts sagen – bemerkenswert wird diese Aussage, weil Dievenbach ebenfalls zur Polizeiinspektion Andernach gehört und ebenfalls auf dem Campingplatz Pönterbach am Tag der Tat dabei war. Es werden nicht unsere letzten Fragen sein, so viel steht fest.
Gudrun Möller-Mölke für Antenne Osteifel.«

St. Nikolaus-Stiftshospital/Andernach

Wütend schaltete ich das Autoradio aus. Ich hatte gerade unten am Rhein geparkt, als der Beitrag im Radio lief. Ich lehnte mich im Fahrersitz zurück und schloss die Augen. Helga hatte recht behalten. Wie naiv war ich gewesen, zu glauben, dass man keine Story aus Halbwahrheiten, einigen gut ausgewählten Statements und verdrehten Tatsachen machen konnte? Gudrun Müller-Mölke konnte das, und es war ihr mit Bravour gelungen. Mir tat Kalle leid, der würde sich einiges anhören müssen. Garantiert war sein Chef stinksauer. Die Vorwürfe waren zwar absurd, aber jetzt war die Polizei in der Defensive. Sie konnten alles widerlegen, doch das ließe sich böswillig auch als Vertuschungsaktion auslegen. Die eine Krähe hackt eben der anderen kein Auge aus.

Entschlossen machte ich mich auf den Weg zum Krankenhaus. Ich sah nur eine Möglichkeit, um unseren guten Ruf wiederherzustellen. Ich musste möglichst schnell herausfinden, wie es zu dem Amoklauf gekommen war.

Gut, dass ich erst gar nicht versucht hatte, mit dem großen Pick-up in der Nähe der Klinik zu parken. In der Straße neben dem Parkhaus standen allein drei verschiedene Übertragungswagen von Fernsehsendern. Thorsten und Hanna wurden offenbar belagert. Ich rechnete mir keine guten Chancen aus, bis zu Hanna vorzustoßen, aber ein Versuch war es wert.

Ich hatte Glück. Vor dem Haupteingang umringte eine Traube von Journalisten einen Arzt. Möglichst unauffällig ging ich an dieser Menschentraube vorbei und erreichte die Infotheke, ohne von einem Reporter erkannt oder angehalten zu werden. Der ältere Herr hinter der Theke bedachte mich mit einem professionellen Lächeln. »Was kann ich für Sie tun?«

»Ich wüsste gern, in welchem Zimmer Hanna Däumlin liegt.« Mein Gegenüber schüttelte bedauernd den Kopf: »Es tut mir leid, Frau Däumlin hat unser Haus verlassen.«

»Aber sie wurde angeschossen, sie kann noch nicht entlassen worden sein?«

Falsche Frage, Paul. Jetzt wurde ich argwöhnisch gemustert. Schnell hob ich meinen linken Arm und lenkte damit die Aufmerksamkeit auf meine Prothese.

»Ich bin im Verein von Gewaltopfern und Schussverletzungen, wir kümmern uns ehrenamtlich um Menschen mit traumatischen Erfahrungen. Viele von uns waren selber in einer solchen Situation, Sie verstehen?«

Soll keiner sagen, ich hätte keine Phantasie. Der Anblick meines fehlenden Unterarms war wohl überzeugend.

»Ich darf Ihnen schon aus Datenschutzgründen nichts sagen, aber sollte Ihr Verein auch in Koblenz aktiv sein, haben Sie dort gute Chancen.«

Ich überlegte einen Moment. Wer dürfte eine solche Verlegung veranlassen? Ganz sicher ein Arzt. Vielleicht war aber auch den Eltern der Rummel zu groß geworden. Ich wagte einen Schuss ins Blaue.

»Oh, das erleben wir häufig. Familienangehörige werden ja doch oft mit dem Interesse der Medien nicht fertig.«

Ein unmerkliches Nicken war Zustimmung genug. Bingo! Fehlte nur noch ein Hinweis, in welche Klinik Hanna verlegt worden war. Sicher, in Koblenz gab es verschiedene Einrichtungen, aber wenn ich angeschossen worden wäre …

»Ich danke Ihnen, ich werde dann mal im Bundeswehrzentralkrankenhaus nachfragen.«

Ich beobachtete das Gesicht meines Gegenübers genau. Bei der Erwähnung des Bundeswehrzentralkrankenhauses zuckte kurz ein Augenlid.

»Ich darf dazu nichts sagen, das verstehen Sie sicher.«

Brauchte er auch nicht, ich war mir auch so ziemlich sicher, wohin ich fahren musste.

Bundeswehrzentralkrankenhaus Koblenz

Das Bundeswehrzentralkrankenhaus in Koblenz ist die größte militärische Behandlungseinrichtung im westdeutschen Raum. Dieser Satz aus einem Flyer fiel mir beim Anblick des riesigen Gebäudekomplexes wieder ein. Hier wurden sowohl Angehörige der Truppe als auch zivile Patienten behandelt. Obwohl das komplette Gelände die Größe von fast zweiundzwanzig Fußballfeldern hatte, wusste ich genau, wohin ich gehen musste. Nach meiner Verwundung in Afghanistan hatte ich hier in Koblenz sechs lange Wochen verbracht. Ich lief gerade den Flur zur Chirurgie entlang, als ich von hinten angesprochen wurde.

»Hauptmann David? Was machen Sie denn hier bei uns?«

Ich drehte mich zu der Stimme um, wusste aber schon, wer mich da erkannt hatte.

»Guten Morgen, Frau Oberstarzt. Ich wollte eine Patientin von Ihnen besuchen.«

Oberstarzt Katja Wisner war die Leiterin der chirurgischen Abteilung, eine resolute und dabei gleichzeitig warmherzige Frau. Statt der dunklen Hornbrille, die ich noch in Erinnerung hatte, trug sie jetzt ein dünnes, rahmenloses Gestell. Das wirkte weniger streng, ließ aber auch die Falten an ihren Augen deutlicher sichtbar werden. Sie war etwas jünger als Helga, schätzungsweise Anfang fünfzig, mittelgroß und schlank.

Hier im Krankenhaus gab es knapp tausendfünfhundert Beschäftigte; dass mir ausgerechnet Frau Oberstarzt Wisner über den Weg lief, war ein erstaunlicher Zufall. Auf der anderen Seite war es der direkte Weg zu ihrer Abteilung und Zeit für die Visite. Ich beschloss, dieses Zusammentreffen als gutes Omen zu werten.

»Ich freue mich, Sie zu sehen, Hauptmann David. Wissen Sie, Sie gehörten zu den wenigen Patienten, die von Anfang an eine Verletzung als gegeben hingenommen haben. Kein Verzweifeln, kein Hadern, das hat mir damals sehr imponiert.«

»Na ja, ich konnte schließlich nichts mehr rückgängig

machen«, gab ich zu und ergänzte: »Übrigens bin ich nicht mehr bei der Truppe, also kein Hauptmann David. Jetzt bin ich Zivilist.«

Wisner lachte auf. »Ach, das mit den Diensträngen ist mir so in Fleisch und Blut übergangen. Kommen Sie, begleiten Sie mich ein Stück. Ich sehe, Sie haben sich von Ihrer einfachen Arbeitsprothese verabschiedet.« Die Ärztin wies auf meine neue bionische Hand, während wir den Flur entlanggingen.

Ich schloss Daumen und Zeigefinger zum Pinzettengriff. »Es ist erstaunlich, was heute alles möglich ist«, sagte ich. »Ein Institut in Frankfurt hat mir diese Hand zur Verfügung gestellt.«

»Ihre ist aber sehr neu, ich hatte letztes Jahr eine Fortbildung, da wurde uns die nächste Generation vorgestellt, die sah aus wie Ihre da.«

»Stimmt, die Hand ist ganz neu. Also, die erste wurde ... ähm ... in Stücke geschossen.«

Wisner blieb kurz stehen, musterte mich, ob ich das wirklich ernst meinte, und lachte dann in sich hinein. »Warum wundert mich das nicht? Sie sind nicht der Typ, der ein ruhiges, beschauliches Leben hinter dem Schreibtisch verbringt. Sie – Moment mal. Der Amoklauf auf dem Campingplatz in Andernach. Ich hab das doch im Fernsehen gesehen, Sie waren da vor Ort, nicht wahr?«

»Ja, der Campingplatz gehört meiner Tante und mir. Und ja, ich habe versucht, den Täter aufzuhalten. Aber –«

»Nichts aber, ich weiß schon, worauf Sie hinauswollen, David. Der Mann hat sich das Leben genommen, und es sind Menschen verletzt worden, aber Sie haben auch Leben gerettet. Ich für meinen Teil zähle gern die geretteten Leben.« Für Katja Wisner war das Thema damit abgehakt.

»Warum sind Sie hier, David? Stopp, die Frage ziehe ich zurück, ich weiß, warum Sie hier sind. Hanna Däumlin, das Mädchen mit der Schussverletzung. Natürlich, sie wurde bei Ihnen auf dem Campingplatz angeschossen. Was wollen Sie von ihr?«

Die Frage hatte eine gewisse Schärfe, aber das führte ich nur auf die Fürsorge zurück, die Frau Oberstarzt Wisner allen ihren Patienten angedeihen ließ.

»Ich bin auf der Suche nach dem Warum. Wie kam es zu der Tat, und warum hat sich der Täter am Ende selber erschossen? Lächelnd, ohne Furcht. Hanna kannte den Täter, sie wollte ihn aufhalten. Wissen Sie, Frau Oberstarzt, ich habe schon einiges miterlebt, aber dieser Junge war anders. Er sprach klar und deutlich, trotzdem faselte er unentwegt von Zombies. Die waren für ihn völlig real. Was war da vorher passiert? Ich hoffe, Hanna kann mir das sagen.«

»Es tut mir leid, Sie enttäuschen zu müssen, David. Hannas Eltern haben klare Grenzen gezogen, und zwar in Absprache mit mir. Keine Besucher, außer es sind Familienmitglieder.« Wisner wies mit einer Hand den Gang hinunter. »Ich muss Sie hier verlassen. Am Ende des Flurs ist ein Aufenthaltsraum, Hannas Eltern sind zurzeit da. Versuchen Sie Ihr Glück, Sie können zwar nicht mit Hanna sprechen, aber mit ihren Eltern. Und kommen Sie ruhig mal auf eine Tasse Kaffee vorbei, wenn Sie nicht gerade Verwundete befragen wollen, ich würde mich freuen.«

Die Sachlichkeit, die sich bei unserem Gespräch über Hanna in ihre Stimme geschlichen hatte, wurde von einem warmen Lächeln vertrieben.

»Sehr gern, Frau Oberstarzt, das werde ich.«

»Ich nehme Sie beim Wort, Hauptmann David.«

***

Die Ohrfeige klatschte auf meine Wange. Der Schlag kam unerwartet, aber ich hätte auch ohne mit der Wimper zu zucken einen zweiten hingenommen.

»Wie können Sie Scheusal es wagen, hier aufzutauchen und uns zu belästigen«, empörte sich die Frau vor mir.

»Verena, bitte beruhige dich!«

Verena Däumlin, Hannas Mutter, schaute ihren Gatten an.

»Beruhigen? Ich soll mich beruhigen? Dieser Mann hier ist dafür verantwortlich, dass unser Kind angeschossen wurde. Und er wagt es, uns hinterherzuspionieren. Er will –«

Die letzten Worte gingen in einen Weinkrampf über. Hannas Vater nahm seine Frau behutsam in den Arm und führte sie zur Tür. »Bitte, Schatz, geh schon einmal vor zu Hanna. Ich regele das hier.«

Er schob seine Frau aus dem Raum und schloss dann die Tür. »Ich muss mich entschuldigen. Wir hängen sehr an Hanna, sie ist unser einziges Kind. Meine Frau macht sich schwere Vorwürfe, weil sie Hanna erlaubt hatte, sich mit ihren Freunden an der Grillhütte zu treffen. Und dann diese Radioberichte. Ich habe meiner Frau versucht klarzumachen, dass sie das nicht alles glauben soll. Verena hätte Sie nicht schlagen dürfen.«

»Schon gut, Herr Däumlin, ich habe diese Ohrfeige verdient, schließlich ist Hanna angeschossen worden, weil ich versucht habe, den Täter aufzuhalten.«

»Nein, Herr David, nein. Hanna wäre nicht mehr am Leben, wenn Sie nicht eingegriffen hätten. Ich habe mit ihr gesprochen, deshalb weiß ich, dass Sie das einzig Richtige getan haben. Verena weiß das auch, aber –«

»Bitte, Herr Däumlin, vergessen Sie einfach, was da gerade passiert ist. Ganz ehrlich, ich verstehe Ihre Frau. – Aber ich würde Ihnen gern eine Frage stellen.«

Däumlin nickte.

»Hat Hanna irgendetwas von dem Abend erzählt? Etwas vor dem Amoklauf?«

»Nicht besonders viel. Sie haben gegrillt, neben Jan Öckenhofen und Alex waren auch noch zwei weitere Mädchen aus Hannas Klasse dabei.«

»Das war alles? Mehr hat sie nicht gesagt?«

Ich sah, dass Däumlin zögerte, er verschwieg etwas vor mir. »Herr Däumlin, Alex hat von Zombies geredet, er hat einen Menschen erschossen und wollte noch mehr vermeintliche Zombies töten. Waren da Drogen im Spiel?«

»Ich habe Hanna gefragt, aber sie hat gesagt, dass sie keine genommen hätte. Sie hat –«

»Was hat sie?«

Däumlin gab sich einen Ruck: »Bitte, Herr David, ich möchte nicht, dass unsere Tochter in Zusammenhang mit einer Drogengeschichte gebracht wird. Die Ärzte hier sind der Meinung, dass sie jetzt vor allem Ruhe braucht, denn die Schussverletzung ist nur das eine, der Schock das andere. Wir sind vor der Pressemeute in Andernach geflohen.«

»Ich verspreche Ihnen, dass nichts von dem, was wir bereden, an die Öffentlichkeit gelangen wird.«

Hannas Vater seufzte tief, dann nickte er abermals und begann zu reden. »Hanna hat, als sie praktisch schon im Halbschlaf war, was von Kapseln erzählt. Glitzernde grüne Kapsel, hat sie gesagt. Und sie hat mehrmals im Schlaf ›Nein, Nina‹ gerufen. Mehr weiß ich nicht. In Hannas Freundeskreis gibt es keine Nina, wir können uns darauf keinen Reim machen. Entschuldigen Sie mich, Herr David, ich möchte meine Frau nicht zu lange allein lassen.«

Er ging zur Tür, zögerte, drehte sich zu mir. Offenbar hatte er doch noch etwas auf dem Herzen. »Sie müssen mir etwas versprechen, Herr David.«

»Und das wäre?«

»Finden Sie raus, warum mein Kind hier angeschossen im Bett liegt. Finden Sie es heraus, und dann sorgen Sie dafür, dass so etwas nie wieder passiert.«

»Das verspreche ich Ihnen. Das können Sie auch Ihrer Frau sagen.«

Als sich die Tür hinter Däumlin schloss, war es sehr still im Raum. Draußen hörte man Schritte im Flur, das Quietschen eines Rollwagens, aber hier drin klang nur das Echo meines Versprechens nach, das ich gerade gegeben hatte.

Auf der B 9

»Paul? Gut, dass ich dich erreiche!« Kalles Stimme klang blechern aus der Freisprecheinrichtung in meinem Auto.

»Hast du schon Radio gehört? Ich meine, Antenne Osteifel, den neuen Bericht? Diese Müller-Mölke hat sie ja wohl nicht mehr alle. Die hat Tanja und mich dermaßen gelinkt. Ich könnte mich in den Hintern treten, dass ich überhaupt einem Interview zugestimmt habe.«

»Ja, ich habe den Beitrag gehört. Ich denke, wir werden möglichst schnell Hintergründe herausfinden müssen, um die ganzen Vorwürfe aus der Welt zu schaffen«, erwiderte ich.

»Hier brennt die Hütte. Wir haben sogar schon einen Pressekollegen aus Koblenz mit ins Team geholt, der die verschiedenen Anfragen bearbeitet. Mein Chef ist nicht sonderlich glücklich, aber zum Glück hat er ja unseren Interviews zugestimmt. Wo bist du denn jetzt?«

»Ich habe einen Besuch im Bundeswehrzentralkrankenhaus hinter mir – Hanna Däumlin ist dorthin verlegt worden. Ich konnte zwar nicht mit ihr selber sprechen, aber immerhin hatte ich kurz Gelegenheit, mit ihrem Vater zu reden. Wir müssen mehr über diesen Jan Öckenhofen herausfinden.«

»Da habe ich gute Nachrichten für dich. Tanja hat sich bereits darum gekümmert. Wir könnten uns in einer Stunde im Café am Marktplatz treffen«, schlug Kalle vor.

»Bist du dir sicher? Ich meine, was wird dein Chef dazu sagen, wenn du dich während der Dienstzeit mit mir triffst?«

Ich konnte Kalles Grinsen praktisch hören. »Da mach dir mal keine Gedanken. Ich habe ihn darüber informiert, dass du private Ermittlungen durchführst. Er hat zwar keinen Freudentanz aufgeführt, aber er weiß mittlerweile, was du in der Vergangenheit alles geleistet hast. Ich denke, in seinen Augen bist du immer noch Polizist und Ermittler und kein Amateur. Er hat nur zustimmend genickt und darum gebeten, dass ich ihn regelmäßig über alles informiere. Ein Gutes hat dieser riesige Misthaufen, den uns Antenne Osteifel vor die

Tür gekippt hat: Mein Chef ist stinksauer auf die und freut sich jetzt schon darauf, sie in Grund und Boden zu stampfen. Wenn wir ihm Munition für einen Gegenangriff liefern können, ist ihm das nur recht. Und das alles hat er natürlich offiziell nie gesagt. Den Rest erzähle ich dir dann gleich.«

Sehr gut! Solange die Polizei mich nicht auf ihre Liste der Verdächtigen setzte, konnte ich leichter die Ermittlungen vorantreiben. »Dann sehen wir uns in einer Stunde, Kalle.«

Im Wald oberhalb des Nürburgrings/Eifel

»Ist das nicht wunderbar ruhig hier?« Dirk Melkbauer holte einmal tief Luft. Die Frühlingssonne hatte den Waldboden aufgewärmt, und in der Luft lag der Duft von Kiefernnadeln. Ja, genau so hatte er sich seinen Ruhestand ausgemalt. In den letzten Jahren, in denen er als Sachbearbeiter des Finanzamtes Mayen tätig gewesen war, hatte er immer die Kollegen beneidet, die bereits in Rente gegangen waren. Wenn die Sonne in sein Büro schien, war es besonders schwer gewesen, sich auf Firmenbilanzen und Steuererklärungen zu konzentrieren. Wie gern hätte er einfach seinen Tagesrucksack gepackt, die Wanderschuhe angezogen und den ganzen Bürotrott hinter sich gelassen.

Und jetzt, seit zwei Wochen, konnte er das alles tun. Sein Traum war wahr geworden. Zum Glück teilte Mareike seine Vorliebe für ausgedehnte Wanderungen in der Eifel. Vor ein paar Jahren hatten sie mit den Wanderungen angefangen. Zufrieden dachte Melkbauer an die letzten Sommer- und Herbsturlaube. Den Hochkelberg-Panorama-Pfad hatten sie bereits abgehakt. Und der Vulkangipfel-Pfad, der immerhin auf den siebenhundert Meter hohen Ernstberg führt, den höchsten Vulkan der Westeifel, war auch kein Thema mehr. Für Juli hatten sie sich Abschnitte des EifelBahnSteigs vorgenommen.

Hier gab es keine ausgeschilderte Route, sondern nur GPS-Daten.

Dirk plante ihre Sommerwanderung bereits seit Monaten. Dagegen war die heutige Tour oberhalb des Nürburgrings lediglich ein etwas längerer Spaziergang.

»Ich bin ganz froh, Schatz, dass du mich beim Frühstück überredet hast«, gestand Mareike ihrem Gatten. »Ich hätte nie gedacht, dass das Wetter so wunderbar werden würde. Schön ist es hier. Ich kann mir gar nicht vorstellen, was hier los ist, wenn Rennen stattfinden. Der ganze Trubel mit den Zuschauern passt so gar nicht in die Stille dieses Waldes.«

Dirk zeigte nach vorne. »Hier kommen nicht so viele Zuschauer hin. Ist für die meisten zu weit weg von den Parkplätzen. Da unten liegt das sogenannte Bergwerk. Der Streckenabschnitt heißt so, weil dort vor mehr als hundert Jahren Blei und Silber abgebaut wurden.«

»Bergwerk? Namen haben die hier!«

»Und dann weiter rechts folgt ein Teil mit dem Namen Kesselchen.« Dirk Melkbauer war ein wenig stolz darauf, dass er sich an solche Einzelheiten erinnerte, auch wenn es schon ziemlich lange her war, dass er den Bildband über die legendäre Rennstrecke das letzte Mal in der Hand gehalten hatte.

»Kesselchen? Ich bitte dich, und trotzdem reden die immer alle von der grünen Hölle?«, kicherte Mareike. Dirk nickte grinsend, da hatte seine Frau nicht unrecht.

»Komm, wir gehen hier den Waldweg weiter, in einer guten Viertelstunde können wir dann Mittagspause machen.«

Mareike Melkbauer sah den VW Scirocco als Erste. Der Wagen mit dem Heckspoiler und den hinten abgedunkelten Scheiben wirkte hier mitten im Wald wie ein Fremdkörper.

»Na, das ist ja mal ein ungewöhnlicher Platz zum Parken, und dann noch mit laufendem Motor. Die verpesten ja die ganze Waldluft hier«, bemerkte sie verärgert.

»Wahrscheinlich ein Liebespaar, dem zu kalt ist. Du weißt

schon, Schatz.« Dirk zwinkerte seiner Frau zu, die das mit einem »Also wirklich, Dirk« kommentierte. Sie wollten schon diskret einen großen Bogen um den Wagen schlagen, als Dirk die halb offene Beifahrertür bemerkte. Und was war das? Hing da etwa eine Hand aus dem Türspalt?

»Schatz, bleib mal kurz hier. Ich glaube, da stimmt was nicht.«

»Du willst doch nicht etwa da rübergehen und die beim … na, du weißt schon, stören?«

»Hast du dein Handy dabei? Gut, bleib hier stehen.«

»Dirk! Da hängt ja eine Hand raus!«

»Ja, Schatz, deswegen will ich ja nachsehen. Am besten wählst du schon den Notruf.«

»Ich komm mit, vielleicht muss ich mit anfassen.«

Zusammen ging das Ehepaar zu dem Auto hinüber. Je näher sie kamen, desto langsamer wurden sie. Dirk fiel die Stille hier im Wald auf. Das leise Motorgeräusch klang in seinen Ohren unnatürlich laut. Auf jeden Fall waren da zwei reglose Menschen im Wagen, so viel konnte Dirk erkennen. Nach Liebesspiel sah das nicht aus.

»Die bewegen sich gar nicht«, flüsterte Mareike.

»Vielleicht ein Unfall«, gab Dirk ebenso leise zurück. Dann rief er laut: »Hallo, Sie! Brauchen Sie Hilfe? Sollen wir einen Arzt rufen?«

Er erhielt keine Antwort.

»Die haben sich nicht gerührt, ich glaube, wir sollten wirklich die Polizei anrufen.« Zur Bekräftigung ihres Vorschlags hielt Mareike das Telefon hoch.

Dirk nickte. »Ruf an, ich seh mal nach.« Entschlossen ging er auf den Wagen zu.

»Dirk, sei vorsichtig!«, ermahnte Mareike besorgt ihren Mann, anstatt den Notruf zu wählen.

Dirk zog die Beifahrertür weit auf. Zwei junge Männer saßen vorne auf den Sitzen. Die Köpfe weit in den Nacken gelegt.

Wie Taucher, die aus der Tiefe an die Wasseroberfläche

kamen, um gierig nach Luft zu schnappen. Im ersten Moment konnte sich Dirk die rote Farbe auf den T-Shirts nicht erklären. Dann erkannte er, was es wirklich war: keine Farbe, sondern Blut. Überall! Riesige dunkle Blutflecke, die noch ein wenig feucht schimmerten. Das Blut war den Männern offenbar aus dem Mund, der Nase und den Ohren geflossen. Dirk wollte das nicht sehen, aber er konnte den Blick nicht abwenden. Bittere Galle stieg ihm in der Kehle auf. Er wich würgend zurück, stieß dabei den Arm des Beifahrers an. Der Kopf des Mannes kippte in seine Richtung. Das Gesicht war eine groteske blutige Maske. Als hätte ein Clown sich grobschlächtig mit Blut geschminkt. Fassungslos erkannte Dirk, dass der Mann auch aus den Augen geblutet hatte. Er drehte sich zu seiner Frau um, wollte ihr diesen schrecklichen Anblick ersparen. Doch dafür war es zu spät. Mareike starrte auf die Leiche und ließ ihr Handy fallen.

»Nein, nein, oh mein Gott!«

Sie hob abwehrend die Hände, als müsse sie die Toten daran hindern, näher zu kommen. Und dann begann sie zu schreien. Ihre Entsetzensschreie durchschnitten die Stille des Waldes.

Ein Café am Marktplatz in Andernach

Das Café war gut besetzt. Unter die üblichen Frühlingstouristen mischten sich jetzt um die Mittagszeit Einheimische, die hier im Café am Marktplatz ihre Mittagspause verbrachten. Hinten in einer Ecke gab es einen kleinen Zweiertisch, der mir ganz passend schien. So würden Kalle und ich nicht direkt auf dem Präsentierteller sitzen. Ich bestellte einen großen Milchkaffee und schaute mir noch einmal die Unterlagen an, die ich aus dem Rathaus mitgenommen hatte. Die Zeit bis zum Treffen hatte ich genutzt, um mein Gewerbe anzumelden und das notwendige Führungszeugnis zu beantragen. Ein wenig merkwürdig fühlte sich das Ganze schon an: Paul David, private Ermittlungen – wie das klang. Aber nach dem unseligen Beitrag, den Antenne Osteifel ausgestrahlt hatte, war es wohl das Beste, alles offiziell zu machen.

Mein Milchkaffee wurde serviert, und ich fragte mich, ob es eine gute Idee von Kalle gewesen war, ein volles Café als Treffpunkt zu wählen. Ein Polizist in Uniform und Schutzweste würde zwischen den Gästen auffallen wie ein Clown auf der Beerdigung. Umso überraschter war ich, als sich die Tür öffnete und Kalle mit Tanja das Café betrat. Keiner von beiden in Dienstkleidung! Ich hob die Hand, da hatte Tanja mich schon bemerkt, sie zupfte Kalle am Ärmel und deutete mit dem Kopf in meine Richtung. Kalle begrüßte ein paar Bekannte, bestellte zwei Cappuccino und steuerte meinen Tisch an.

»Ich wusste nicht, dass ihr zu zweit kommen würdet, sollen wir uns woandershin setzen?«, sagte ich zur Begrüßung.

»Ist vielleicht ein bisschen eng hier«, erwiderte Kalle und rief über die Schulter: »Traudel, hast du oben noch einen freien Tisch für drei?«

Eine der Bedienungen nickte zustimmend. »Hallo, Kalle. Oben in der Ecke habe ich gerade abkassiert, der Vierertisch am kleinen Fenster. Ich bring euch gleich die beiden Cappuccino hoch.«

Ich nahm also meinen Milchkaffee, dann zogen wir in den oberen Stock des Cafés um.

»Jetzt spannt mich nicht länger auf die Folter, warum seid ihr nicht im Dienst? War der Ärger so groß, dass man euch suspendiert hat?«, fragte ich neugierig.

Genüsslich schlürfte Kalle Milchschaum von seinem Cappuccino, bevor er antwortete: »Zum einen haben natürlich unsere Kolleginnen und Kollegen von der Kriminalpolizei die Ermittlungsarbeit übernommen. Tanja hat noch eine Kriminalkommissarin begleitet, daher wissen wir jetzt ein wenig mehr. Zum anderen hat unser Chef sich überlegt, dass wir beide doch genügend Überstunden hätten, um ein, zwei Tage zu überbrücken. Offiziell sind wir damit aus der Schusslinie, was die Presse betrifft. Inoffiziell sollen wir einfach genügend Anhaltspunkte finden, um Frau Müller-Mölke die Suppe zu versalzen, aber das würde natürlich niemand zugeben.«

»Wir haben also mindestens zwei Tage dienstfrei. Die sollten wir gut nutzen«, ergänzte Tanja. »Ich hab mich übrigens mal umgehört. Ihr glaubt nicht, wer in der Geschäftsleitung von Antenne Osteifel das Sagen hat.«

»Keine Ahnung, sag schon«, forderte Kalle.

»Rainer Wilmskirchen!« Tanja sagte das dermaßen triumphierend, dass ich einen Anflug von schlechtem Gewissen bekam, den Herrn nicht zu kennen.

»Sagt mir nichts, ist das ein Verflossener von dir?«, fragte Kalle. Hörte ich da eine Spur von Eifersucht heraus?

Tanja gab Kalle einen Klaps auf den Arm. »Woran Sie immer denken, Herr Seelbach. Nein, Rainer Wilmskirchen war mal eine ganz große Nummer im Radio. Dann hat ihn der SWR abgeworben, bei denen hat er oft das Nachtprogramm moderiert, bevor er schließlich selber mit anderen Geldgebern die Lizenz für ein Radioprogramm erworben hat. Heute sitzt er in Mainz und ist Chef von drei oder vier Stationen.«

»Schön und gut, aber wie soll uns das helfen?« Ich sah immer noch nicht den Grund für Tanjas Zufriedenheit.

»Rainer ist ein Schulfreund meiner Mutter, der war mal total verschossen in sie. Ich wette, der ist gar nicht glücklich, wenn er hört, dass sein Sender die Tochter seiner hoch geschätzten Susanne in die Pfanne gehauen hat. Ich könnte ihn später mal anrufen. Was meint ihr, Jungs?«

»Einen Versuch ist es wert. Wir müssen sehen, dass uns nicht noch Knüppel zwischen die Beine geworfen werden«, sagte ich.

»Okay, wird erledigt. So, und jetzt bist du dran, Paul. Was hast du im Krankenhaus herausgefunden?«

Ich erzählte den beiden, was ich von Hannas Vater erfahren hatte.

»Nina? Das ist merkwürdig. Von einer Nina war bisher

keine Rede. Und dann diese Kapseln, seltsam!« Tanja wirkte ehrlich verwundert.

»Was meinst du?«, hakte ich nach.

»Also, zunächst einmal ist es so, dass bei der Obduktion im Blut des Täters und Suizidopfers keinerlei Drogen gefunden wurden. Alkohol ja, aber zu wenig, um den Amoklauf zu erklären.«

Das konnte doch unmöglich sein, dachte ich. Aus welchem Grund sollte ein gesunder Mensch von Zombies faseln?

»Seid ihr euch sicher, was das Thema Drogen angeht?«

Tanja und Kalle nickten synchron.

»Absolut. Wir haben auch bei Thorsten und Hanna eine Blutuntersuchung angeordnet. Ebenfalls negativ, keine Anzeichen von Drogen«, sagte Kalle.

Ich schüttelte ungläubig den Kopf. Das passte alles hinten und vorne nicht zusammen. Alex war nicht betrunken gewesen, dafür hatte er zu präzise geschossen. Ich konnte mir partout keinen Reim darauf machen.

»Könnte es sein, dass die Drogen nicht mehr nachweisbar waren? Oder dass nicht auf alle denkbaren Substanzen getestet wurde?«

»Sorry, Paul, aber ich glaube nicht, dass unser Labor schlampig gearbeitet hat. Sieh mal, Kokain, Speed, Crystal Meth, Ecstasy, das ganze Zeug kann man mindestens vierundzwanzig Stunden nach dem Konsum noch im Blut nachweisen. Okay, bei LSD, habe ich mal gelernt, sind es nur zwölf Stunden. Aber wir hatten den Täter bereits zwei Stunden nach seinem Tod in der Gerichtsmedizin. Deine Information bezüglich der Kapseln mag stimmen, aber wir haben dafür keine handfesten Beweise.«

»Ich wollte ja auch gar nicht unterstellen, dass etwas übersehen wurde«, gab ich zurück, »aber wir sollten herausfinden, was das für Kapseln waren. Wenn Hanna davon gesprochen hat, haben die anderen doch sicher ebenfalls etwas mitbekommen. Was sagt denn dieser Jan Öckenhofen?«

»Oh, den habe ich heute früh kennengelernt«, sagte Tanja.

»Seine Eltern fanden nämlich, dass er noch Ruhe bräuchte, deshalb war er nicht in der Schule. Ich durfte Kriminalkommissarin Bergetreu, eine Koblenzer Kollegin, begleiten. Der Vater, Martin Öckenhofen, bestand darauf, bei unserem Gespräch mit seinem Sohn dabei zu sein. Ich hatte das Gefühl, dass er kurz davor war, den Firmenanwalt zu holen. Nur um zu beweisen, wie wichtig er und seine Familie sind. Kollegin Bergetreu hat aber Jan mit Samthandschuhen angefasst, die weiß, was sie tut.«

»Erzähl Paul von den Fahrrädern«, bat Kalle und erntete dafür einen vorwurfsvollen Seitenblick.

»Nun drängle nicht so, ich hätte die schon nicht vergessen. Jan Öckenhofen hat unumwunden zugegeben, dass er, Hanna Däumlin, Thorsten Seltmann und Alex van Bremmer oben bei der Grillhütte waren. Außerdem hatte er noch zwei Mädchen aus seiner Jahrgangsstufe eingeladen: Laura Normey und Marie Tedelski. Sie hätten alle zusammen gegrillt, ein wenig Bier getrunken – er natürlich nicht, denn er war mit dem Auto dort –, und alles wäre ziemlich, wie er sagte, cool gewesen. Dann hätten sich Alex und Thorsten gestritten, es ging dabei wohl um Hanna. Der Eifersuchtsstreit eskalierte, Alex ist wütend in den Wald gerannt. Hanna soll ihm gefolgt sein, und Thorsten sei dann ebenfalls verschwunden. Die Zurückgebliebenen hätten noch eine halbe Stunde gewartet, aber die drei wären nicht wiedergekommen. Laut Jans Aussage hätten sie schließlich die Fahrräder im Gebüsch versteckt. Jan hat die beiden Mädchen nach Hause gefahren. Nach seinem Bericht hatte Alex keine Waffen, als er in den Wald rannte. Überhaupt hätte Alex auch noch nie geschossen.«

»Er lügt!«, stellte ich fest. »Ich glaube nicht, dass es eine Eifersuchtsszene zwischen Hanna, Alex und Thorsten gab, aber das nur am Rande. Viel wichtiger ist, dass er das Motorrad unerwähnt gelassen hat. Ich habe am Freitag zuerst ein Auto gehört und dann das typische Geräusch einer Cross-Maschine. Die Spuren oben an der Hütte passen dazu. Möglicherweise hat Jan gehofft, sich rausreden zu können. Die

Fahrzeugspuren sind mehrere Tage alt, aber sowohl ein Zeuge als auch ich haben das Motorrad an diesem Tag gehört. Wenn also Thorsten und Hanna mit dem Fahrrad unterwegs waren und Jan gegenüber der Polizei ausgesagt hat, dass bei ihm im Auto Alex, Laura und Marie mitgefahren sind – wer ist dann später mit dem Motorrad zu der Gruppe gestoßen? Und warum verschweigt Jan diese Person gegenüber der Polizei? Das ist schließlich was anderes, als seinen Eltern nicht alles zu erzählen.«

»Hier kommt vielleicht die geheimnisvolle Nina ins Spiel, die Hanna gegenüber ihrem Vater erwähnt hat«, sagte Kalle nachdenklich. »Ich wüsste nur zu gern, wer diese Nina ist.«

»Was für ein Typ ist Jan Öckenhofen?«, fragte ich Tanja.

Tanja verdrehte kurz die Augen. »Jan ist der verwöhnte Kronprinz in der Familie. Er hat zwar noch einen jüngeren Bruder, aber er ist der unbestrittene Star der Familie. Siebzehn Jahre alt, hat schon seinen eigenen Wagen, und Papa Öckenhofen platzte fast vor Stolz, als er von Jans Berufung in die Jugendnationalmannschaft sprach. Das Basketball-Ass der Schule. Ich meine, ich kann verstehen, dass Mädchen für ihn schwärmen. Er sieht gut aus, hat vermögende Eltern, und selbst mit siebzehn besitzt er schon einen gewissen Charme.«

Nach Tanjas Beschreibung konnte ich mir Jan gut vorstellen, vor allem vermutete ich, dass Thorsten nicht zu Jans engsten Freunden gehörte. Im Vergleich zu den Öckenhofens spielte Familie Seltmann allenfalls in der Kreisliga. »Hast du bei dem Gespräch mit Jan noch etwas erfahren, das uns weiterhelfen könnte, diese Nina zu finden?«

Tanja trank einen Schluck und überlegte. »Eine Möglichkeit wäre natürlich der Basketballverein, aber da gibt es ja keine gemischten Mannschaften. – Moment mal! Jans Vater hat erwähnt, dass sein Sohn sich im Moment intensiv auf die U-17-Nationalmannschaft vorbereitet, der hätte außer für Sport und Schule für nichts anderes Zeit. Er hat natürlich Jans Eifer und Ehrgeiz gelobt. Neben dem Basketballtraining würde Jan auch regelmäßig Kraftsport treiben.«

»Wenn ihr mich fragt, passen grüne Kapseln viel besser in das Umfeld einer Muckibude als in das einer Basketballmannschaft«, stellte Kalle fest. »Bleibt nur die Frage, in welchem Sportstudio unser Jan seine Muskeln trainiert.«

»Das kann ich dir sagen.« Tanja grinste zufrieden über Kalles erstauntes Gesicht. »Als wir aus dem Haus gingen, kamen wir an einem Jeep Wrangler vorbei. Jede Wette, dass das Jans Auto war. Und da gab es einen Aufkleber – ›Sams Muscle Palace‹. Wenn mich nicht alles täuscht, das neue Studio in der Nähe des Freibads.«

»Was haltet ihr davon, wenn wir uns da mal umschauen?«, schlug ich vor.

»Das könnt ihr beide übernehmen«, erwiderte Tanja. »Ich werde mal sehen, ob ich noch mit Laura und Marie sprechen kann, und danach rufe ich in Mainz an.«

DRF-1

»In einer Pressekonferenz hat heute die Kriminalpolizei in Koblenz den aktuellen Stand der Ermittlungen im Zusammenhang mit dem Andernacher Amoklauf Ende letzter Woche vorgestellt. Ein Siebzehnjähriger hatte auf einem Campingplatz einen Mann erschossen, zwei weitere Personen wurden verletzt. Anschließend erschoss sich der Täter.

Wie ein Polizeisprecher heute mitteilte, spielten Drogen bei dieser Tat keine Rolle. Möglicherweise habe es sich um einen geistig verwirrten Täter gehandelt, persönliche Motive könne man nach den bisherigen Ermittlungen ausschließen.

Der Polizeisprecher ging auch auf die Vorwürfe ein, die Andernacher Polizeiinspektion würde Einzelheiten der Tat vertuschen. Dies sei, so wörtlich, völlig aus der Luft gegriffen. Gleichzeitig würde man untersuchen, ob der Strafbestand der Verleumdung und der Unterschlagung von möglichen Beweis-

mitteln vorliegen. Konkret hatte ein Radiosender aus Mayen behauptet, ihm läge ein Amateurvideo vor, das den Austausch von Drogen zwischen einer Zivilperson und einem Polizisten zeige.

Tatsächlich hat ein Polizist drei mutmaßliche Drogenpäckchen von einem Bürger entgegengenommen, allerdings nur, um diese Päckchen sicherzustellen. Die Päckchen lägen ordnungsgemäß registriert in der Koblenzer Asservatenkammer, so der Polizeisprecher weiter.

Noch ist unklar, warum der Radiosender in seiner Berichterstattung derart schwere Vorwürfe erhoben hat. Dass mögliche Strafanzeigen noch folgen werden, sei nicht ausgeschlossen. Die Kriminalpolizei arbeite mit Hochdruck an der Aufklärung des Amoklaufs. Bereits für morgen Nachmittag wurde eine neue Pressekonferenz angekündigt.

Und jetzt weiter zum Regionalsport.

Die TuS Koblenz hat mit einem Unentschieden in der Oberliga Rheinland-Pfalz/Saar ihren Tabellenplatz behauptet. TuS-Trainer Anel Dzaka war mit dem 2:2-Endergebnis zufrieden.«

Antenne Osteifel/Mayen

»Hast du den Beitrag im Regionalfernsehen gesehen? Da ist von Strafanzeige und Verleumdungsklage die Rede.« Nervös knetete Marcel Pfaffer die Hände.

»Geht dir jetzt etwa schon der Arsch auf Grundeis?«, fragte Gudrun hämisch.

Marcel fand, dass ihre Wortwahl nicht zu einer Frau passte, sie waren schließlich Journalisten und nicht auf dem Bau. »Noch hab ich hier das Sagen, Gudrun. Ich fand deinen Beitrag gut. Wir wollten erst schießen und dann fragen, aber ich habe keinen Bock darauf, in der ersten Reihe zu stehen, wenn die scharf zurückschießen. Und eine Anzeige wegen Unterschlagung von Beweismitteln ist eine andere Hausnummer, als nur Staub aufzuwirbeln.«

Gudrun beugte sich vor und zischte: »Pass auf, Marcel, ich erklär dir das. Die verbreiten da nur heiße Luft. Wenn das Drogenpäckchen waren, die aber nichts mit dem Fall zu tun haben, ist das Video auch kein Beweismittel. Ist das Video aber ein Beweismittel, heißt das, die Drogen haben was mit dem Amoklauf zu tun. In dem Fall hat der Polizeisprecher gelogen. Ich sag dir, die kehren was unter den Teppich, und sowohl dieser David als auch sein Polizistenfreund Seelbach stecken mit drin. Hat der Sender einen guten Anwalt?«

»Sag mal, spinnst du? Wir sind hier Regionalradio und kein Politmagazin der ARD. Heute haben sich zwei Werbekunden bei der Geschäftsleitung in Mainz beschwert. Wohlfühlradio hätten sie sich anders vorgestellt. Das gab richtig Ärger.«

»Mensch, Marcel, und ich dachte, du hättest Eier in der Hose.«

»Quatsch nicht so rum.«

»Nein, im Ernst. Wir wollten Aufmerksamkeit. Bitte schön, die haben wir jetzt.« Gudrun zog ein paar Blätter aus einer Mappe. »Hier, eine Anfrage von RTL, die wollen mit uns zusammenarbeiten. Für die Fernsehleute sind wir eben nicht Regionalradio, die sehen, was wir geleistet haben, die wollen unsere Story. Und hier sind noch drei weitere Nachfragen, von der Rhein-Zeitung, vom Bonner Generalanzeiger und – tada! – vom Stern-Büro in Düsseldorf. Also, entscheide dich. Ziehen wir beim ersten Gegenwind den Schwanz ein, oder werden wir richtig loslegen?«

»Richtig loslegen? Sag mal, hast du überhaupt nichts kapiert?«

»Doch, habe ich, und ich habe hier vier Anfragen auf dem Tisch. Weißt du was, mach wieder Tierheim und Karnevalsverein, ich werde mich allein dranhängen.«

»Nein, wirst du nicht, jedenfalls nicht im Namen von Antenne Osteifel. In Mainz haben sich nämlich nicht nur

Werbekunden beschwert. Ich hatte auch ein sehr peinliches Gespräch mit Rainer Wilmskirchen.«

»Rainer wer?«, fragte Gudrun ungeduldig.

Marcel lächelte freudlos. »Rainer, dein oberster Boss. Der Geschäftsführer unserer Senderkette.«

»Ach, komm. Du weißt doch selber, wie diese Bürokratentypen sind. Die kleben an ihrem Chefsessel und haben keine Ahnung vom Radiogeschäft.«

»Schön, dass mir das mal einer persönlich erklärt. Da komme ich ja gerade rechtzeitig.« Die Stimme in ihrem Rücken ließ Gudrun herumfahren.

Marcel wurde bleich und stotterte: »Hallo, Rainer, wie kommst …? Ich meine, warum …?«

»Ich hatte heute ein paar bemerkenswerte Telefonate. Gespräche, die mir gar nicht gefallen haben. Ich war gerade in Koblenz, und da dachte ich, fahr doch mal in Mayen vorbei. Hat sich ja gelohnt.«

Marcel öffnete den Mund, um etwas zu sagen, schloss ihn aber wieder, als er Rainers Blick sah.

»So, und Sie sind also unsere Top-Reporterin, die gern Interviewaussagen so dreht, wie es ihr in den Kram passt.«

Gudrun wurde rot, bevor sie gepresst erwiderte: »Das muss ich mir nicht anhören.«

»Doch, ich glaube schon, denn Sie haben diesen Dreck im Namen meines Senders verzapft. Zeigen Sie doch mal die Anfragen von den anderen Redaktionen her, mit denen Sie meinem hilflosen Marcel vor der Nase herumgewedelt haben.«

Bevor Gudrun reagieren konnte, hatte Rainer Wilmskirchen ihr die Blätter aus der Hand genommen. Er überflog die Ausdrucke und lachte auf. Er warf die Blätter nacheinander auf den Schreibtisch.

»Die Mail einer Freundin, die in der Buchhaltung bei RTL arbeitet, und der Rest sind Auszüge aus Ihren Honorarabrechnungen. Ich muss schon sagen, ganz schön ausgebufft. Marcel hat es Ihnen ja geglaubt. Tja, das werden dann wohl die letzten Abrechnungen von Antenne Osteifel sein. Sie sind ja nur als Freie engagiert. Bitte suchen Sie sich ein anderes Betätigungsfeld, am besten auch in einer anderen Region. Für Leute mit Ihrem Arbeitsstil«, Wilmskirchen deutete auf die Ausdrucke, »ist in meinen Sendern kein Platz. Bei uns werden Sie ganz sicher keinen Beitrag mehr unterbringen.«

»Das können Sie nicht tun!«

»Doch, das kann ich. Nicht wahr, Marcel?«

Der nickte automatisch.

»Sehen Sie, Marcel stimmt mir zu. Ich kann und ich werde. Ach, übrigens, Frau Müller-Mölke, bevor ich Bürokrat wurde, habe ich zwanzig Jahre lang Radio gemacht, und zwar erfolgreicher, als Sie es je tun werden. Sie dürfen jetzt gehen, Frau Müller-Mölke. Und vergessen Sie bitte nicht, die Haustürschlüssel vorne im Sekretariat abzugeben. Ich habe da schon Bescheid gesagt, die warten auf Sie.«

Gudrun holte Luft für eine wütende Erwiderung, verzichtete dann aber darauf und verließ wortlos den Raum. Die Flurtür schmetterte sie dagegen mit Wucht zu.

»So, das hätten wir erledigt. Und wir beide müssen uns jetzt mal über die Ausrichtung des Programms unterhalten, Marcel.«

Marcel Pfaffer seufzte. »Es tut mir leid, Rainer. Die Gudrun konnte wirklich sehr überzeugend sein, sie hat mich einfach überrumpelt. Wenn du willst, dass ich auch meinen Hut nehme –«

»Quatsch, Junge. Du machst eigentlich einen guten Job. Nur diesmal bist du übers Ziel hinausgeschossen. Also, ich möchte, dass du dir überlegst, wie wir das wieder hinbiegen können.«

***

Als Gudrun in ihrem Auto saß, schlug sie wütend auf ihr Lenkrad ein. Wilmskirchen, der Arsch! Ohne den hätte sie Marcel um den kleinen Finger gewickelt. Vielleicht war es wirklich das Beste, von hier zu verschwinden. Eigentlich eine ziemlich trostlose Gegend.

Jens in München lag ihr doch seit Monaten in den Ohren, sie solle mal in den Süden kommen. Klar wollte der mehr als nur ein paar Reportagen, aber das würde sie schon regeln.

Sie suchte die Nummer aus ihren Kontakten im Handy heraus und wählte.

»Hi, Jens, ich bin's, Gudrun. Sag mal, steht dein Angebot noch? Suchst du noch Unterstützung von einer gut aussehenden Kollegin? – Ja? – Fein, ich könnte, sagen wir, übermorgen oder so bei dir in München sein.« Gudruns Stimmlage wurde rauchiger. »Würde es dir was ausmachen, wenn ich ein paar Tage bei dir wohne? – Alles klar, dann sehen wir uns.«

Würde sie eben in München Karriere machen. Gott, die Kerle waren ja so durchschaubar, dachte Gudrun beim Losfahren.

Sams Muscle Palace

Die Straße, die am Andernacher Freibad vorbeiführte, war eine Sackgasse. In dieser Sackgasse hatten sich verschiedene Sporthallen angesiedelt: ein Tennisclub, eine Indoor-Kletteranlage und eine große Halle mit Hüpfburgen, Rutschen und anderen Spielgeräten. Das Fitnessstudio war ein Neubau, der das letzte freie Grundstück in der Straße belegte. Wir hatten Kalles Wagen genommen, der Pick-up mit dem Campingplatz-Logo erschien uns beiden ein wenig zu auffällig. Der Parkplatz des Fitnessstudios war gut belegt, jetzt gegen Abend hatten auch die Berufstätigen Zeit, ihre Muskeln zu trainieren. Im letzten Licht des Tages sah ich hier etliche tiefergelegte Sportwagen und große SUVs, dafür wenige Familienkombis. Ich ahnte schon, was uns drinnen erwarten würde.

»Paul, ich schlage vor, dass du dich im Studio umschaust.

Bestimmt haben die eine Art Empfangstresen. Versuch du doch bitte, etwas über diese Nina zu erfahren. Ich möchte nicht durch den ganzen Laden schlendern. Möglicherweise gibt es ein paar Nasen, die mich kennen.«

»Abgemacht.« Ich deutete auf einen benachbarten Flachbau, der im Halbdunkel zu sehen war. »Weißt du, was das für ein Haus ist?«

»Das ist das JACKS, das Jugend-Aktions-Zentrum Christlicher Kirchen. Ist 'ne ökumenische Einrichtung, Jugendtreff, Konzerte, Bastelgruppen, solche Sachen. Wir haben da mal vor ein paar Wochen einen Einsatz gehabt, weil bei einem Metal-Konzert die Begeisterung der Fans zu hohe Wogen geschlagen hatte. Ein paar von denen wollten eben nicht nur Musik hören, sondern auch Randale machen. Warum fragst du?«

»Ich sehe hier auf dem Parkplatz keine Motorräder, aber da drüben schon.«

Kalle grinste breit. »Herr David, Sie sind ein ziemlich cleveres Kerlchen. Check du die Lage in der Muckibude, ich erkundige mich da drüben. Wird nicht lange dauern, wir treffen uns dann drinnen.«

**

Meine Ahnung wurde bestätigt: In Sams Muscle Palace konnte man sicher auch Gewichte stemmen und Muskeln aufbauen, aber wenn schon schwitzen, dann doch bitte in gepflegter Atmosphäre. Jede Wette, dass sich hier die Schönen und Reichen die Hantel in die Hand gaben. Der Eingangsbereich sah wie die Lounge eines teuren Nachtclubs aus. Ledersessel, viel Chrom, viel Glas und ein paar Fotografien von muskelbepackten Männern, häufig mit einer durchtrainierten, tief gebräunten Schönheit im nackten Arm. Die Mädels hatten dabei nur die Aufgabe, sich lächelnd an die Bizepsberge zu schmiegen, die die Jungs zur Schau stellten.

Im Hintergrund säuselte leise Musik aus Deckenlautsprechern. Nach dem Eingangsbereich, der die Protz-Latte schon ziemlich hoch gelegt hatte, kam der eigentliche Empfang. Der konnte jedem Spitzenhotel die Tränen des Neids in die Augen treiben. Die Dame hinter dem Tresen trug teure Sportkleidung, sah überwältigend fit und gesund aus und fügte sich damit nahtlos in das Ambiente ein. Hier hatte jemand beim Einstellungsgespräch eindeutig auf Optik Wert gelegt.

»Hi, ich bin Daniela. Willkommen bei Sams. Sie sind neu und möchten sich gern informieren?« Die Stimme war eine Nuance zu rauchig für meinen Geschmack, schließlich wollte ich nur ein paar Infos erfragen und nicht eine rauschende Nacht im Whirlpool verbringen. Daniela war attraktiv, gut durchtrainiert und offenbar nicht auf den Kopf gefallen. Entweder kannte sie alle Mitglieder persönlich, oder sie hatte sofort gesehen, dass ich keine Sporttasche in der Hand hielt.

»Guten Abend, Daniela. Ich bin Paul und ... nun, ein Bekannter, Martin Öckenhofen, hat mir das Studio empfohlen. Ich glaube, er oder Jan sind bei Ihnen Mitglied.«

Der Name Öckenhofen war so etwas wie das »Sesam, öffne dich«. Daniela schaltete ein Strahlelächeln ein, gegen das jeder Flutlichtscheinwerfer blass aussah.

»Oh, Paul, das ist ja wunderbar. Wir freuen uns, dass Sie den Weg zu uns gefunden haben. Ja, Jan gehört sozusagen zu den Mitgliedern der ersten Stunde, er hat ganz tolle Fortschritte gemacht. Und wie kann ich Ihnen helfen?«

Ja, wie? Vermutlich hätte ich mir das besser mal vorher überlegt.

»Ich bin ein wenig aus der Übung.« Ich dachte an den Pförtner in der Krankenhausanmeldung. Mein kleiner Trick hatte dort ja gut funktioniert. Never change a winning team. Ich hob meine Prothese. »Ich muss trotz allem ein wenig trainieren. Dabei ist professionelle Unterstützung sicher gut.«

Beim Anblick meiner künstlichen Hand bekam das Strahlelächeln ein paar kurze Aussetzer, doch Daniela war Profi genug, sich schnell wieder zu fangen.

»Geht es Ihnen um Muskelaufbau oder mehr um Entspannung? Wir haben natürlich den klassischen Bereich: Training mit Gewichten, Fitnessschule, Kondition. Im Yoga-Sektor bieten wir Kurse für Bikram-Yoga, Acro-Yoga oder als Einstieg auch Hatha-Yoga an. Außerdem hat Sams als einziges Fitnessstudio in der Region noch Selbstverteidigungskurse im Programm.«

»Ach, Yoga, ich weiß nicht. Selbstverteidigung und Konditionstraining klingen gut. Jan ist ja auch ganz begeistert, hat mir Martin anvertraut.«

»Vielleicht möchten Sie einen kurzen Rundgang?«

»Gern, wenn das keine Umstände macht.«

»Aber nein, dafür bin ich doch da.« Daniela griff nach dem Telefonhörer. »Nele, ich mach eine kurze Führung, kannst du bitte nach vorne kommen und hier übernehmen? Gut, alles klar.« Sie legte auf und strahlte, als hätten wir beide im Lotto gewonnen. »Gut, Paul, dann wollen wir mal.«

Ich folgte ihr durch einen verwinkelten Flur in die Tiefen des Studios. Wir betraten eine große Halle mit Fitnessgeräten. Was hier chromblitzend herumstand, hatte mit Hanteln und klassischen Gewichten kaum noch was gemein. Hier wurden Muskeln an Hightechmaschinen gestählt.

»Unser klassisches Programm: Muskelaufbau, Rückenstärkung, im Kern das Übliche, aber unsere Maschinen sind alle auf dem allerneuesten Entwicklungsstand«, betonte Daniela.

»Und können die auch Kaffee kochen?«, fragte ich belustigt. Daniela warf mir einen irritierten Blick zu. Okay, andere Humor-Wellenlänge. Einfach die Klappe halten, Paul.

Hinter den Fitnessmonstern gab es noch drei weitere Säle mit bodentiefen Fenstern. Im ersten lagen nur Frauen in unterschiedlichen Stadien der Verrenkung auf ihren Matten. In Saal Nummer zwei brüllte ein muskulöser Trainer eine schwitzende Gruppe an. Begleitet von wummernden Bässen mussten sie Kicks und Punches ausführen. Der Einpeitscher hätte jederzeit als Drillsergeant einen Job bei den Marines bekommen.

»Unser neuestes Angebot ist Military-Kickbox-Dancing«,

erklärte Daniela vergnügt. »Ich kann Ihnen gern Unterlagen zu den neuen Kursen mitgeben.«

Military-Kickbox-Dancing? Nein danke, lieber legte ich mich auf eine bunte Yogamatte.

Ich machte ein unverbindliches Gesicht, hatte aber Mühe, nicht laut loszuprusten. Zum Glück erwartete Daniela anscheinend nicht sofort eine Zusage.

Im dritten Saal gab es nur eine große Matte und ein gutes Dutzend Sportler.

»Unser Bereich Selbstverteidigung. Ich denke, wir dürfen mal kurz stören.«

Wir betraten den Raum, und Daniela sagte laut: »Hi, Timo, ich habe hier Paul, einen möglichen Interessenten für einen Kurs.«

Weiter hinten bildeten ein Dutzend Männer und Frauen einen Kreis um ein paar Kämpfer. Aus der Gruppe der Zuschauer löste sich ein kompakter Mann Anfang zwanzig. Sein Hals hatte ungefähr den Umfang meiner Oberschenkel. Wahrscheinlich knackte er gern Walnüsse mit den Nackenmuskeln. Timo musterte mich lächelnd.

»Haben Sie schon Erfahrung mit Selbstverteidigung?«, fragte er interessiert.

Ich schüttelte den Kopf. »Nein, aber reizen würde es mich schon.«

»Klasse, das ist die richtige Einstellung. Wir sagen immer, es ist nie zu spät, um damit anzufangen. Dann würden Sie, Paul, zunächst in Katharinas Gruppe beginnen. Sie kümmert sich bei uns um die Anfänger. Bei ihr sind Sie in guten Händen, Katharina war mal rheinland-pfälzische Jugendmeisterin in Karate – also besser, Sie reizen sie nicht, höhö.«

Wie aufs Stichwort tönte quer durch die Halle ein Kampfschrei, und gleich darauf torkelte ein Kämpfer rückwärts von der Matte. Katharina hatte wohl ihre kleine Showkampfeinlage erfolgreich absolviert, die Runde klatschte begeistert Beifall.

Eine junge Frau Anfang zwanzig trat zu uns. Sie war schlank, am Hals tätowiert, aber das Auffälligste waren ihre Haare: auf der linken Seite sehr kurz, während die rechte Seite bis zur Schulter reichte. Das Ganze in einem grellen Orangeton gefärbt. Sie wischte sich lächelnd den Schweiß von der Stirn.

»Hallo, ich bin Katharina. Wenn Daniela und Timo mit einem neuen Gesicht zusammenstehen, dann bedeutet das in der Regel, dass ich einen neuen Schüler bekomme.«

Ich lächelte zurück. »Möglich, ich lass mir gerade das Studio zeigen. Gibt es denn so was wie einen Starttermin für neue Kurse?«

»Nee, aber das macht nichts. Ich organisiere normalerweise für alle Neuen ein Wochenendseminar, damit man mal die Grundlagen kennenlernt, der Rest ergibt sich dann. Ich habe eine WhatsApp-Gruppe für die Terminabsprachen. Dani kann Ihnen später meine Mobilnummer geben, dann können Sie mir Ihre Kontaktdaten schicken.« Sie deutete auf meine Prothese. »Macht die beim Sport Probleme? Einen Einarmigen hatte ich noch nie in meinem Kurs. Verstehen Sie das bitte nicht falsch, ich bin nur vorsichtig.«

»Nein, das geht schon. Ich kann die Prothese beim Training auch abnehmen.«

Timo schlug mir lachend auf die Schulter. »Na, dann werden die Handtechniken aber ein bisschen schwierig.«

Hast du eine Ahnung, dachte ich.

»Aber wenn Sie sich anstrengen, sollten Sie bald schon erste Erfolge sehen.«

Ja, ich würde mich anstrengen und erfolgreich sein, davon war ich fest überzeugt. Allerdings nicht hier auf der Matte. Ich lächelte Daniela an. »Ich denke, ich habe genug gesehen. Wenn Sie mir jetzt noch die Unterlagen und die Mobilnummer geben könnten?«

Tatsächlich war ich mir ziemlich sicher, dass ich nicht mehr weitersuchen musste. Gewissheit erhielt ich einen Augenblick später.

»He, Nina, wann machen wir denn weiter?«, rief ein Kursteilnehmer ungeduldig.

»Nur keine Sorge, Micha, du wirst gleich noch genug ins Schwitzen kommen«, rief Katharina zurück. Ich bekam von ihr ein kurzes Abschiedslächeln. »Also, wir sehen uns, und schicken Sie mir Ihre Kontaktdaten.«

Katharina lief zu ihrer Gruppe zurück. Katharina – Kurzform Nina. Manchmal musste man bei seinen Ermittlungen einfach mal Glück haben, dachte ich zufrieden.

***

Kalle stand neben seinem Wagen.

»Wolltest du nicht reinkommen?«, fragte ich.

»Ich bin gerade erst wieder hier. Mein Besuch drüben im Jugendzentrum hat sich nämlich gelohnt. Da drüben steht eine Honda CR 250, die wird seit Jahren nicht mehr gebaut, ist aber bei Cross-Fans immer noch extrem beliebt. Ja, und da dachte ich mir: Kalle, frag doch mal beim Jugendleiter nach. Im Moment probt im JACKS die Band Desert, der Gitarrist ist der Besitzer der Maschine. Er heißt Chris, und seine Freundin arbeitet – oh Wunder – hier in der Muckibude. Kai, der Jugendleiter, kannte allerdings nicht ihren Namen, er hat sie nur mal zusammen knutschen gesehen, Chris' Freundin hat orange Haare. Das hilft uns doch sicher weiter, oder?«

»Das hilft uns sehr weiter«, sagte ich zufrieden. »Steig ein und lass uns fahren, ich erzähle dir alles unterwegs.«

An der nächsten Ampel sagte Kalle: »Da stell ich doch mal die klassische Frage: Zu mir oder zu dir?«

»Fahr hier rechts und dann auf die B 9 nach Koblenz.«

»Nach Koblenz?«

»Erstens: In diesem Edel-Fitnessstudio gibt es eine Selbstverteidigungsgruppe. Zweitens: Die Anfänger werden von einer jungen Frau mit orangefarbenen Haaren trainiert, die zwar Katharina heißt, aber von allen nur Nina genannt wird. Wir haben also eine Nina mit einem Freund, der eine Honda fährt. Ich wette, die beiden waren am Freitag oben im Wald. Und ich schätze, du wettest nicht dagegen.«

Kalle stieß einen anerkennenden Pfiff aus. »Für mich klingt das schon ziemlich wasserdicht.«

»Mal sehen, ob wir nicht noch mehr herausfinden. Ich habe hier Ninas Mobilnummer. Das ist zwar schon nicht schlecht, hilft uns aber noch nicht viel weiter. Es sei denn –«

»Es sei denn, wir würden jemanden kennen, der das kriminelle Potenzial und die Fähigkeiten besitzt, für uns zum Beispiel ein Bewegungsmuster für diese Mobilnummer zu erstellen«, ergänzte Kalle meinen Satz. »Dafür müsste sich die Person allerdings in die Datenbanken des Telefonanbieters hacken. Das wäre böse, ziemlich böse.«

»Schön, dass wir beide an denselben denken«, sagte ich grinsend.

»Mega App« – Koblenz

»Wie jetzt? Mehr nicht?« Unser Freund Steffen schaute uns beide amüsiert an.

»Was heißt hier ›mehr nicht‹?«, gab Kalle zurück.

»Na ja, ihr kommt abends zu mir, habt eine Handynummer und möchtet ein Bewegungsmuster für diese Nummer, was bedeutet, dass ich mich in verschiedene Datenbanken hacken muss, weil du ja ganz sicher keinen richterlichen Beschluss für deine Bitte in der Tasche hast.«

»Seit wann bist du denn plötzlich so sensibel?«

»Seit wann jammerst du denn nicht mehr herum, wenn ich illegal irgendwo eindringe, Kalle?«

»Sag mal, fangt ihr da gerade einen Streit an?«, fragte ich dazwischen.

»Nö, ich wollte nur mal klarstellen, dass Mr. Saubermann mir zwar seit Jahren in den Ohren liegt, was ich alles nicht machen darf, aber am Ende es dann doch geil findet«, erwiderte Steffen.

Kalle wurde vor Verlegenheit ein wenig rot. »Also gut, ich werde dich nie wieder ermahnen, dich an die Gesetze zu halten, versprochen. Also, kannst du das jetzt oder nicht?«

»Kann ein Hirsch im Stehen röhren? Natürlich kann ich das. Ich liebe es, wenn du so leicht rosa anläufst und unanständige Sachen von mir verlangst.« Steffen machte einen Kussmund und zwinkerte Kalle zu.

Ich prustete los, und Kalle brummelte: »Ja, schon gut, ich hab's kapiert.«

»Na, dann her mit der Nummer. Braucht ihr sonst noch Infos?«

»Es gibt da einen Chris. Er spielt in einer lokalen Band, die heißt Desert. Er ist der Freund unserer Zielperson, beziehe den mit ein«, bat ich.

»Von dem hast du aber keine Nummer, oder?«

Ich schüttelte bedauernd den Kopf.

»Nicht schlimm, das krieg ich auch so raus. Sonst noch was?«

»Gudrun Müller-Mölke.«

»Die Redakteurin von Antenne Osteifel?«

»Die kennst du?«

»Nee, aber ihre Berichterstattung über dich, Paul. Du bist ja mittlerweile eine richtige Berühmtheit, wenn man das so nennen kann. Ich habe in den letzten Tagen natürlich die Medien verfolgt.«

»Also, dann weißt du auch, dass ich mehr Infos über die Dame brauche. Ich habe das Gefühl, die ist noch nicht fertig, und ich wüsste gern, wer mich da so ganz nebenbei in die Pfanne haut.«

Steffen wies in Richtung seiner Bar. »Macht es euch bequem, es kann ein paar Minuten dauern.«

***

Kalle und ich saßen an der Theke. Wir hatten uns zwei Flaschen Wasser geholt und tranken schweigend. Kalle schaute auf seine Uhr. »Zehn Minuten schon, von wegen ›kann ein paar Minuten‹ dauern, alter Angeber.«

Ich grinste nur und hielt den Mund. Der Schlagabtausch zwischen Kalle und Steffen war fast schon Tradition, und meistens gewann Steffen das Match. Er saß einfach am längeren Hebel, schließlich brauchten wir seine Computerfähigkeiten.

Steffen Rubert war schon als Computernerd zur Welt gekommen. In meinen Augen einer der besten Hacker überhaupt. Die Firewall, die er nicht knacken konnte, musste erst noch erfunden werden. Und das würde niemand hinkriegen. Seine illegalen Einbrüche in Datenbanken machte er nur, wenn ein Freund Hilfe brauchte, dann aber mit sportlichem Ehrgeiz. Im Hauptberuf besaß er eine eigene Computerfirma, die Spiele produzierte, aber auch Unternehmen und Behörden beriet.

Mit einem Computerspiel hatte auch alles angefangen, Steffen hatte es entwickelt und anschließend für viel Geld verkauft. Arbeiten musste er eigentlich nicht mehr, aber Steffen ohne Computer, das war wie eine Currywurst ohne Soße – undenkbar! Einen Teil des Geldes hatte er in die Dienste eines persönlichen Trainers investiert, und so war aus dem dicken Nerd mit Hornbrille ein durchtrainierter Unternehmer in Designerklamotten geworden. Vor allem aber war Steffen ein Freund, auf den man sich hundertprozentig verlassen konnte. Kalle, Steffen und Bonzo – ich hatte schon unverschämtes Glück, solche Freunde zu haben.

Ich nippte an meinem Wasser und schaute mich um. Seit meinem letzten Besuch vor ein paar Wochen waren ein paar Sessel dazugekommen, ansonsten sah noch alles so aus, wie ich es kannte. Steffen hatte die Dachgeschosse von zwei Häusern gekauft, miteinander verbunden und ausgebaut. Der luftige helle Raum war gut vier Meter hoch. Ein Teil der Dachfläche war durch große Fensterflächen ersetzt worden, es gab mehrere Ebenen, alte gebürstete Eichenbalken und die große, indirekt beleuchtete Theke aus Glas und Edelstahl, an der wir gerade saßen.

Ich wusste, dass mein Freund weiter hinten einen annähernd zwölf Quadratmeter großen Monitor installiert hatte. Der feuchte Traum eines jeden Computerfreaks und Steffens Arbeitsplatz.

Die Fenster boten einen phantastischen Blick über die Koblenzer Altstadt.

»Sag mal, Steffen, seit wann bist du denn auf dem Mineralwasser-Trip? Hier stehen ja neun verschiedene Sorten!« Kalles Frage brachte mich zurück ins Hier und Jetzt.

»Patricia steht nun mal auf Wasser«, tönte es von hinten. »Sorry, Kalle, ich muss mich mal einen Moment konzentrieren, die Telekom hat ihre Daten neu geschützt. Och nee! Doch nicht so leicht ... oh Mann, echt jetzt?«

Kalle verdrehte bei Steffens Ausrufen die Augen.

Ich deutete auf ein Plakat an der Wand. Ein langbeiniges Modell mit atemberaubenden Kurven in einem weißen Ballkleid lächelte sinnlich neben einem Parfümflakon.

»Darf ich vorstellen: Patricia.«

»Das glaubst du doch selber nicht, Paul«, sagte Kalle.

»Schau doch, da am Rand. Wie würdest du denn die Widmung ›Für Steffen in Liebe, Patricia‹ deuten?«

»Heilige Scheiße, unser Steffen wird mir langsam echt unheimlich«, murmelte Kalle und nahm einen Schluck Wasser. Den er allerdings in den falschen Hals bekam. Immer noch hustend, presste er hervor: »Sag, mal bist du das da vorne?«

Kalle hatte hinten an der Wand einen lebensgroßen Pappaufsteller entdeckt. Er zeigte einen Mann mit einem futuristischen Gewehr in den Händen.

Ich schaute genauer hin. Himmel, der Typ sah tatsächlich aus wie ich: hager, einen Meter neunzig groß, durchtrainiert. Der linke Arm der Figur war eine metallisch glänzende Prothese. Im Unterschied zu mir trug der Mann aus Pappe allerdings eine Augenklappe und einen Vollbart. Trotzdem, die Ähnlichkeit war unverkennbar.

»Äh, ja, vielleicht«, antwortete ich zögernd.

»Nix vielleicht. Dreck, Teufel und Verdammnis, wie mein Großvater immer sagte, natürlich bist du das.«

»Okay, eine gewisse Ähnlichkeit ist schon da. Steffen hatte mich vor ein paar Monaten gefilmt und fotografiert. Er wollte die Daten für ein neues Spiel nutzen. Ich musste auch verschiedene Angriffs- und Verteidigungstechniken zeigen.«

»Ich fass es nicht, du bist die Hauptfigur in dem nächsten Computerspiel von ›Mega App‹. Du bist ›Der Commander‹. Na, hoffentlich haben wir bis zum Spielstart unseren Fall gelöst, sonst wird das 'ne Mords-Marketingkampagne.«

Ich musterte den Aufsteller und schluckte. Steffen hatte zwar erwähnt, dass er die Daten digitalisieren würde, aber dass mein Alter Ego sich künftig durch Computerschlachten kämpfen würde, war mir nicht klar gewesen.

»Zum Glück hat er einen Bart und eine Augenklappe«, sagte ich.

»Ich an deiner Stelle würde mir auf jeden Fall das Spiel mal vorab anschauen. Ein bisschen neidisch bin ich ja schon. Warum hat Steffen eigentlich mich nicht gefragt? Ich bin schließlich auch ganz gut in Form.«

»Aber du hast nicht mehrere schwarze Gürtel in verschiedenen Kampfsportarten, Kalle«, erklärte Steffen, der lächelnd zur Theke kam und Kalles letzten Satz noch gehört hatte. »Darf ich die Herren wohl nach hinten bitten? Ein bisschen konnte ich schon klären, der Rest wird noch eine Weile dauern.«

»Lass gut sein, Kalle«, ermahnte ich ihn leise, und tatsächlich hielt Kalle den Mund.

Während wir nach hinten gingen, fragte mich Steffen: »Gefällt dir der Aufsteller, Paul? Meine Entwickler sind total begeistert von den Kampf-Moves, die du gezeigt hast. Okay, wir haben die noch ein bisschen aufgebrezelt, aber ich sag dir, das wird der nächste Renner auf dem Spielemarkt. Sobald ich eine erste Version habe, zeige ich sie dir.«

»Offen gestanden hätte ich nie gedacht, dass du mit meinen digitalisierten Daten gleich eine ganze Figur schaffen würdest, ich dachte – Grundgütiger!«

Mitten im abgedunkelten Teil des riesigen Wohnzimmers stand Ursula Andress, und zwar in dem weißen Bikini, den sie in ihrer Rolle als Honey Rider getragen hatte. Sie sah aus, als wäre sie gerade aus dem Wasser gestiegen, die Haare noch feucht, und sie lächelte mich an.

»Oh, sorry, ich hatte vergessen zu sagen, dass ich auch Uschi aufgebrezelt habe«, erklärte Steffen lachend. »Ihr wisst ja, dass ich meinen Computer mit Sprachsteuerung und Sprachausgabe entwickelt hatte. Aber immer nur die körperlose Stimme, das war mir dann doch zu wenig.«

»Und da hast du mal eben deinem Computer den Körper des heißesten Bondgirls aller Zeiten verpasst«, warf Kalle ungläubig ein.

»Ja, das ist ein Prototyp. Ich arbeite schon seit drei Jahren an einem kleinen Laser-Beamer, der Projektionen ohne Leinwand ermöglicht. Der Beamer ist mittlerweile fertig, so groß wie ein Taschenbuch, aber leider hat er nur eine Akkulaufzeit von zwei Stunden. Im Moment ist er auch noch zu teuer. Ich verhandele gerade mit einem chinesischen Lieferanten, um die Kosten für die Bauteile zu senken.«

Ich hörte zwar die Erklärung, aber etwas zu hören heißt ja nicht, es auch zu verstehen. Bei genauem Hinsehen bemerkte ich ein leichtes Flirren, ein Zittern in der Projektion, trotzdem sah diese Frau vor mir unglaublich real aus.

»Hat Patricia nichts gegen Uschis neuen Körper?«, fragte ich.

»Ja, hm, keine Ahnung. Das habe ich ihr noch nicht gezeigt«, wich Steffen aus. »Wir kennen uns ja auch erst seit drei Wochen, und jetzt ist sie erst mal in Rom bei einem Fotoshooting.«

»Okay, ich würde es ihr schonend beibringen, das kann eine junge Beziehung schon belasten«, stellte Kalle grinsend fest. »Dann lass mal sehen, was du für uns hast.«

Steffen schien ganz froh darüber zu sein, dass wir nicht länger auf dem Thema herumritten.

»Uschi!«

Ursula Andress drehte lächelnd den Kopf in seine Richtung. »Ja, Steffen, ich bin bereit.«
»Uschi, zeig mir erst einmal die Daten von Chris Baier.«
»Sehr gern. Soll ich mich danach zurückziehen?«
»Ach ja, bitte, Uschi.«
»Bis später, Steffen.«
Vor unseren Augen löste sich Honey Rider in Luft auf, während auf dem großen Bildschirm die ersten Daten erschienen.

»Also, ich könnte so nicht arbeiten«, murmelte Kalle, »mich würde der ständige Anblick des Bikinis ... ähm ... sehr ablenken.«

Ich nickte stumm, die Technologie war revolutionär, aber ein wenig verstörend.

Unser Freund hatte von Kalles Kommentar nichts gehört. Er erklärte laut: »Ich habe die Bewegungsdaten von Ninas Handy mit denen von Chris Baier kombiniert. An die Daten von Baier bin ich über die Band-Website gekommen, der Rest war ziemlich leicht. Unser Mann ist einundzwanzig Jahre alt, studiert in Bonn Anglistik, seine Noten sind so lala. Er stand einmal vor dem Jugendrichter wegen Sachbeschädigung, musste damals Sozialstunden leisten. Er wohnt in Kettig, und zwar im Haus seiner Eltern.«

Steffen schaute hoch: »Uschi, zeig uns die ersten Bewegungsmuster.«

Auf dem Bildschirm erschien eine Landkarte mit Punkten.

»Uschi hat die Funkwaben ausgewertet. Allerdings sind das nur die Daten der letzten sechs Tage. Ich würde gern noch weiter zurückgehen, das dauert aber.«

Der Karte nach waren Nina und Chris in Koblenz, Kettig und Andernach gewesen.

»Kannst du das ein bisschen zoomen?«, fragte ich.

»Aber Klar! Uschi, bitte vergrößere den Maßstab der Karte.«

»Sehr gern.«

Ich schaute genauer hin. Es gab unter anderem einen Punkt

oberhalb von Nickenich. »Da, dieser Punkt, weißt du, wann das war, Steffen?«

»Uschi, blende die Uhrzeit und das Datum für die Koordinaten E5 ein.«

Neben dem Punkt, auf den ich gezeigt hatte, erschienen ein Datum sowie die Angabe achtzehn Uhr sechzehn.

»He, das war letzten Freitag, also am Tag des Amoklaufs«, rief Kalle aufgeregt.

»Ganz genau, Kalle. Bei uns auf dem Campingplatz und oben im Wald gibt es kein Funknetz, aber sowohl Chris als auch Nina waren um achtzehn Uhr sechzehn auf der Straße, die zum Laacher See führt«, stellte ich zufrieden fest. »Und das ist die Straße, die man fahren könnte, um zur Grillhütte an der alten Heimschule zu kommen.«

Kalle nickte. »Eine Zeugin hat von einer Nina geredet, wir haben eine Nina. Die war mit ihrem Freund, der das passende Motorrad fährt, unterwegs, und zwar am Tattag, zur richtigen Uhrzeit und fast am richtigen Ort. Das ist nicht schlecht.«

Ich deutete auf die Karte. »Gibt es irgendwelche Ausreißer, also Orte, die nicht in das Muster Koblenz-Kettig-Andernach fallen?«

»Tatsächlich bislang nur einen einzigen. Uschi, zeig uns den Punkt, den ich als Sonderpunkt markiert habe.« Steffen hob resigniert beide Hände. »Bei diesem Punkt komme ich einfach nicht weiter.«

Die Kartenansicht wechselte, im nächsten Moment blinkte ein einzelner Punkt auf. »Das da ist die B 412, die von der A 61 Richtung Adenau führt.« Während Steffen die Straßennummern nannte, leuchteten die entsprechenden Streckenabschnitte auf dem Bildschirm auf. »Hier geht eine Landstraße ab, das da ist Meuspath, da oben liegt Adenau. Das Besondere: An diesem Punkt hier waren beide Handys mehr als zwei Stunden. Nur – da ist nichts, also nichts, was ich so im Netz entdecken konnte.«

»Ein Schäferstündchen mitten im Eifler Wald?«, mutmaßte Kalle.

»Bisschen früh im Jahr für Outdoorsex, wenn du mich fragst«, gab Steffen zurück.

»Und das ist der einzige ungewöhnliche Punkt?«, hakte ich nach.

»Ganz genau. Zwei Tage vor dem Amoklauf waren die beiden irgendwo in der Pampa. Ich werde schauen, was ich noch rauskriege. Auch bezüglich dieser Journalistin.«

»Gut, das wäre wirklich klasse.« Ich wandte mich an Kalle. »Wir zwei beide sollten mal bei Nina nachfragen, was sie in der Eifel getrieben hat.«

Bonn

»Boss, Hotte ist am Telefon.« Lucas hielt Tom ein schnurloses Telefon entgegen. Widerwillig schaute Tom hoch. Er war gerade dabei, am Computer die Verteiler für Projekt S aufzustellen.

»Augenblick! Sag Hotte, ich ruf zurück.«

»Der Boss ruft dich zurück.« Lucas lauschte. »Boss, Hotte sagt, es ist dringend. Er will –«

Statt einer Antwort hob Tom nur abwehrend die Hand und stoppte damit Lucas' Ausführungen.

Tom drückte die Enter-Taste, und auf seinem Monitor breitete sich von einem zentralen Punkt eine grüne Welle über eine Landkarte aus. Der Rechner zeigte ihm eine Simulation, wie sich die Verteilung optimieren ließ. Nach seinen bisherigen Berechnungen würde es maximal drei Tage dauern, bis er überall im Bundesgebiet präsent war. Wie ein Virus würde sich Projekt S verbreiten, ein Virus, das ihm die Kassen füllen würde.

Die grüne Welle stoppte, eine Fehlermeldung wurde eingeblendet. Seine Simulation war noch nicht perfekt. Er hasste es, wenn etwas nicht perfekt war, und er hasste es, unterbrochen zu werden, anstatt den Fehler zu finden.

»Boss? Was soll ich Hotte denn noch sagen?«
»Nichts, schon gut. Gib her!«
Mit einem ärgerlichen Brummen nahm Tom das Telefon.
»Hotte, was ist? Ich kann jetzt nicht. Wenn ich sage, ich ruf zurück – Was? Fuck! Warte, ich leg dich auf den Lautsprecher, Lucas muss mithören. Also, noch mal langsam.«
Tom drückte eine Tastenkombination, kurz darauf dröhnte Hottes Stimme aus den großen Lautsprechern seiner Surround-Anlage.
»Ich sagte gerade, wir haben Frank Rinaldi in die Finger gekriegt, aber die kleine Ratte ist tot.«
Lucas blies die Wangen auf und hob eine Augenbraue. Tom wusste, dass Lucas skrupellos war, ihm ging es nur um die Komplikationen, die Hottes Nachricht mit sich brachte.
»Okay, ihr habt ihn euch gegriffen, ist das richtig?«, fragte Tom.
»Ja, in Köln, wir haben ihn aus einem Edelpuff geholt. Eine von den Nutten da will zu uns wechseln. Sie hat sich damit einen Bonus verdient.«
»Schon klar, verschone mich mit nebensächlichen Details.«
»Sorry, Tom. Ich wollte mit Rinaldi hier im Keller mal in aller Ruhe reden. Aber wir haben ihn noch nicht mal richtig gefesselt, da schnappt der plötzlich nach Luft, wie ein Fisch auf dem Trockenen, verdreht die Augen und ist hin.«
»Ihr habt ihn nicht angerührt?«
»Nein, sag ich doch. Es war ein verdammter Unfall.«
»Shit, hat er wenigstens geredet?«
»Nein, das ist ja das Problem. Ich vermute, er hatte 'nen Herzfehler oder so.«
»Soll ich Lucas zum Aufräumen schicken?«
»Nicht nötig, habe ich schon alles arrangiert. Wir haben seine Klamotten hier im Keller, und er ist auf dem Weg in die Kiesgrube. Aber ärgerlich ist das schon.«
Das war mehr als nur ärgerlich, dachte Tom. Er hatte Zeit zum Nachdenken gehabt. Rinaldi hatte sicher eigene Ver-

teiler. Dazu kam, dass sie jetzt nie erfahren würden, wie viel er wusste und wen er alles eingeweiht hatte.

»Vielleicht sollten wir es den Russen in die Schuhe schieben«, unterbrach Lucas Toms Überlegungen, »Giacomo Rinaldi wird Blut sehen wollen. Immerhin hat es seinen Lieblingsneffen erwischt.«

Tom nickte anerkennend. Lucas dachte mit, das gefiel ihm.

»Hast du gehört, Hotte? Können wir den Russen Rinaldi unterschieben?«

»Dafür müsste ich die Kiesgrube wieder rückgängig machen. Ist es das wert, Tom? Wenn Franks Leiche nie wieder auftaucht, kann der alte Rinaldi so lange suchen, bis er schwarz wird. Zu uns gibt es keine Verbindung.«

»Und die Nutte?« Tom wurde zunehmend ärgerlicher. Hotte hatte Mist gebaut und tat so, als hätte er alles im Griff. Tom gefiel diese Selbstgefälligkeit nicht.

»Okay, an die hab ich gerade nicht gedacht«, räumte Hotte ein.

»Lass sie umlegen. Am besten mit 'ner Überdosis. Ein weiteres bedauerliches Drogenopfer. Oder warte! Lucas übernimmt die Nutte. Schick mir den Namen und wo wir sie finden. Du wirst dich um Rinaldis Kontakte kümmern, wir müssen rauskriegen, wer etwas von unseren Plänen wusste.«

»Ich hab sein Handy hier, das hatte ich mir noch von ihm entsperren lassen, bevor er ins Gras gebissen hat. Wir gehen bereits seine Kontakte durch.«

Tom atmete einmal tief durch, das war wenigstens ein Lichtblick. »Meld dich, sobald du was rausgefunden hast, und vergiss nicht, Lucas die Infos über die Nutte durchzugeben. Ich will das so schnell wie möglich aus der Welt haben, bevor der alte Rinaldi anfängt, unruhig zu werden.«

»Geht klar, Tom. Verlass dich drauf.«

Campingplatz Pönterbach

Als ich morgens aufwachte, hingen die letzten Traumreste noch wie ein dünner Schleier in meiner Erinnerung fest. Zum ersten Mal seit Tagen hatte ich von dem lächelnden Gesicht geträumt, dessen Lippen sich zärtlich um den Lauf einer Pistole schlossen.

Diesmal war mir Ursula Andress in Erinnerung geblieben. Definitiv ein angenehmeres Traumbild.

Ich trank einen doppelten Espresso im Stehen und verscheuchte danach den Rest Müdigkeit mit einem halbstündigen Training.

Ich hatte Helga versprochen, zum Frühstück zu ihr zu kommen, damit wir die nächsten Tage planen konnten. Ein Blick auf die Wohnzimmeruhr zeigte mir, dass ich noch genug Zeit hatte, um zu duschen und unsere Planung vorab durchzugehen. Wirklich dringend war es nicht. Unser Platz war nach wie vor geschlossen, das hatte auch Vorteile. Ich konnte meine Ermittlungen vorantreiben. Nina und die Handydaten waren ein guter Anfang gewesen. Ich wollte weiter am Ball bleiben. Dafür musste ich mich noch einmal mit ihr unterhalten. Ich war gerade in Schwung gekommen, so musste es weitergehen. Doch dann grätschte mir erst einmal das Leben dazwischen. Und zwar in Gestalt eines dicken Mannes in den Sechzigern mit Spitzbart und schütterem Haar.

Als ich Helgas Wohnung betrat, saß er an ihrem Esstisch.

»Oh, guten Morgen. Ich wusste nicht, dass meine Tante Besuch hat.«

Helga hatte mich gehört und kam mit einem Korb Brötchen in der einen und einer Pfanne Rührei in der anderen Hand aus der Küche.

»Guten Morgen, Paul. Du isst doch bestimmt auch Rührei mit?«

»Sehr gern, aber wenn ich störe, kann ich auch unten frühstücken.« Komisch, mir war nie in den Sinn gekommen, dass Helga mal Herrenbesuch haben könnte. Aber warum eigentlich nicht? Sie war eine attraktive Frau und schließlich erst siebenundfünfzig Jahre alt. Und selbst wenn sie neunzig gewesen wäre ...

»Helga stutzte einen Moment, dann kicherte sie.

»Ach, Paul. Was du immer denkst. Also wirklich. Nein, Anthony ist gestern Abend gekommen, ich habe ihm das Gästezimmer für die nächsten Tage angeboten.«

»Helga war so freundlich, mich hier – wie sagt man – unterzubringen.«

Der Mann sprach mit deutlich amerikanischem Akzent.

»Darf ich mich vorstellen? Anthony Smithweldon. Bitte sag Anthony.« Er stand auf und schüttelte mir die Hand.

»Paul, Paul David.«

»Das weiß ich doch, ich bin wirklich froh, Johns Sohn endlich kennenzulernen. Du siehst deinem Vater sehr ähnlich. Ich ... nun ja.« Anthony verstummte und verzog bedauernd das Gesicht.

Ich erstarrte. »Wann ist mein Vater gestorben?«

Anthony wechselte einen überraschten Blick mit Helga. »Aber wie kannst du wissen –?«

»Anthony, du bist Amerikaner und kanntest offenbar meinen Vater. Den Mann, der meine Mutter und mich einfach sitzen ließ. Ich war damals sechzehn Jahre alt. Meine Mutter hat mir nie erzählt, warum mein Dad zurück in die USA ging. Er war einfach eines Morgens weg und kam nie wieder zurück. Als hätten wir für ihn nie existiert. Und jetzt sitzt du hier in unserem Haus und erzählst mir etwas von Familienähnlichkeit. Mir fallen nicht viele Gründe dafür ein, dass ein Bekannter meines Vaters vorbeikommt. Ganz sicher nicht, um mir mitzuteilen, dass John Sehnsucht nach mir hat. Also, wann ist er gestorben?«

»Ende letzten Jahres. Die Ärzte hatten ihm noch drei Monate gegeben, aber dann ging alles so viel schneller. John Clayton David war ein Kämpfer, aber der Krebs war stärker. Dreiundsechzig Jahre ist kein Alter zum Sterben, mein Junge.«

Ich setzte mich auf einen Stuhl, und Helga legte mir in einer Geste voller Anteilnahme die Hand auf die Schulter.

»Anthony hat mir erzählt, dass es Johns Wunsch war, dass er uns ... dass er dich besucht.«

»Helga hat recht. John und ich waren Nachbarn und Freunde. Ich wohne in der Nähe von Boston. Meine Tochter lebt seit fünf Jahren mit ihrem Mann hier in Deutschland. John bat mich, dich zu suchen, wenn ich das nächste Mal in Darmstadt sein würde. John hat mir Helgas Anschrift gegeben. Ich hoffte, von ihr zu erfahren, wo ich dich finden kann. Ich konnte ja nicht ahnen, dass ich dich hier ebenfalls antreffen würde.«

Ich hörte Anthony nur mit halbem Ohr zu. Ich sah Mutters Kummer, ihre Traurigkeit. Sie hatte sich damals mehr und mehr in ihre eigene Welt zurückgezogen. Meine alte Hilflosigkeit, die mich damals erfüllt hatte, stieg in mir hoch. Ein vertrautes, bitteres Gefühl. Die Unfähigkeit eines sechzehnjährigen Teenagers, die eigene Mutter zu trösten.

»Hör zu, Anthony, ich danke dir dafür, dass du diese Suche auf dich genommen hast. Aber mein Vater hat vor einem halben Leben für sich entschieden, seinen Sohn und seine Frau zu verlassen. Eine Frau, die an diesem Kummer zerbrochen ist, also sieh es mir nach, wenn ich diesem herzlosen Mistkerl nicht eine Träne nachweine.« Ich stand auf. »Entschuldige bitte, Helga, mir ist der Appetit vergangen.«

Ich ging nach draußen und blieb auf der Außentreppe stehen. Von hier oben hatte man einen großartigen Blick über unseren Campingplatz und das Pöntertal. Ich holte tief Luft und nahm mir vor, Vater und alles, was mit ihm zusammenhing, nicht wieder in mein Leben zu lassen. Aber das war nicht so einfach.

Warum war er damals gegangen?

Die Frage lauerte seit sechzehn Jahren in den Tiefen meiner Erinnerung. Jetzt aber hatte sich etwas verändert. Jetzt wusste ich, dass ich sie ihm nicht mehr stellen konnte, sollte mir je danach zumute sein.

***

Während der nächsten Stunde beschäftigte ich mich mit Dingen, die kein großes Nachdenken erforderten. Ich brachte das Altpapier hinaus, kontrollierte den Gasflaschenbestand, heftete ein paar Belege ab. Mir war schon klar, dass es noch nicht vorbei war, und ich behielt recht.

Es klopfte an meiner Tür.

»Komm rein, Anthony.«

»Wie konntest du wissen, dass ich es bin?«, fragte Anthony lächelnd, als er in meine Wohnung trat und sich neugierig umschaute.

»Ich kenne Helgas Schritte auf der Treppe, und sie klopft anders.«

»Paul, es tut mir leid, dass ich eben beim Frühstück … Offen gestanden kannte ich Johns Vergangenheit nicht. Wir haben uns erst vor fünf, sechs Jahren kennengelernt. Ich wusste, er war Veteran und in Deutschland stationiert gewesen. Für mich war sein Wunsch einfach nur der Wunsch eines sterbenden Freundes.«

Ich hob die Hand. »Bitte, Anthony, ich muss mich entschuldigen. Du hast den weiten Weg auf dich genommen, und ich lasse meine Verbitterung an dir aus.«

Anthony lächelte. »Entschuldigung angenommen, Paul.« Er hielt mir eine flache Schachtel entgegen. »Hier, bitte. John wollte, dass du das hier bekommst. Es war sein Wunsch.«

Zögernd nahm ich die Schachtel entgegen. Am liebsten hätte ich sie erst gar nicht genommen, aber das wäre gegenüber Anthony grob unhöflich gewesen.

»Weißt du, was drin ist?«, fragte ich.

Anthony nickte. »Ja, ein Buch, Aufzeichnungen. Ich habe allerdings nicht darin gelesen. Sieh selbst.«

Da blieb mir wohl keine Wahl. Ich hob den Deckel ab. In der Schachtel fand sich ein schwarzes samtbezogenes Kästchen, darunter eine dicke Mappe, wie eine Art Tagebuch. Ich öffnete das Kästchen. Vor mir lag ein Orden. Achteckig, Bronze, ein sitzender Adler mit erhobenen Flügeln. Das Ordensband hatte blaue Seiten und in der Mitte dünne rot-weiße Streifen.

»Es ist die Soldier's Medal, Junge. Sie wird für heldenhaftes Verhalten verliehen. John hat dieser Orden viel bedeutet, er wollte, dass du ihn bekommst.«

Ich schaute auf. »Also ist sein Traum doch in Erfüllung gegangen.«

»Es war ihm wichtig.«

»Wichtiger als seine Frau, sein Sohn und sein Hund Sammy?«

»Bitte, Paul. Ich glaube, John hat am Ende seinen Entschluss bereut. Seltsam, von dir und deiner Mutter hat er erst ganz zum Schluss gesprochen, aber von seinem Hund Sammy hat er viel erzählt.«

Ich klappte das Kästchen zu. Entschlossen, die Vergangenheit ruhen zu lassen. Ich hatte eine Menge Stoff zum Nachdenken.

»Warum bist du hier, Anthony?«

Meine Frage überraschte ihn. »Das habe ich doch gesagt. Weil es Johns Wunsch war, dass du dies hier bekommst.«

»Entschuldige, du hast meine Frage falsch verstanden. Ich wollte wissen, warum du deine Tochter besuchst, bleibst du länger in Deutschland?«

Anthonys Züge entspannten sich. »Nun, im letzten Herbst hat Sue, so heißt meine Tochter, ihr zweites Kind bekommen. Ich bin stolzer Grandpa von zwei süßen Mädchen. Sue ist trotzdem ganz froh, dass ich für ein paar Tage unterwegs bin.«

»Bei uns bist du jedenfalls willkommen, Anthony.« Ich hob die Schachtel an. »Und danke dafür, dass du mir das hier gebracht hast.«

Sams Muscle Palace

Ich wartete seit halb zwölf auf dem Parkplatz des Fitnessstudios. Nina wurde hier gegen zwölf erwartet. Ich hatte an der Infotheke drinnen nachgefragt, ihr erster Kurs begann um vierzehn Uhr.

Ein alter Fiat fuhr auf den Parkplatz. Ich stieg aus dem Pick-up und schlenderte zu Nina hinüber.

»Hallo, Nina. Ich würde Ihnen gern ein paar Fragen stellen.«

»Ähm, ja? Sorry, ich hab jetzt keine Zeit.«

Nina ging mit einem entschuldigenden Lächeln eilig an mir vorbei.

»Ihr erster Kurs beginnt erst in zwei Stunden. Zeit genug, um mir zu erklären, was letzten Freitag passiert ist.«

Sie blieb stehen, drehte sich um und baute sich vor mir auf.

»Letzten Freitag? Ich habe keine Ahnung, wovon Sie sprechen. Wenn Sie allgemeine Fragen haben, dann bekommen Sie Informationen zu unseren Kursen an der Infotheke.«

»Mich interessieren nicht die Kurse. Mich interessieren die grünen Kapseln, die Sie am letzten Freitag großzügig verteilt haben.«

In ihrem Gesicht zuckte es, aber sie hatte sich erstaunlich schnell wieder unter Kontrolle. Abrupt drehte sie sich um, um wegzugehen. Mit zwei Schritten war ich bei ihr und hielt sie am Arm fest.

»Nina, da sind Menschen gestorben.«

»Lassen Sie mich los. Sofort!«

Sie war schnell, wirklich schnell. Sie wirbelte herum und stieß mit der flachen Hand zu. Ich blockte ihren Arm, wich zur Seite aus und packte ihr Handgelenk. Mit diesem Griff konnte man auch einen Knochen brechen, Nina wusste das und blieb stocksteif stehen. »Anfänger – sehr witzig!«, zischte sie wütend.

»Okay, ich habe meine erste Gürtelprüfung bestanden, als Sie noch nackt um den Tannenbaum getanzt sind. So, und jetzt zurück zu den Kapseln.«

»Was sind Sie, ein Bulle oder so was?«

»Kein Bulle, eher so was. Und langsam verliere ich die Geduld. Sie haben zwei Möglichkeiten. Sie hören auf, nach mir zu schlagen, und ich bekomme ein paar Antworten von Ihnen. Oder Sie machen so weiter, dann zeige ich Ihnen ein paar Sachen, die eine Jugendmeisterin noch nicht kennt. Ihre Entscheidung.«

»Schon gut. Chillen Sie mal und lassen Sie endlich mein Handgelenk los. Sie tun mir weh. Noch nie von MeToo gehört? Außerdem: Ich weiß von nichts. Sagen Sie mir doch, was auf dem Campingplatz passiert ist.«

Ich ließ ihr Handgelenk los. »Von einem Campingplatz war nie die Rede, Nina.«

Sie presste die Lippen zusammen, aber ihren Fehler konnte sie nicht wiedergutmachen.

Ich legte nach: »Sie waren am letzten Freitag mit Ihrem Freund, Chris Baier, an der Grillhütte oberhalb des Campingplatzes Pönterbach. Chris ist mit seiner Honda über Nickenich gefahren und hat dann den Weg durch den Wald zur alten Heimschule genommen. Sie haben sich dort oben mit Jan Öckenhofen, Laura, Marie, Alex, Thorsten und Hanna getroffen. So weit richtig?«

Widerwillig, fast trotzig, nickte Nina kurz.

»Okay, und irgendwann draußen am Lagerfeuer kamen Ihre Kapseln ins Spiel. Was ist das für ein Zeug?«

»Ich weiß nicht, wovon Sie reden. Ja, Chris und ich hatten einen Abstecher zu Jan und seiner Clique gemacht. Wir waren vor allem wegen Jan da. Der ist ganz süß, und sein Vater hat fett Kohle. Chris hofft da auf finanzielle Unterstützung für ein Band-Projekt. Öckenhofen als Sponsor. Aber das höchste der Gefühle war an dem Abend Wodka-Cola. Da steh ich gar nicht drauf.«

»Nina, Wodka-Cola interessiert mich nicht. Ich habe eine Zeugenaussage, die Sie belastet.«

»Einen Scheiß haben Sie. Sie sind ja nicht mal ein richtiger Bulle, haben Sie selber zugegeben. Gehen Sie mir nicht mit irgendwelchen Kapseln auf den Geist, oder ich zeige Sie bei der Polizei wegen Verleumdung an.«

»Super Idee, die freuen sich über jede Information, die sie

kriegen können.« Ich zog mein Handy aus der Tasche und hielt es ihr hin.

»Was soll das?«

»Hier, nehmen Sie mein Telefon. Rufen Sie die Polizei an. Mit denen können Sie auch darüber sprechen, warum ein Siebzehnjähriger plötzlich zwei Pistolen hat und Menschen erschießt, um sich zum Schluss mit einem seligen Lächeln eine Kugel ins Hirn zu jagen.«

»Echt, ich weiß nicht, warum Alex abgehauen ist. Das war voll krass.«

»Wie Sie wollen. Vielleicht helfen auch ein paar Tage Untersuchungshaft Ihrem Gedächtnis auf die Sprünge.«

Ich entsperrte das Display und wählte.

»Wen rufen Sie an?«

»Wen schon? Die Polizei natürlich. Ja, guten Tag, Polizeioberkommissar Seelbach bitte. Sagen Sie, Paul ist am Telefon. Ja, ich warte.«

Nina war kurz davor, abzuhauen, sah aber wohl etwas in meinem Blick, das sie davon abhielt.

»Schon gut, hören Sie auf zu telefonieren. Ich erzähl Ihnen, was ich weiß. Aber lassen Sie die Polizei aus dem Spiel.«

Ich nickte zustimmend. »Hallo, hören Sie, sagen Sie Kalle, ich ruf später noch mal an. Schönen Tag noch.«

Ich beendete das Telefonat und schaute Nina fragend an. Sie seufzte. »Also gut. Ja, ich hatte ein paar Pillen dabei. Aber die sind total harmlos. Die helfen, sich zu entspannen, so auf biologischer Basis. Da ist Baldrian und so 'n Zeug drin, sagt mein Chef.«

»Nina, schauen Sie mich an.«

Aufreizend langsam hob sie den Kopf.

»Das ist Schafscheiße. Baldrian! Dass ich nicht lache. Verarschen kann ich mich allein. Okay, das war's. Ich ruf die Polizei wieder an.« Ich hob das Handy.

»Nein, nein. Im Ernst, ich schwör, das Zeug ist clean. In unserem Kölner Studio ist das der Renner, hab ich gehört, die finden das richtig geil.«

»Und woher kommen die Zauberpillen?«

»Sag ich doch, aus Köln. Die hat mein Chef mitgebracht.« Nina klang erleichtert, weil ich das Handy sinken ließ. Glaubte sie das alles wirklich selbst?

Die Furcht vor der Polizei war jedenfalls echt gewesen, so viel stand fest. Nina hatte ihre Geschichte erzählt, und dabei würde sie bleiben.

»Na gut. Letzte Frage: Was haben Sie und Chris vor ein paar Tagen in der Eifel gemacht? Genauer gesagt, mitten im Wald, in der Nähe von Adenau?«

Der thematische Richtungswechsel irritierte sie. Sie kniff die Augen zusammen. »Fuck, woher wissen Sie das? Wir – shit, folgen Sie uns etwa?«

»Habe ich gar nicht nötig. Also, was haben Sie gemacht? Kurze Antwort und Sie können gehen.«

»Chris und ich waren nur einmal in den letzten Wochen weg. Kann sein, dass das bei Adenau war. Wir sind vom Laacher See Richtung Pampa gefahren. Ich sollte da was für meinen Chef abgeben, einen Umschlag für den Wirt in so einer Bikerkneipe. ›Der Rote Eber‹, so hieß die. Wir waren froh, dass die Stammgäste noch nicht da waren. So, sind wir jetzt fertig?«

Ich nickte.

Sie drehte sich um, nahm ihre Sporttasche und beeilte sich, in das Fitnessstudio zu kommen, bevor ich es mir anders überlegte.

Ich hatte das Handy auf stumm geschaltet, und seit ein paar Minuten vibrierte es unaufhörlich. Jetzt nahm ich den Anruf an.

»Paul, was soll das? Erst rufst du hier auf dem Platz an, redest wirres Zeug von wegen, dass du Kalle sprechen willst, und dann gehst du nicht mehr ans Telefon.«

»Entschuldige bitte, Helga. Ich musste bei einer jungen, sehr widerspenstigen Frau ein wenig bluffen, und ich dachte mir, dass die Polizei wenig Spaß daran haben würde. Also habe ich deine Privatnummer gewählt.«

»Also wirklich, Paul. Für das nächste Mal vereinbaren wir ein Codewort, dann weiß ich, dass du nicht übergeschnappt bist, und erspare mir das Nachfragen. Du weißt doch wohl, dass man so mit alten Damen nicht umspringen sollte.«
»Weiß ich, Helga. Aber du bist ja noch gar nicht alt.«
»Das scheint Anthony auch zu denken«, Helga lachte leise, »wir fahren gleich zur Abtei ins Seehotel. Er hat mich zum Essen eingeladen.«
»Schön, grüß ihn von mir.«
Nachdenklich ging ich zu meinem Auto zurück. Während ich einstieg, rief ich Kalle an.
»Kalle? Ich bin's. Hast du Zeit für einen kleinen Ausflug in die Eifel? Sagt dir der ›Rote Eber‹ was?«

Auf der B 412 Richtung Adenau

»Hast du was von Tanja gehört?«
Kalle, der auf dem Beifahrersitz saß, schaute von seinem Smartphone hoch.
»Sorry, hab gerade versucht rauszukriegen, was der ›Rote Eber‹ ist – hab aber nichts gefunden. Was hast du gesagt?« Kalle steckte das Handy in die Jackentasche.
»Ob du was von Tanja gehört hast?«
»Ja!« Kalle lächelte verträumt, offenbar war es in ihrem Gespräch nicht nur um die Ermittlungen gegangen.
»Paul an Erde, hörst du mich?«
»Schon gut. Also, das Gespräch mit den beiden Schülerinnen war, na ja, erwartungsgemäß. Bei der einen haben die Eltern danebengesessen. Wahrscheinlich wollte die Kleine nicht in ihrer Gegenwart von Drogen und Alkohol erzählen. Sie blieb also im Wesentlichen bei der bekannten Story. Diese Marie dagegen war allein zu Hause, sie hat Hannas Aussage bestätigt. Nina hat die geheimnisvollen Kapseln in die Runde

gebracht. Und Alex wär plötzlich ausgerastet. Interessant ist das deshalb, weil das den ersten Aussagen, die Jan und die Mädchen gemacht hatten, widerspricht.«

»Meinst du, Jan hat die unter Druck gesetzt?«

»Hundertprozentig. Ich wette mit dir, dass der auf der Rückfahrt darauf bestanden hat, dass alle bei einer Geschichte bleiben. Tanja vermutet Gewissensbisse bei Marie.«

Mhm, dank Tanja hatten wir jetzt eine zweite Zeugin, die Nina mit den Kapseln in Verbindung brachte, das war gut. Ein leises Hornsignal tönte aus Kalles Jacke.

»Sag mal, meldet sich da gerade Robin Hood bei dir?«

»Nee, neuer Signalton für Nachrichten. Wollte ich mal ausprobieren.«

»Und was schreibt Little John?«, erkundigte ich mich

»Sehr witzig«, murmelte Kalle und fischte sein Handy heraus. Er las und schaute hoch. »Tanja schreibt, ihre Mutter hätte bei ihrem Jugendschwarm Druck gemacht. Wir sollen das Radio einschalten.«

Kalle schaute auf die Uhr. »Kurz nach halb käme was. Okay, das ist in ein paar Minuten. Soll ich?«

Ich deutete auf das alte Radio, das nicht mal einen CD-Schacht besaß. »Onkel Hans war nicht gerade ein Hi-Fi-Enthusiast, aber das Radio funktioniert. Bitte, nur zu.«

Kalle suchte den richtigen Sender und brummte zufrieden, als Peter Gabriels »Solsbury Hill« aus dem Lautsprecher drang. »Immerhin spielen die gute Musik. Der Song war im März '77 die erste Single von Gabriel als Solokünstler.«

Mein Freund Kalle war ein großer Peter-Gabriel-Fan. Titel und Erscheinungsjahre konnte er auswendig herunterrattern.

Mit musikalischer Begleitung von Gabriels »Bumm, bumm, bumm« kurvte ich über die Landstraße Richtung Adenau, während Kalle mitsummte.

»Peter Gabriel mit ›Solsbury Hill‹, ein weiterer Megahit auf Antenne Osteifel, das Radio in eurer Region. Es ist genau vierzehn Uhr fünfunddreißig, ein Blick auf die Straßen: Zurzeit

gibt es keine Staumeldungen. Geblitzt wird auf der B 256 in Höhe von Kretz und in Mendig auf der B 262 Höhe Pellenzstraße. Der schnellste Blitzerreport nur bei uns, immer aktuell.«

»Da bin ich jetzt aber mal gespannt«, sagte ich.
»Auf Tanja ist Verlass. Ich mach mal lauter.«

»Antenne Osteifel aktuell. Immer das Neueste um kurz nach halb. Mein Name ist Marcel Pfaffer. In den letzten Tagen haben wir über den Amoklauf in Andernach-Kell berichtet. Doch wir haben Mist gebaut. Tja, Leute, so ist es. Ich habe einer Reporterin von uns freie Hand gelassen. Eine erfahrene Journalistin, die, wie sich jetzt zeigte, die wichtigsten Grundsätze unserer Arbeit missachtet hat. Bei mir im Studio sitzt Rainer Wilmskirchen, Geschäftsführer unserer Senderkette und vielen noch aus seiner aktiven Zeit als Moderator bekannt. – Rainer, du bist heute aus Mainz zu uns nach Mayen gekommen.«

»Ja, Marcel, und ich bin froh, sagen zu können, dass wir dieses unselige Kapitel abgeschlossen haben. Wir haben einen klaren Schlussstrich gezogen. Die Mitarbeiterin hat Interviewaussagen aus dem Zusammenhang gerissen und wilde Spekulationen aufgestellt. Das ist nicht der Stil, den wir hier bei Antenne Osteifel haben wollen, deshalb haben wir uns von der Mitarbeiterin getrennt. In ihren Unterlagen haben wir beispielsweise ein Interview gefunden, das sie mit einem Tatzeugen geführt hatte. Dieses Interview wurde bewusst nicht verwendet, weil es nicht zu der vorgefassten Meinung der Kollegin passte. Technik, bitte spielt doch mal den Auszug ein.«

»Mein Name ist Klaus Koslowski. Koslowski, schreibt man so, wie man's spricht. Ja, wat soll ich sagen? Ich war mit meiner Rosa mitten inne Tatortgeschehen. Sie wollen wissen, wat der Paul, das is der Mitbesitzer vonne Platz, getan hat? Ich sachet Ihnen, er hat uns alle gerettet. Dat is ein gottverdammter Held, und wer wat andres behauptet, der labert Flitzkacke, jawoll.«

»Sie haben es gehört, aber wir haben uns auf die Fähigkeiten und die Integrität der Mitarbeiterin verlassen. Ein schwerer Fehler, wie sich gezeigt hat.«

»Danke, Rainer, für diese klare Aussage. Ich kann mich da nur anschließen. Die Polizei hat mittlerweile noch einmal bestätigt, dass es gegenüber Paul David und einem Polizisten, Karl-Günther Seelbach, keinerlei Ermittlungen oder Verdachtsmomente gibt. Um es noch einmal zu sagen: Wir haben Fehler gemacht, und dafür entschuldigen wir uns. Das alles hier könnt ihr auch noch einmal nachlesen auf www.Antenne-Osteifel.de – und jetzt weiter mit Musik.«

Kalle strahlte über das ganze Gesicht. »Meine Fresse, ich würde mal sagen, die Müller-Mölke sind wir los. Das hat Tanja großartig hingekriegt.«

»Eine Sorge weniger«, antwortete ich, »das ist aber auch nötig, denn ich glaube, unsere Sorgen fangen gerade erst an. Da vorne, das muss der ›Rote Eber‹ sein.«

»Dreck, Pest und Verdammnis, was ist denn das für eine Spelunke?«

Ich bremste auf dem Schotterparkplatz und stellte den Motor aus. Das Radio verstummte, und unser Motor tickte noch leise nach.

»Wollen wir reingehen und uns umschauen? Vielleicht sind die ganz nett da drinnen, was denkst du, Kalle?«

»Klar, gehen wir rein. Wo wir doch den weiten Weg auf uns genommen haben. Schade, dass ich meine Dienstwaffe zu Hause liegen gelassen habe.« Kalle deutete auf eine Gruppe von Motorrädern. »Die Maschinen gehören zu den ›Devils‹. Siehst du die Plaketten da am Sattel? Die mögen es bestimmt auch gemütlich. Worauf warten wir? Wie wäre es mit einem Kännchen Kaffee?«

Bonn

Frank Rinaldi war offenbar ein vorsichtiger Mensch gewesen. Auf Rinaldis Scheiß-iPhone gab es kaum Fotos, nur ganz wenige Kontakte, nichts, womit sie etwas anfangen konnten. Einer von Hottes Männern hatte ihm das Handy vorbeigebracht. Tom war sich mittlerweile hundertprozentig sicher, dass Rinaldi nicht nur ein Mal Zugang zu Projekt S gehabt hatte. Der Kerl hatte das ganz große Ding drehen wollen. Womöglich, um seinen alten Onkel zu beeindrucken.

Tom hatte die Bestände nachprüfen lassen. Aus den ersten zwei Chargen fehlten jeweils mehr als ein Drittel.

Okay, sie hatten also ein Leck gehabt. Rinaldi war dabei gewesen, einen eigenen Verteilerring aufzubauen. Aber man musste auch die positiven Dinge sehen, ermahnte sich Tom. Zum einen war Rinaldi, die Ratte, tot. Zum anderen hatten sie bei den ersten Chargen noch Qualitätsprobleme gehabt. Die waren jetzt behoben. Sie hatten einen Quantensprung bei der Wirkung erzielt. Trotzdem war Andrej Smirnows Verrat ärgerlich gewesen, jetzt musste er, Tom, sich mit einem weiteren Problem herumschlagen.

Ein leises »Ping« ließ Tom aufblicken.

Der Ton kam von dem fremden iPhone. Irgendjemand hatte Rinaldi eine Nachricht geschickt. Neugierig öffnete Tom die entsprechende App.

»Hi, hier läuft gerade alles voll schief. Die Scheiß-Kapseln, die du mir gegeben hast, haben ganz krasse Nebenwirkungen. Mich hat gerade so ein Privatbulle verhört, Paul David. Der war auch in den Nachrichten. Der weiß über mich, Chris und den ›Roten Eber‹ Bescheid. Ich kann dich nicht erreichen, Frank. Bitte, du musst dich melden. Du wolltest, dass ich mit Chris schlafe. Aber jetzt wächst mir das alles über den Kopf. Verdammt, melde dich endlich.«

Tom las und grinste.

Sieh an, sieh an! Da hatte er doch plötzlich einen Zugang zu Rinaldis Verteiler. Die Nachricht hatte eine Nina geschickt.

Offenbar Rinaldis Geliebte. Immerhin tough genug, um auf Anordnung mit einem anderen zu bumsen. Nicht schlecht.

Aber wer war Paul David?

Der »Rote Eber«

Der »Rote Eber« hatte schon bessere Tage gesehen. Vermutlich war das mal ein Ausflugslokal für Touristen auf dem Weg zum Nürburgring gewesen. Doch der geschwungene Schriftzug »Zum Roten Eber – gutbürgerliche Küche« an der Hauswand ließ sich nur noch mit gutem Willen entziffern, und ein Großteil der Bitburger-Leuchtreklame war zertrümmert. Ein großer grinsender Totenkopf zierte die Eingangstür, darunter der Schriftzug »Devils' Home«. Die Fensterscheiben rechts und links der Tür waren blind und voller Fliegendreck. Von drinnen wummerten Bässe, unterbrochen von schrillen Schreien.

»Also, wenn das drinnen so heimelig ist, wie es von hier draußen aussieht, kann ich gar nicht abwarten, da reinzukommen«, murmelte Kalle. Ich drückte die Klinke hinunter. Die Tür öffnete sich mit einem protestierenden Quietschen.

Der Gastraum war ursprünglich mal in Eiche gediegen eingerichtet gewesen, aber von dem Mobiliar gab es nur noch wenige Tische und Stühle. Der Rest war eine wüste Sperrmüllsammlung, die zusammen mit der alten Holzverkleidung und den schmiedeeisernen Lampen besonders trostlos aussah.

Schaler Biergeruch lag in der verqualmten Luft.

»Ist wahrscheinlich sinnlos, nach dem Nichtraucherbereich zu fragen.« Kalle deutete auf die zerschrammte Theke. »Ob die hier überhaupt wissen, was Kaffee ist?«

»Zumindest kann ich mir gut vorstellen, dass der Wirt kleine grüne Kapseln vertickt.«

»Die gibt es zu jedem Kaffee statt einem Keks.«

Im Hintergrund standen ein paar Männer um einen Billardtisch herum. Bislang hatte noch niemand von Kalle und mir Notiz genommen.

»Tag, die Herren. Wo ist denn der Wirt?«, fragte ich laut. Laut genug, um die Musik zu übertönen.

Ein fetter Kerl mit einem Vollbart, der ihm bis zur Brust reichte, löste sich grunzend aus der Runde.

»Himmel, Billy Gibbons ist hier der Wirt. Kein Wunder, dass man in der letzten Zeit so wenig von ZZ Top hört.« Kalle grinste. »Ach, nee, hab mich vertan, ist nur ein billiges Plagiat. Billy ist hübscher.«

»Was wollt ihr?« Die hohe Fistelstimme des Wirts ähnelte dem Quietschen der Eingangstür.

»Zwei Tassen Kaffee bitte«, bestellte ich.

»Hab nur Becher.«

»Großartig, dann zwei Becher bitte.«

»Becher sind hier wahrscheinlich ausgespülte Schweineschädel«, flüsterte Kalle.

»Entspann dich, das wird schon.«

»So wird eine wohlgemeinte Warnung leichtfertig in den Wind geschlagen.«

»Sieh mal, dahinten in der Wandecke ist eine Überwachungskamera.«

»Bei den Gästen hier erstaunt mich das nicht, da würde ich mich auch absichern.« Kalle deutete mit dem Kopf in Richtung Billardtisch. »Hast du die Schönheiten wahrgenommen?«

Ja, hatte ich. Am Tisch stand ein großer, glatzköpfiger Kerl, neben ihm – nur wenig kleiner – sein Kumpel mit einem Nasenring. Beide begutachteten das Spiel eines Mannes mit Schlangentattoo und seines rothaarigen Mitspielers. Auf dem Rand des Tisches lagen ein paar Euroscheine, und Glatze kommentierte jeden Stoß mit begeistertem Johlen oder wütendem Knurren.

Außer dem Quartett brüteten noch eine Handvoll weiterer Gäste über halb leeren Biergläsern.

»Ich male mir gerade aus, wie Nina mit ihren orangen Haaren hier hereingeschneit ist«, sagte ich.

Meine weiteren Überlegungen wurden von dem fetten Wirt unterbrochen, der zwei angeschlagene Becher mit Kaffee auf die Theke knallte. »Macht fünf fünfzig.«

Ich zog einen Zehn-Euro-Schein aus der Hosentasche und reichte ihn über die Theke. Mit einem Grunzen wurde mir das Wechselgeld neben den Becher gelegt.

»Haben Sie Milch?«, fragte Kalle.

»Is aus!«

»Und Zucker?«

Widerwillig kramte der Fettwanst in einer Schublade und förderte tatsächlich zwei schmale Portionstüten Zucker zutage. »Da, das sind die Letzten.«

»Ganz herzlichen Dank«, erwiderte Kalle freundlich, rührte ein Päckchen Zucker in seinen Becher, probierte und verzog dann angewidert das Gesicht. »Bah, damit kannst du ja Balken abbeizen. Die Brühe köchelt wahrscheinlich schon seit Tagen vor sich hin.« Kalle rutschte vom Barhocker. »Sagen Sie, wo ist denn die Toilette?«

Der Wirt deutete mit seinem Wurstfinger in einen dunklen Gang hinein. »Drinnen ist geschlossen. Den Flur entlang, nach draußen, über den Hof. Neben der Stalltür ist noch ein Klo.«

»Besten Dank«, erwiderte Kalle laut und raunte: »Ich bin nur kurz draußen, reiz ihn nicht.«

Offenbar hatte der Eber-Wirt beschlossen, hinter der Theke zu bleiben, solange ich hier bei meinem Kaffee saß. Nur ab und zu schielte er Richtung Billardtisch, wahrscheinlich um sich zu vergewissern, dass sein Wetteinsatz noch da war.

»Sagen Sie, eine Freundin war letzte Woche hier. Nina. Ungefähr zwanzig, orangefarbene Haare, auf der einen Seite kurz, auf der anderen Seite schulterlang.«

»Keine Ahnung, hier kommen viele Leute rein.«

Konnte ich mir zwar kaum vorstellen, aber ich hatte auch nicht erwartet, dass er mir gleich seine Lebensgeschichte erzählen würde. Seelenruhig holte der Fette einen Lappen aus einem Eimer mit brackigem Wasser.

»Nina hat Ihnen einen Umschlag gegeben. Das Problem ist nur, dass der Chef sich vertan hat, und ich muss das ausbügeln.«

»Der Chef?« Jetzt hatte ich seine Aufmerksamkeit.

»Die Lieferung, die Nina in Andernach –«

Weiter kam ich nicht. Der Wirt warf den Lappen so heftig in den Eimer, dass das Wasser hochspritzte. Erstaunlich flink baute er sich vor mir auf und flüsterte eindringlich: »Pass mal auf. Du kommst hier rein und redest dich um Kopf und Kragen. Hier sind zu viele Ohren. Das sind Toms Kerle dahinten, hast du die nicht erkannt, oder was? Bist du lebensmüde? Ich mach hier nur den Verteiler, mehr nicht. Und jetzt trinkst du aus und verschwindest. Wenn es einen Fehler gab, ist das nicht mein Problem. Ich bin die ganzen Durchgeknallten leid.«

Mit einem weiteren Grunzen verschwand der Fette durch eine Tür hinter der Theke.

Ich schaute mich um, der kurze Auftritt hatte für ein gewisses Interesse gesorgt.

Der ganze Raum atmete mit einem Mal Ärger und Misstrauen. Das blieb an allem, was gesagt wurde, haften wie der Gestank von altem Frittenfett. Ich las dieses Misstrauen in den Gesichtern drüben an den Tischen, schmeckte es förmlich bei jedem Wort, das gesagt wurde.

Ich verschwendete hier nur meine Zeit, so viel war klar. Der fette Wirt würde so schnell nicht wieder auftauchen. Während ich mich ein letztes Mal umschaute, schrillte plötzlich meine innere Alarmglocke los. Hier ging gerade was ganz gewaltig schief. Glatze und seine drei Kumpels standen nicht mehr am Billardtisch. Wenn die vier sich verdrückt hatten, brauchte Kalle draußen womöglich Unterstützung.

Mit unbewegter Miene trank ich noch einen Schluck Kaffeebrühe und verließ diesen heimeligen Ort.

Die Eingangstür in meinem Rücken war noch nicht richtig zugefallen, da wurde sie auch schon von innen abgeschlossen. Das war aber gar nicht nett. Offenbar hatte drinnen jemand entschieden, dass ich draußen bleiben sollte. Warum? Die Antwort lehnte an einem Pick-up. Da wartete schon ein Empfangskomitee auf mich, Glatze und sein Freund mit dem Nasenring. Beide grinsten hämisch – ihre Version von Einschüchterung. Fehlten nur noch ihre beiden Kumpels, der Rotschopf und der Kerl mit dem Schlangentattoo.

Von Kalle war keine Spur zu sehen. Das war nicht gut, gar nicht gut.

»Seht mal, Jungs«, sagte ich ruhig, »ihr könnt entscheiden, ob das jetzt nett oder schmerzhaft wird.«

»Schnauze, du einarmiges Arschloch!«, stieß Glatze hervor. Offenbar hatte er sich schon entschieden.

Es gab einen Grund, warum er so selbstsicher war. Sie hatten sich eine Überraschung für mich ausgedacht. Ich registrierte eine Bewegung rechts von mir. Keine schlechte Taktik: zwei von vorne, jeweils einer von links und rechts. Vier Mann gegen einen – in ihren Augen ein Spaziergang. Doch sie machten einen großen Fehler: Sie griffen nicht gleichzeitig an.

Meine bionische Hand kannte ein besonderes Bewegungsmuster. Sie konnte flach und stocksteif werden. Die künstlichen Finger hatten den Vorteil, dass sie sehr viel robuster waren als jede menschliche Hand.

Ich drehte mich zu dem Mann herum, der von rechts auf mich zustürzte, und verschwendete keine Zeit mit Plaudern. Mr. Schlangentattoo versuchte einen weiten Schwinger zu landen, ich duckte mich unter seinem Schlag weg und stieß mit aller Kraft die bionische Hand nach vorne. Ich traf ihn zwischen Brustkorb und Magengrube, genau auf den Solarplexus. Ich hätte ihm genauso gut ein Kantholz in den Körper rammen können, die Wirkung blieb jedenfalls nicht aus. Mit einem erstickten Röcheln krümmte sich Mr. Tattoo zusammen und schnappte verzweifelt nach Luft. Für die nächsten Minuten war er aus dem Spiel.

Rotschopf kam von links, er hatte die Zeit gut genutzt. Das war aber auch schon das Einzige, was er richtig machte. Er packte von hinten meine Oberarme und riss mich hoch. Ich spürte seinen erregten Atem im Nacken.

»Schwerer Fehler«, höhnte er.

Was für ein Zufall, das Gleiche hatte ich auch gerade gedacht.

Ich rammte meinen Kopf nach hinten und traf ihn mit dem Stoß mitten ins Gesicht. Seine Nase brach, Blut spritzte mir warm in den Hemdkragen. Er ließ meine Arme los, um sich um seine zertrümmerte Nase zu kümmern. Mein Sidekick traf sein Knie und beendete damit die Sorge um seine Nase. So ein Knie ist ein ziemlich kompliziertes Zusammenspiel aus verschiedenen empfindlichen Knochen. Aber das konnte ihm demnächst bestimmt ein guter Facharzt besser erklären.

Mit einem lauten Schmerzensschrei knickte Rotschopf auf seinem nutzlosen Bein ein und knallte auf den Schotter.

Sein schrilles Wimmern wurde von Glatzes Wutgebrüll übertönt. Dem dämmerte wohl, dass er sich verrechnet hatte. Glatze und Nasenring sprangen beide vor. Glatze ein wenig schneller als sein Kumpel. Mit einer fließenden Bewegung griff Glatze unter seine offene Lederjacke und zog ein Messer heraus. Ich hasse Messer. Damit konnte selbst ein Dummkopf üble Schäden anrichten. Glatze war kein Dummkopf. So, wie er die lange Klinge hielt, kannte er sich aus. Doch die Wut machte ihn unvorsichtig. Ohne zu zögern, stieß er zu. Ein wütender, unbeherrschter Angriff.

Ich drehte mich zur Seite, die scharfe Klinge zischte knapp an meinem Unterleib vorbei. Ich packte mit der linken Hand zu, die künstlichen Finger umklammerten das Handgelenk, meine Rechte hämmerte ich in die ungeschützten Rippen. Glatze vergaß sein Brüllen. Ich packte mit der anderen Hand das Handgelenk von oben, hob seinen Arm, machte einen Schritt vorwärts. Wieder eine einzige fließende Bewegung. Glatze musste sich unfreiwillig vorbeugen, kein Spaß mit gebrochenen Rippen. Aber er umklammerte immer noch das Messer. Ich hielt seinen ausgestreckten, nach hinten verdrehten Arm fest. Mit meinem angewinkelten Arm drückte ich zu, bis es knackte. Glatze änderte die Tonlage. Er ließ das Messer fallen und umklammerte käsebleich seinen zertrümmerten Ellenbogen. Mit der Messerstecherei war für lange Zeit Schluss.

Nasenring stoppte seinen Angriff bei dem Anblick des flennenden Chefs. Ich wirbelte einmal um die eigene Achse, um Schwung zu holen, und löschte mit einem Tritt an seine Schläfe jede Verblüffung in seinem Gesicht aus. Nasenring verdrehte die Augen und brach zusammen.

Glatze kniete immer noch auf dem Boden. Vor ihm auf dem Schotter lagen ein Handy, das ihm aus der Jacke gerutscht war, und sein Messer. Ich hob beides auf.

»Die PIN für das Telefon! Wird's bald!« Ich wedelte mit dem Messer vor seiner Nase herum. In seinem Blick mischte sich jetzt Todesangst unter die Schmerzen.

»6666!«

Wow, das war ja einfallsreich. Ich entsperrte das Handy und steckte es dann in die Hosentasche.

»Ich habe euch gewarnt.«

Glatze spuckte aus. »Fuck you!«

»Na, na, was ist mit deinen Umgangsformen? Ich heiße David, Paul David. Richte Tom von mir aus, dass er sich mit dem Falschen angelegt hat.«

Ich sah die Überraschung in seinen Augen aufblitzen. »Toms Kerle«, so hatte der fette Wirt die vier hier genannt, offenbar hatte ich mit dem Namen bei Glatze einen Nerv getroffen.

»Das ... das ... kannst du ihm selber sagen«, presste Glatze unter Schmerzen hervor. »Tom wird dich finden ... und in Stücke reißen.«

»Dann muss er aber mehr auffahren als vier Idioten und ein Messer.«

Ich holte aus und warf das Messer, so weit ich konnte. Die Klinge verschwand irgendwo zwischen Büschen und Gestrüpp.

Es wurde Zeit, Kalle zu suchen.

※※※

Als ich den Hinterhof des »Roten Ebers« betrat, hörte ich schon das Hämmern an der Tür. Es war die Tür neben dem Stall. Draußen war ein Riegel vorgeschoben worden, ich zog ihn zurück und öffnete die Tür.

»Na, hast du mich vermisst?«, begrüßte ich Kalle.

»So ein Dreck, irgendein Idiot hat mich eingesperrt.«

»Wahrscheinlich einer der Devils, als sie hier vorbeigekommen sind.«

»Die Devils? Heilige Scheiße – ist alles okay bei dir, Paul? Da ist Blut auf deiner Jacke.« Kalle musterte mich besorgt, suchte nach offenen Verletzungen.

»Keine Sorge, mir geht's gut.«

Kalle atmete hörbar aus.

Dann bogen wir um die Hausecke. In den letzten Minuten hatte sich noch nichts an dem Gesamtbild geändert. Gebrochene Knochen, ein Bewusstloser und einer, der röchelnd nach Luft rang.

»Sieht nicht so aus, als ob du meine Hilfe nötig gehabt hättest«, stellte Kalle zufrieden fest. Seelenruhig stieg er mit einem großen Schritt über den Bewusstlosen, um auf der Beifahrerseite einzusteigen.

»Vier gegen einen, Paul, du bist mir manchmal echt unheimlich.«

»Vier nacheinander gegen einen, das macht einen großen Unterschied.«

»Ja, das werden die Kerle jetzt wohl auch kapiert haben.«

Ich war mir ziemlich sicher, dass die Devils nicht versuchen würden, uns zu folgen. Trotzdem behielt ich während der ersten zehn Minuten den Rückspiegel im Auge. Doch bis auf ein weit entferntes Wohnmobil waren wir allein auf der Landstraße unterwegs. Ich zog Glatzes Handy aus der Tasche und reichte es Kalle.

»Das gehörte unserem großen haarlosen Freund mit dem Messer. Die PIN lautet 6666. Ich dachte, das würde uns die Arbeit erleichtern. Schau doch mal nach, welche Mobilnummer der Idiot hat. Bestimmt kann Steffen für diese Nummer ebenfalls ein Bewegungsmuster erstellen.«

»Sonst noch was?«

»Bitte ihn doch, zum Campingplatz zu kommen, er soll bei Tanja vorbeifahren und sie mitbringen. Mir ist da eine Idee gekommen.«

»Oho, große Dienstbesprechung. Na, da bin ich gespannt.«

Campingplatz Pönterbach

»Paul, hast du den Bericht im Radio gehört?« Helga und Anthony schlenderten zu mir herüber. Ich hatte noch nicht einmal Gelegenheit, meine Haustür aufzuschließen. Wenigstens hatte ich meine blutverschmierte Jacke ausgezogen, sodass ich trotz des Kampfes ganz manierlich aussah.

»Ja, Kalle und ich haben es auf der Fahrt mitbekommen.«

Helga strahlte über das ganze Gesicht. »Ob du's glaubst oder nicht, zuerst hat sich ein sehr netter Herr, ebendieser Rainer Wilmskirchen, bei mir gemeldet – also eigentlich wollte er dich sprechen. Jedenfalls hat er sich bei uns im Namen von Antenne Osteifel entschuldigt. Er ist der Geschäftsführer von Antenne Osteifel und mehreren anderen Sendern, ein richtig hohes Tier. Ich find's gut, dass so einer sich die Zeit nimmt für eine Entschuldigung. Und dann hat er gesagt, er hätte auch bei der Rhein-Zeitung angerufen.«

»Ach ja?«

»Jawoll. Die werden einen Artikel darüber schreiben, was hier wirklich passiert ist, und mit diesen ganzen Falschbehauptungen aufräumen. Der SWR und das Fernsehen wollen auch was machen. Wilmskirchen hat offenbar seine Kontakte spielen lassen und verschiedene alte Kollegen angesprochen. Bevor ich das vergesse: Die Polizei hat den Platz wieder freigegeben.«

Helga sprudelte die Neuigkeiten nur so heraus. Ich sah, wie erleichtert sie war. Die letzten Tage hatten ihr zugesetzt, auch wenn sie das nicht selbst zugegeben hätte. Aber ich kannte sie lange genug, um die Anzeichen richtig zu deuten.

»Helga hat mir den Platz gezeigt. Sie haben ein wunderschönes, wie sagt man, Landschaft. Nein, das ist falsch. Ich meine Gelände«, meldete Anthony sich zu Wort. »Ich könnte mir gut vorstellen, hier mit meinen Enkeln einmal Urlaub zu machen.«

»Wir haben immer einen Platz für Sie frei, Anthony«, antwortete ich höflich.

»Das freut mich sehr, Paul.«

»Wo ist Kalle? Seid ihr nicht zusammen unterwegs gewesen?«, erkundigte sich Helga.

»Er wollte noch kurz von zu Hause mit seinem Chef telefonieren und dann zu Fuß herkommen. Steffen und Tanja sollten auch bald eintreffen.«

»Dann habt ihr etwas Neues erfahren? Helga hat mir ein wenig von den letzten Tagen erzählt. Scheußliche Geschichte.« Anthony schnalzte missbilligend mit der Zunge.

»Sagen wir mal so: Es gibt ein paar aussichtsreiche Spuren, die wir weiterverfolgen werden.«

»Wie im Kino. Ich finde das alles sehr spannend. Ich hoffe, ihr kommt weiter.«

»Das werden wir, Anthony. Ganz sicher.«

»Wir fahren übrigens gleich in die Stadt, ein wenig einkaufen, Paul. Brauchst du noch was?«

»Nein, Helga, ich habe alles da. Lieben Dank und viel Spaß in Andernach.«

Die beiden gingen zu Anthonys Auto, einem Leihwagen, wie ich an einem Aufkleber erkannte. Sie gaben ein nettes Paar ab, ich hatte Helga schon lange nicht mehr so fröhlich und entspannt erlebt.

***

»Wen immer du angerufen hast, das Ergebnis ist großartig«, begrüßte ich Tanja und umarmte sie. »Lieben Dank, du hast Helga eine große Sorge genommen.«

»Den Löwenanteil hat meine Mutter geleistet. Sie hat so lange am Telefon herumgequengelt, bis eine Sekretärin ihr die private Mobilnummer des Geschäftsführers weitergegeben hat. Und Rainer Wilmskirchen erinnerte sich noch gut an Mutter. Der war ganz aus dem Häuschen, als sie sich bei ihm gemeldet hat. Mutter kann sehr überzeugend sein. Ich weiß nicht, was sie ihm genau erzählt hat, aber es hat gewirkt.«

»Na toll, und mir sagt niemand Bescheid. Dabei hat Uschi herrlich pikante Details aus dem Vorleben von Frau Müller-Mölke gefunden. Dass so eine Person als Journalistin arbeiten darf! Aber sie scheint immer wieder auf die Füße zu fallen – auch eine Leistung.« Steffen klang zwar ein wenig ungehalten, aber das breite Grinsen in seinem Gesicht zeigte deutlich, dass er nicht wirklich verärgert war. »Ich hab die Haustür übrigens offen gelassen, Kalle müsste jeden Moment hier sein, wir haben ihn auf der Zufahrt überholt.«

»Ein Wahnsinn. Wusstest du, dass Steffen einen Aston Martin DB5 fährt? Der Wagen, den James Bond in ›Goldfinger‹ benutzt.«

»Kalle und ich durften den Wagen sogar schon selber fahren, Tanja. Und wenn ich dir einen Tipp geben darf, dann erwähnst du deine Begeisterung für dieses Auto nicht gegenüber Kalle. Der überlegt schon seit Monaten, wie er genug Geld sparen kann, um sich ebenfalls einen DB5 zu kaufen. Das ist nämlich Kalles Traumwagen. Ich hab gehofft, dass er irgendwann mal einsieht, dass so einer nicht zu der Gehaltsklasse eines Polizisten passt. Wenn du jetzt noch für den Wagen schwärmst, gibt es für ihn garantiert kein Halten mehr.«

»Ach herrje«, sagte Tanja betroffen, »ich hab Kalle sogar noch zugewinkt, und Steffen hat gehupt.«

»Auf Einzelschicksale kann ich keine Rücksicht nehmen«, lachte Steffen, »außerdem weiß Kalle, dass er sich den Wagen jederzeit bei mir ausleihen kann. Himmel, es ist schließlich nur ein Auto.«

»Von wegen nur ein Auto«, tönte es von der Tür, »das kann auch nur jemand sagen, der einen DB5 bereits in der Garage stehen hat. Echt jetzt, dieses Auto weckt in mir ganz unwürdige Neidgefühle.«

Tanja ging zu Kalle und küsste ihn sanft auf die Wange. »Ärgere dich nicht. Nimm einfach Steffens Angebot an, leih dir den Wagen, und dann darfst du mich zum Abendessen einladen. Am besten irgendwo, wo man mit einem Auto vorfahren muss, sodass alle uns sehen.«

»Uhh, mal hübsch amerikanisch essen im Drive-in. Gibt es noch den McDonald's in der Nähe vom Friedhof?«, lästerte Steffen.

»Da hörst du es selber, Tanja. Ich werde hier einfach nicht für voll genommen«, jammerte Kalle in gespieltem Ernst und schlug Steffen auf die Schulter.

»Armer Kalle, du tust mir ja sooo leid«, erwiderte Steffen. »So, und nachdem wir jetzt alle das traurige Schicksal und die intimsten Wünsche unseres geschätzten Freundes kennen, können wir vielleicht zu den wirklich spannenden Punkten kommen.«

»Du bist also bei meinen Fragen weitergekommen?«, fragte ich.

»Jep, gib mir nur zwei Minuten, ich fahr rasch den Laptop hoch.«

Natürlich fuhr Steffen nicht nur den Laptop hoch, er holte auch aus seinem Aluminiumkoffer einen handtellergroßen Beamer, der mit beeindruckender Schärfe ein Bild an meine Wohnzimmerwand warf.

»Erzähl doch erst einmal, was ihr erreicht habt«, bat Tanja.

»Wir hatten heute Nachmittag ein Zusammentreffen mit vier Bikern, die den Devils angehören, und ihr Anführer hat mir netterweise sein Handy überlassen«, begann ich.

»Und für diese Mobilnummer habe ich ein Bewegungsmuster erstellt«, ergänzte Steffen.

»Augenblick mal, ihr seid mit vier Devils zusammengestoßen? Aber euch ist augenscheinlich nichts passiert.«

»Um bei der Wahrheit zu bleiben, Tanja, ist nur Paul mit den vieren aneinandergeraten, mich hatten sie im Klo eingeschlossen«, sagte Kalle düster. Das schätzte ich so an ihm, jeder andere hätte die Situation irgendwie schöngeredet. Dass Steffen und Tanja lediglich kurz lächelten, zeigte einmal mehr, wie gut wir uns verstanden. Beide wussten, dass Kalle nicht freiwillig einer Auseinandersetzung aus dem Weg gegangen wäre.

»Vier Mitglieder der berüchtigtsten Rockerbande der Eifel. Und ihr Chef hat dir sein Handy freiwillig gegeben – nee, schon klar.« Tanja schüttelte ungläubig den Kopf.

»Wahrscheinlich hat er sich gedacht, dass er mit dem gebrochenen Ellenbogen sowieso Probleme bei der Bedienung haben würde. Ist aber nur eine Vermutung«, stellte ich fest, was Steffen mit einem leisen Glucksen und Tanja mit einem schiefen Grinsen quittierte.

Steffen deutete auf das projizierte Bild an meiner Wand. »Dieser Devil, mit dem Paul zu tun hatte, ist jedenfalls in den letzten Wochen ganz schön rumgekommen. Ich habe, damit man nicht den Überblick verliert, Gebiete eingefärbt, in denen das Handy besonders häufig im Netz war. Fällt euch irgendetwas zu dieser Landkarte ein?«

Ich starrte angestrengt auf ein Gebiet, das die halbe Vulkaneifel umfasste.

»Der wird ja nicht nur aus Spaß herumgekurvt sein. Was, wenn er bewusst diese Orte angefahren hat?«, überlegte Kalle laut.

»Meiner Meinung sind hier zwei verschiedene Gruppen im Spiel.« Ich versuchte das, was mir in den letzten Stunden durch den Kopf gegangen war, zu sortieren und in Worte zu fassen. »Der Wirt des ›Roten Ebers‹ hat die Devils als ›Toms Kerle‹ bezeichnet und dabei nicht den Eindruck erweckt, dass er dazugehören würde. Die Devils machten ihm Angst. Trotzdem wissen wir, dass er in irgendeine Sache verwickelt ist. Er meinte, er macht nur den Verteiler. Dazu passt, dass Nina ihm im Auftrag ihres Chefs einen Umschlag gebracht hat. Wir haben also die Devils mit Tom und Ninas Chef. Für mich sind das zwei verschiedene Parteien. Außerdem hat der Wirt ganz beiläufig erwähnt, dass er die Durchgeknallten leid ist.«

Noch während ich das sagte, kam mir eine neue Idee. »Wir haben einen verrückten Amokläufer, von dem wir wissen, dass er vorher diese Kapseln geschluckt hat. Lassen wir jetzt mal aus dem Spiel, dass keinerlei Substanzen in seinem Blut gefunden wurden. Hast du, Kalle, nicht bei meiner Geburtstagsfeier letzte Woche erzählt, dass auch bei dem verstorbenen Sprayer, dem vermeintlichen Ebola-Opfer, keine Drogen festgestellt wurden?«

»Stimmt, das hat uns sogar der Arzt bei unserem Besuch im Krankenhaus bestätigt«, sagte Tanja an Kalles Stelle, »das war überhaupt der Grund, warum Kalle und ich informiert wurden. Der Sprayer soll sich benommen haben wie im Drogenwahn, er hatte Halluzinationen, dann wurde er aggressiv.«

»Klingt wie das, was in unserem Blockhaus am Freitag abgelaufen ist«, murmelte ich.

»Paul, du hast recht«, sagte Kalle aufgeregt. »Steffen, kannst du kurz mal im Internet recherchieren? Es gab doch, wenn ich mich richtig erinnere, in den letzten Wochen die merkwürdigsten Zwischenfälle. Vandalismus, ungeklärte Todesfälle und so.«

Steffen fing sofort an zu tippen. »Da gehe ich doch besser direkt in die Polizeidatenbank. Da haben wir doch die Straftaten fein säuberlich in verschiedenen Kategorien ... na bitte.«

»Hackt sich Steffen gerade in eine offizielle Datenbank, Kalle?«

»Frag besser nicht so genau nach, Tanja.«

Auf meiner Wohnzimmerwand erschien eine lange Tabelle. Hier gab es die jeweilige Straftat, die zuständige Polizeidienststelle, Kürzel für jeweiligen Bearbeiter und – das war für mich im Moment das Wichtigste – den Ort.

»Steffen, teil bitte einmal die Projektion in zwei Hälften. Auf der einen Seite die Tabelle, auf der anderen Seite die Landkarte von eben«, bat ich.

Gefragt, getan.

Ich fand die ersten Übereinstimmungen nach kurzer Zeit. »Schaut mal: der zerstörte Marktbrunnen in Mayen, Sachbeschädigung am Erlenbrunnen zwischen Bell und Mendig, Vandalismus in Monschau und Daun, eine Tote in Hillesheim, die zuvor durch merkwürdiges Verhalten aufgefallen ist, zwei tote Männer oberhalb des Nürburgrings, ein toter Sprayer in Andernach und unser Amokläufer. Für alle Vorfälle gibt es eine örtliche Übereinstimmung, immer hatte dieser Devil dort zu tun.«

Steffen runzelte nachdenklich die Stirn, begann dann rasend schnell zu tippen. »Ha, dachte ich's mir doch. Es gibt nicht nur eine örtliche Übereinstimmung, auch die Zeit passt. Fast immer war der Handybesitzer in einem Zeitraum von zehn Tagen vor den jeweiligen Straftaten vor Ort. Eine Ausnahme sind allerdings die Vorfälle in Andernach.«

»Wie ich schon sagte, Steffen, ich glaube, wir haben es hier mit zwei verschiedenen Gruppen zu tun. Für den toten Sprayer und den Amokläufer ist die Gruppe um Nina verantwortlich. Damit käme ich zu meiner nächsten Frage, die ich dir am Telefon gestellt habe.«

»Jau, ich dachte schon, du fragst gar nicht mehr. Also, für alle: Paul hat mich am Telefon gebeten, mehr über Ninas Chef herauszufinden. Und jetzt wird es richtig interessant.« Steffen öffnete eine neue Datei.

»Sams Muscle Palace in Andernach hat nämlich offiziell gar keinen Chef. Die komplette Leitung des Studios läuft über ein Büro in Köln. Wenn Nina also von ihrem Chef spricht, wird sie diesen Herrn meinen.«

Das Foto zeigte einen jungen Mann, der lässig an einem Porsche lehnte. Er war höchstens fünfundzwanzig Jahre alt, versuchte aber, älter zu wirken. Dunkelblaues Sportsakko, weißes Einstecktuch in der Brusttasche, zurückgekämmte

Haare, einen teuer aussehenden Chronometer am Handgelenk.

»Darf ich vorstellen: Francesco, Frank, Rinaldi. Alleiniger Besitzer von zwölf Fitnessstudios, darunter auch Sams Muscle Palace in Andernach.«

»Und das ist Ninas Chef?«, fragte Kalle.

Steffen antwortete mit einem zustimmenden Brummen.

»Uschi hat bei ihrer Suche noch ein Foto gefunden, ansonsten macht sich Rinaldi eher rar.«

Ein neues Foto erschien. Wieder Rinaldi, diesmal mit einer blonden Frau im Arm.

»Das ist ein Schnappschuss, der vor einem halben Jahr bei einer Kölner Spendengala gemacht wurde.«

Die blonde Frau trug ein sehr kurzes, paillettenbesetztes Kleid, das nur wenige Fragen offenließ, und silberne High Heels. Ich erkannte sie sofort, mittlerweile waren die Haare nicht mehr blond, sondern orange.

»Das ist Nina!«

Die anderen drei schauten mich erstaunt an.

»Du meinst, die Nina, die im Wald mit Jans Clique am Lagerfeuer saß, ist diese blonde Schönheit?« Tanja schüttelte ungläubig den Kopf.

»Und wenn sie absichtlich ihren Typ verändert hat?«, stellte ich in den Raum. »Wenn sie nicht zufällig in Andernach arbeitet? Vielleicht hatte sie ja die Aufgabe, hier in der Region einen Verteiler für die Kapseln zu etablieren.«

»Mensch, Paul, natürlich! Das Fitnessstudio ist ja genau neben dem JACKS. Das ist doch einer der Treffpunkte für Sprayer«, warf Kalle aufgeregt ein.

Ja, Kalle hatte recht. Nachdenklich rieb ich mir das Kinn. »Damit wäre die Frage beantwortet, ob es eine Verbindung zwischen Nina mit ihren Kapseln und den Sprayern geben könnte. Aber warum sollte der junge Besitzer einer Fitnessstudio-Kette anfangen zu dealen? Einen eigenen Verteilerring aufzuziehen, einen Eifeldeal zu etablieren? Der ist doch praktisch Otto-Normalverbraucher-Yuppie.«

»Du meinst, so eine Art ›Breaking Bad‹ in der Eifel?«, fragte Kalle in Anspielung auf die bekannte US-Serie.

»Das Beste wisst ihr ja noch gar nicht«, erklärte Steffen. »Frank Rinaldi ist nicht irgendwer. Er ist der Neffe von Giacomo Rinaldi. Der wiederum hat unzählige italienische Feinkostgeschäfte im Rheinland, ein Dutzend Pizzerien im Ruhrgebiet und ist nach Ansicht des Bundeskriminalamtes der Kopf des Rinaldi-Clans, einer der führenden Mafiafamilien in Deutschland. Nur dass die Ermittler ihm seit Jahrzehnten nichts nachweisen können.«

»Heilige Scheiße, Ninas Chef der Neffe eines Mafiabosses? Zu dem passt ein Drogenring natürlich schon besser als zu einem erfolgreichen Jungunternehmer.«

»Du sagst es, Kalle«, bestätigte Steffen.

Ich lehnte mich zurück, schloss die Augen und blendete die aufgeregten Vermutungen der anderen aus. Das half manchmal beim Nachdenken. Eine Reihe von Vorfällen, die wahrscheinlich mit Drogen zu tun hatten. Zwei unterschiedliche Gruppen, die für die Verteilung der Drogen verantwortlich waren? Denkbar! Konkurrenten? Gut möglich, sonst wäre der Wirt nicht so sorgsam darauf bedacht gewesen, sich aus allem rauszuhalten.

Ich öffnete die Augen wieder.

»Wir müssen herausfinden, was das für Drogen sind und wo die Quelle ist«, sagte ich laut.

»Wie willst du das herausfinden?« Kalle runzelte fragend die Stirn.

»Zum einen könnte Steffen noch mehr über Rinaldi ausgraben«, antwortete Tanja, »zum anderen könnten wir uns die Orte ansehen, die dieser Rocker besucht hat. War er zum Beispiel irgendwo besonders häufig?«

»War er, wobei das keinen Sinn ergibt.« Steffen sah regelrecht unglücklich aus. »Unser Freund war am häufigsten in Großlittgen, genauer gesagt, in der Funkwabe, in der vor allem eines liegt: das Kloster Himmerod.«

»Du nimmst uns auf den Arm«, prustete Kalle los.

»Nein, die Daten sind eindeutig. Ich hab sie zweimal überprüft.«

»Dann fahren Kalle und ich morgen früh als Erstes nach Großlittgen und hören uns dort um«, sagte Tanja.

»Gut, ich werde mich mit Chris Baier, Ninas Freund hier in Andernach, unterhalten. Vielleicht ist der gesprächiger als seine Freundin. Ich glaube kaum, dass er auch mit Rinaldi zusammenarbeitet.«

Ich schaute Steffen an. »Wenn du nicht mehr nach Koblenz fahren willst, kannst du in einem der neuen Gästebungalows übernachten. Zwei sind schon komplett fertig.«

»Das Angebot nehme ich gern an, denn ich muss morgen früh bei meiner Mutter in Kell vorbeischauen, da spare ich mir das Hin- und Herfahren.«

Unsere Runde löste sich auf. Ich spürte die Erregung, die sich immer einstellte, wenn ich bei Ermittlungen einen Schritt weitergekommen war. Ja, es gab die Ungewissheit, wie es enden würde. Aber auch den Willen, es zu Ende zu bringen. Himmel, wie hatte ich das alles vermisst!

Bonn

Tom wischte sich das Blut von seinen Fingerknöcheln. Auf seinem Hemd blieben vier blutige Streifen zurück. Er kochte vor Wut.

»Ihr seid also zu viert gewesen, und ein Einarmiger hat euch fertiggemacht – korrekt?«

Ein ersticktes Stöhnen war die einzige Antwort. Der Mann zu Toms Füßen versuchte zu sprechen, doch er brachte nicht mehr als ein paar blutige Blasen zustande.

»Vier Männer, vier! Ich habe große Stücke auf dich gehalten, Ralle, wirklich. Sieh dich an. Ein Kerl wie ein Baum, der sich den Ellenbogen brechen lässt. War es dieser hier?«

Tom holte aus und trat zu. Der Schmerzensschrei schien den ganzen Raum auszufüllen. Was für ein Schwächling, dachte Tom angewidert.

»Lucas, René, schafft den Arsch hier raus. Ich will ihn nicht mehr sehen. Nie mehr, verstanden?«

Die beiden Leibwächter nickten. Bislang hatten beide mit stoischen Gesichtern an der Wand gestanden, sorgsam darauf bedacht, außerhalb von Toms Wut zu bleiben.

»Und wenn ihr damit fertig seid, will ich alles über diesen fuck David erfahren. Der hängt sich erst an die Schlampe von Rinaldi und macht dann meine Leute klein. Wenn einer meine Leute kleinmacht, dann macht er mich klein. Das ist inakzeptabel.«

Tom trat ein zweites Mal zu, diesmal noch fester. Das bluterstickte Wimmern zu seinen Füßen verstummte.

»Okay, Ex-Leute.«

Tom atmete einmal tief durch und nahm einen Umschlag von seinem Schreibtisch. »In zwei Tagen beginnen wir mit den Auslieferungen. Ralle fällt aus. René, du wirst für ihn einspringen. Und ich will, dass du diesen David aus der Welt schaffst. Hier im Umschlag sind Fotos, die unsere Überwachungskamera im ›Roten Eber‹ aufgenommen hat. Da sind zwei Männer zu sehen, David erkennst du an der Prothese. Ich lass dir freie Hand. Hab ich mich da klar ausgedrückt? Wenn du Waffen, Geld oder zusätzliche Männer brauchst, melde dich bei Hotte.«

»Wird erledigt, Boss.« Mehr gab es nicht zu sagen.

Lucas und René schleiften den Bewusstlosen aus dem Raum. Tom sah ihnen nach und bemerkte die großen Blutflecke auf seinem weißen Teppich. Shit, er hatte sich gehen lassen. Kein Wunder, dass Hottes Männer für so etwas immer in den Keller gingen, da konnte man die Sauerei hinterher wegspülen.

Egal! Das hier, diese Blutflecken, würde er im Teppich lassen. Sie würden ihn daran erinnern, dass er da draußen auch Gegner hatte. Gegner, die man nicht unterschätzen durfte. Gegner, die man ausschalten und aus dem Weg räumen musste.

Campingplatz Pönterbach

Die anderen waren schon lange gegangen. Es war nach Mitternacht und still im Haus. Eine gute Zeit, um schlafen zu gehen, doch ich blieb einfach im Halbdunkel sitzen.

Die Schachtel stand auf der Küchentheke, geradezu vorwurfsvoll lag sie da.

Wollte ich das wirklich? Wollte ich lesen, womit mein sogenannter Vater sich beschäftigt hatte? Das war doch alles Vergangenheit. Längst Geschichte. Aber es war womöglich ein Teil *meiner* Vergangenheit, *meiner* Geschichte.

Seufzend stand ich auf und goss mir einen Whisky ein. Meine Prothese steckte in der Ladestation. Also trug ich zuerst das Glas und danach die verdammte Schachtel zum Wohnzimmertisch. Die Mappe darin sah alt aus. Abgegriffenes Schwarz, US-Bürokraten-Schwarz. Ich hatte solche Mappen schon dutzendmal in den Händen gehalten. Dicke, stabile Aktendeckel. Zwischen solchen Deckeln wurden Banalitäten geordnet oder Geheimnisse beerdigt.

Was hatte mein Vater mit diesen Papieren zu tun gehabt? Warum hatte er gewollt, dass ich sie bekam? Ich öffnete die Mappe – und atmete erleichtert auf. Das war kein Tagebuch von John Clayton David, keine handschriftlichen Erinnerungen, kein spätes Eingeständnis der eigenen Schuld. Das hier waren auf billigem Schreibmaschinenpapier getippte Seiten. Damit konnte ich umgehen.

Was fehlte, war das Deckblatt mit den üblichen Angaben zu Autor, Verteiler und zur Vertraulichkeitseinstufung. Kein Stempel, kein Hinweis auf die Quelle. Irgendjemand hatte da etwas vertuschen wollen, und zwar gründlich.

Auf der ersten Seite standen nur zwei Zeilen. Der Titel »Whitecoat II« und darunter die Angabe »Mar 12th, 1975«.

Ich begann zu lesen.

Es dauerte eine Weile. Ich brauchte die ersten vier Seiten, bis mir klar wurde, was ich da las. Und weitere zwanzig, bis sich das Grauen in meinem Wohnzimmer ausgebreitet hatte. Das nüchterne Bürokraten-Englisch machte das Ganze noch viel schrecklicher.

Ich nahm meinen Laptop und suchte nach Zahlen. Die Rechnung war leicht, das Ergebnis schrecklich und sorgte für eine Gänsehaut auf meinem Arm.

Ich griff zum Telefon und wählte.

Steffen meldete sich mit verschlafener Stimme nach dem vierten Klingeln an.

»Sag mal, Paul, weißt du, wie spät es ist? Da musst du aber einen verdammt guten Grund haben, mich um diese Zeit anzurufen.«

»Wie wäre es mit fünftausend Toten in acht Wochen?«

»Okay, das lass ich gelten. Hast du dir die Zahl ausgedacht, um mich zu beeindrucken? Das ist dir nämlich gerade gelungen.«

»Nein, nur konservativ geschätzt.«

»Du meinst das im Ernst? Scheiße! Ich bin in zehn Minuten bei dir.«

* * *

Steffen schaffte es in acht Minuten.

»Was ist mit Kalle und Tanja?«

»Ich habe Kalle gerade angerufen, aber sowohl auf dem Festnetzanschluss als auch auf der Mobilnummer läuft nur die Mailbox.«

»Willst du mir nicht erst einmal sagen, worum es geht?«

Ich deutete auf die Akte.

»Das ist die kurze Zusammenfassung von einer Art Rechenschaftsbericht. Wie die Akte zu mir kommt, erzähl ich dir später. Das Gesamtprojekt hieß Whitecoat II. Die US-Army hat dabei Anfang der Siebziger eine neue Designerdroge an Freiwilligen getestet.«

»Wer würde denn freiwillig bei so was mitmachen?«

»Jemand, der keine Lust auf einen Marschbefehl nach Vietnam hat, um nur ein Beispiel zu nennen. Einer der Testteilnehmer gibt hier im ersten Abschnitt an, er habe ein neues ›Medikament‹ bekommen, zumindest hat man ihm in dem Glauben gelassen, es wäre ein neues Arzneimittel. Zwei Stunden später beobachteten die Ärzte ihn dabei, wie er sich mit seinem eigenen Rasiermesser in beide Beine geschnitten hat. Nach späteren Aussagen hatte er da kleine Käfer gesehen, die unter seiner Haut krabbelten. Die wollte er herausschneiden. Es waren seine eigenen Sommersprossen.«

»Heilige Scheiße, ist das eklig. Der hat sich die Sommersprossen herausgeschnitten? – Moment mal«, Steffen stockte, »denkst du auch an das, was ich gerade denke?«

»Wenn du die Fälle aus der Datenbank von heute – Pardon, gestern Abend – meinst, dann ja. Unser Sprayer in Andernach hatte Schnitte am Bein, die Tote in Hillesheim an den Armen, die beiden Toten am Nürburgring auch an den Beinen.«

Steffen rieb sich mit den Händen über das Gesicht. »Was steht da noch?«

»Deine Frage muss lauten: Was steht da nicht? Wie gesagt, das ist nur eine kurze Zusammenfassung, im Wesentlichen die Aufstellung, welche Wirkung das neue Mittel bei verschiedenen Probanden gehabt hat.«

»Und hat das Zeug auch einen Namen?«

»Symethpro.«

»Symethpro – wenn man nach dem Namen geht, wäre das ein Methamphetamin. Sonst noch was, was wir wissen müssen?«

Das, was mich am meisten erschreckt hatte, hatte ich mir für den Schluss aufgehoben. »Es gibt einen Grund, warum Whitecoat II nicht weiterverfolgt wurde. Die Verantwortlichen haben kalte Füße bekommen, die Todesrate lag bei fünfzig Prozent.«

»Jeder zweite Freiwillige hat ins Gras gebissen?«

»Man hat verschiedene Gründe erfunden, Herzschwäche, Unverträglichkeit, einen allergischen Schock. Man hat alles getan, um das Massensterben unter den Teppich zu kehren. Das war so brisant, dass man es ganz tief vergraben hat.«

»Nicht tief genug, schließlich hast du ja diese Akte hier. Und jetzt wüsste ich doch schon gern, wie du an die geraten bist.«

»Die gehört angeblich zum Nachlass meines Vaters.«

Steffen blies die Wangen auf. »Soll das heißen, dein Vater ist tot? Du hast doch Ewigkeiten nichts mehr von ihm gehört?«

»Wir haben Besuch von einem Freund meines Vaters, und der hat mir diese Schachtel da auf dem Tisch mitgebracht. Keine Ahnung, wie mein alter Herr an diese Unterlagen gekommen ist. Vielleicht war er Teil von Whitecoat II.«

»Du meinst, dein Vater hatte mit der Beendigung dieses Drogenprogramms zu tun, einem Programm, mit dem du dich jetzt herumschlagen musst? Mann, Mann, Mann, das ist aber ganz düster.«

Steffen hatte recht. »Düster und vor allem sehr verdächtig. Ausgerechnet jetzt bringt dieser Anthony mir Papiere, die zu den aktuellen Fällen passen. Zufall? Ich glaub nicht an Zufälle.«

Steffen brummte zustimmend, und ich nahm mir vor, dem angeblichen Freund meines Vaters ein paar Fragen zu stellen.

»Ich werde ihm auf den Zahn fühlen«, sagte ich, »aber das muss warten. Wenn meine Theorie stimmt, rennt uns die Zeit davon.«

Jetzt nickte mein Computerfreund. Und schaute sehr ernst drein dabei. »Wir müssen uns was einfallen lassen, Paul. Gehen wir mal davon aus, jemand hat Symethpro aus seinem Dornröschenschlaf wach geküsst. Was würde das bedeuten?«

»Ich habe ein bisschen recherchiert, bevor ich dich angerufen habe.«

»Du meinst die Todeszahlen?«

»Genau. Grob geschätzt haben wir in Deutschland zwischen zweihunderttausend und dreihunderttausend Konsumenten von illegalen Drogen. Nehmen wir ruhig die kleinste Zahl. Wenn davon nur fünf Prozent auf Symethpro umsteigen, sind das zehntausend Konsumenten.«

»Von denen innerhalb von acht Wochen fünftausend nicht mehr leben werden«, ergänzte Steffen.

»Wir müssen herauskriegen, was hinter Whitecoat steckte, und vor allem, ob es eine Verbindung nach Deutschland gab.«

Steffen holte seinen Laptop aus der Tasche. »Dann schlage ich vor, du lässt schon mal einen starken Espresso durchlaufen. Von meinen letzten Besuchen in der Datenbank des Pentagons weiß ich, dass die alles daransetzen, damit da niemand herumschnüffelt.«

»Aber du schaffst das doch – oder? Ich meine, wir können es uns nicht leisten zu verlieren.«

Steffen grinste. »Ein bisschen mehr Vertrauen, Paul, wenn ich bitten darf. Ich verliere nie. Entweder ich gewinne oder ich lerne.«

Na, den Spruch kann man sich auf ein Kissen sticken, dachte ich und kümmerte mich um den Espresso.

**

Der Raum war leer bis auf eine einzelne Liege. Das grelle Licht der Neonröhren an der Decke wurde von den weißen Kacheln am Boden und an den Wänden zurückgeworfen. Langsam ging ich auf die Liege zu. Unter einem Tuch sah ich die Umrisse einer Gestalt. Ich griff nach dem Tuch und zog es mit einem Ruck zur Seite. Steffen grinste mich an. »Hallo, Paul.«

Ich schreckte hoch. Steffen beugte sich zu mir herunter. »Hallo, Paul, aufwachen.«

Ich brauchte einen Augenblick, um zu begreifen, dass ich zu Hause in meinem eigenen Sessel saß.

»Sorry, Steffen, ich bin wohl eingenickt.«

»Stimmt, wenn man zwanzig Minuten Tiefschlaf noch Einnicken nennen möchte. Aber du kannst ganz beruhigt sein, du hast kaum geschnarcht. Ich habe dich ein bisschen schlafen lassen«, Steffen gähnte herzhaft, »wobei ich gleich auch mal eine Mütze voll Schlaf brauche.«

Ich schaute auf die Uhr, halb vier Uhr morgens. Kein Wunder, dass wir müde waren.

»Bist du weitergekommen?«

»Ein ganzes Stück. Während du nur mal deine Augen ausgeruht hast, hat der gute Steffen den Amis mal wieder gezeigt, was ein richtiger Hack ist. Nur schade, dass die mich eher wegsperren würden, statt mir dafür dankbar zu sein, dass ich ihre Sicherheitslücken finde.«

»Dann lass hören.«

»Also Teil eins war leicht, da genügte einfaches Googeln. Whitecoat war der Projektname des Programms, bei dem sich Freiwillige mit verschiedenen Viren infizieren ließen. Ziel war es, Erkenntnisse über die Abwehr von biologischen Kampfstoffen zu gewinnen, aber auch eigene zu entwickeln.«

»Bei Whitecoat II ging es aber um eine Droge.«

»Hier kommt Teil zwei meiner Nachforschungen ins Spiel. Im Edgewood Arsenal in Maryland hat man jahrzehntelang Versuche mit freiwilligen Soldaten durchgeführt. Nervengas, LSD, neue Designerdrogen – such dir was aus. Der Knackpunkt ist, dass ich bislang nichts, aber auch gar nichts über Whitecoat II oder ungewöhnliche Todesfälle gefunden habe. Mag sein, dass es vereinzelte Tote in späteren Jahren gab, sozusagen als Spätfolge – aber ganz sicher keine fünfzigprozentige Todesrate.«

»Dann sind diese Unterlagen über Symethpro möglicherweise eine Fälschung?«

»Nein, Paul, nach allem, was ich bisher gesehen habe, glaube ich das nicht. Ich bin überzeugt, dass das alles stimmt, wir haben einfach zu viele Übereinstimmungen mit den Vorfällen der letzten Wochen. Ich glaube vielmehr, die Verantwortlichen hatten so die Hosen voll, dass sie das ganz tief beerdigen mussten, aber das bedeutet nur, dass ich eben noch tiefer graben muss.«

Großlittgen/Eifel

Mist! Immer noch kein Netz, dachte Kalle. Mit einem verärgerten Brummen steckte er das Handy in die Tasche und ging zum Wagen zurück, in dem Tanja wartete.

»Und, hast du Paul erreichen können?«

»Keine Chance. Ich ärgere mich über mich selber, dass ich gestern Abend mein Handy ausgeschaltet habe. Na ja, und meine Festnetznummer habe ich schon vor dem Schlafengehen auf das Handy umgeleitet, weil wir doch heute den ganzen Tag unterwegs sind. Auch da konnte Paul nur die Mailbox erreichen.«

»Nun hör auf, dich zu ärgern. Du versuchst es einfach gleich noch einmal.«

Im Prinzip hatte Tanja ja recht, dachte Kalle, aber seit er gesehen hatte, dass Paul mitten in der Nacht versucht hatte, ihn zu erreichen, war da dieses ungute Gefühl. Sein Freund war keiner, der aus Spaß um ein Uhr nachts anrief, um zu plaudern.

»Ist ja nur so eine Ahnung, Tanja. Ich schlage vor, wir fahren als Erstes zum Kloster.«

»Ich weiß nicht. Ein Devil, der geistigen Beistand sucht?« Tanja lächelte amüsiert.

»Nein, aber erstens muss er hier ganz in der Nähe gewesen sein, und zweitens ist dieser Glatzkopf niemand, der unbemerkt in einer Menschenmenge untergehen würde. Wenn so jemand auf seiner Harley in der Nähe des Klosters öfter unterwegs war, dann hat ihn womöglich jemand gesehen. Wir sollten in der Klostergaststätte fragen oder mit den Angestellten der Betriebe dort sprechen.«

Tanja startete den Wagen. »Klingt für mich wie ein guter Anfang. Irgendwem müssen wir schließlich unsere Fragen stellen.«

***

Das war doch kein Zufall.

René wartete, bis der Abstand zu dem Auto groß genug war, um selbst loszufahren und die Verfolgung aufzunehmen. Er hatte am frühen Morgen zunächst den Campingplatz observiert, aber da regte sich nichts. René hatte sich informiert, das war bei den ganzen Presseartikeln der letzten Tage leicht gewesen. Dieser David war also ein ehemaliger Militärbulle. René hasste Bullen. Und die, die bei der Armee ihre eigenen Kameraden zur Rechenschaft zogen, hasste er gleich doppelt. Wie gut erinnerte er sich an den Morgen, als die Feldjäger in seine Stube gestürmt waren und ihn verhaftet hatten. Eine vielversprechende Karriere als Scharfschütze war an diesem Morgen zu Ende gegangen. Und das alles nur, weil er seinen Sold ein wenig aufgebessert hatte, indem er einigen Idioten Koks verkaufte.

Ja, er hatte wirklich gute Gründe für seinen Hass auf Militärbullen. René hatte darüber nachgedacht, ob er einfach weiter den Campingplatz beobachten sollte. Aber die Zeit drängte, und in den Artikeln war auch ein Andernacher Polizist erwähnt worden, ein Freund von diesem David. Die Adresse fand René online, und hier hatte er mehr Glück. Nach knapp zehn Minuten war ein Škoda Yeti vorgefahren, in dem eine junge Frau saß. Als der Polizist aus dem Haus kam, erkannte René ihn wieder. Karl-Günter Seelbach war ebenfalls auf den Fotos, die der Boss ihm gegeben hatte. Der Polizist hatte David zum »Roten Eber« begleitet. Die beiden waren also nicht nur befreundet, sie ermittelten auch gemeinsam. Spontan beschloss René, sich an den Yeti zu hängen. Möglicherweise kam er ja über Seelbach und seine Begleitung an David ran.

Kurz vor Mayen war der Yeti an einer Tankstelle abgebogen. Sowohl Seelbach als auch die Frau waren nach dem Tanken in dem Gebäude verschwunden. René hatte durch die Fensterscheiben gesehen, wie sie sich beide einen Kaffee kauften. So viel Glück muss man erst einmal haben, dachte er zufrieden, und beeilte sich, einen winzigen magnetischen Sender am Yeti zu befestigen. Danach war die Verfolgung des Wagens viel entspannter.

Nach einer halben Stunde Fahrt begann René allerdings, sich Sorgen zu machen. Der Yeti fuhr geradewegs nach Großlittgen. Das war gar nicht gut. Das würde den Boss sehr, sehr wütend machen.

Immerhin hatte er rechtzeitig den Sender am Wagen angebracht. Auf den leeren Landstraßen abseits der Autobahn wäre es sonst verdammt schwierig geworden, dem Yeti unauffällig zu folgen, doch dank des Senders war es ein Kinderspiel.

In René reifte ein Plan. Sein Ausbilder hatte immer gepredigt, dass es einfacher ist, wenn die Beute zu einem kommt, anstatt der Beute hinterherzujagen. Wer klug ist, der bestimmt das Spielfeld und die Regeln. Entschlossen gab René Gas, griff unter die Jacke und zog seine Pistole heraus. Er wusste, wie er das Spiel bestimmen konnte.

**

»Fehlanzeige, Tanja. Niemand vom Service hat einen großen glatzköpfigen Rocker gesehen. Wäre ja auch zu schön gewesen.«

Kalle stand vor der Gaststätte des Klosters Himmerod. So früh am Vormittag, mitten in der Woche, gab es nur wenige Touristen auf dem Gelände. Eine kleine Reisegruppe stand vor dem Kirchenportal, ein älteres Ehepaar schlenderte an der alten Mühle vorbei Richtung Fischteiche.

»Kalle, hörst du überhaupt zu?« Tanjas Frage riss ihn aus seinen Gedanken.

»Sorry, Tanja, mir ist gerade klar geworden, dass wir so nicht weiterkommen.«

»Ich fand deine Idee nicht schlecht. Schau doch mal, hier auf der Karte steht ein Klosterbier mit zehn Prozent Alkohol, das schreit doch förmlich: ›Trink mich, du harter Kerl.‹«

Kalle lachte. »Ja klar, wir sollten uns mal so eine Flasche Klosterbier vorknöpfen und sie ganz intensiv verhören. Im Ernst, vielleicht müssen wir uns auch fragen, warum Glatze hier war. Den geistlichen Beistand und das Klosterbier lassen wir jetzt mal außen vor.«

»Woran hast du da genau gedacht?«

»Wie wäre es mit dem Ortsbürgermeister? Möglicherweise kann der uns einen Tipp geben, ob hier in der Nähe etwas liegt, an dem so ein Devil Interesse haben könnte.«

»Herr Seelbach, Respekt!« Tanja küsste Kalle sanft auf die Wange und hakte sich dann bei ihm unter.

»Sag mal, Tanja?«

»Ja, Kalle?«

»Könntest du das öfter machen?«

»Was?«

»Na ja. Das mit dem Küssen …«

Tanja blieb stehen und schaute Kalle ernst an. »Wäre dir das denn recht?«

Statt einer Antwort nahm Kalle ganz behutsam ihre beiden Hände, beugte sich vor und küsste sie sanft auf den Mund. Kalle schmeckte Tanjas Lächeln. Ein Lächeln und das Begehren nach mehr.

»Ich muss schon sagen, dieses Geknutsche direkt vor der Kirche, das gehört sich aber nicht. Schamlos, ganz schamlos!«

Eine ältere Dame sorgte mit ihrem empörten Ausruf dafür, dass der Kuss schneller endete, als es Kalle lieb war. Kalle griff in seine Hosentasche, zog seinen Dienstausweis heraus.

»Polizei Andernach, wir ermitteln hier verdeckt, bitte gehen Sie weiter, bevor Sie unsere Tarnung auffliegen lassen.«

»Das ist ja wohl die Höhe.«

»Nein, gnädige Frau, ein Polizeieinsatz unter verschärften Bedingungen.«

Kopfschüttelnd ging die Frau weiter. Tanja kicherte leise.
»Kalle, du bist unmöglich. Polizeieinsatz unter verschärften Bedingungen, also wirklich, du solltest dich was schämen.«

»Jetzt wissen Sie, auf wen Sie sich eingelassen haben, Frau Polizeikommissarin. Sie sind gewarnt.«

Hand in Hand gingen sie durch das Tor an der ehemaligen Klosterpforte zurück zu Tanjas Wagen.

Die große Kastanie, die neben dem Auto stand, versperrte Kalle die Sicht. Deshalb konnte er den Angreifer nicht kommen sehen. Er hörte nur das Knirschen von Kieselsteinen. Eher einer Ahnung folgend, wirbelte er kampfbereit herum. Doch der unbekannte Angreifer war schneller. Der Schlag traf Kalle knapp über dem Ohr. Schmerz zuckte wie ein heller Blitz durch seinen Kopf. Seine Beine schienen ihn nicht mehr tragen zu wollen, er brach zusammen. Das Letzte, was er wahrnahm, war Tanjas Schrei und die Erkenntnis, dass man sie überrumpelt hatte. Dann versank alles vor seinen Augen in ein tiefes dunkles Nichts.

Campingplatz Pönterbach

Die ersten Takte von »Take Five« rissen mich aus dem Schlaf. Leise fluchend tastete ich nach meinem Handy. Vor ein paar Wochen war mir Kalles Vorschlag für den neuen Rufton noch wie eine gute Idee erschienen. Heute früh verfluchte ich jeden einzelnen Ton von Brubecks Komposition.

Auf dem Display stand: »Kalle«.

»Hi, Kalle, sorry, es war eine lange Nacht. Ich hab versucht, dich zu erreichen.«

»Leider kann ich Ihnen nicht sagen, ob und wann Ihr Freund Sie das nächste Mal anrufen wird.«

Beim Klang der tiefen Stimme mit dem hämischen Tonfall war ich schlagartig wach.

»Wo ist Herr Seelbach?«

»Sie sollten sich besser fragen, wo seine kleine Freundin ist, David. Und noch wichtiger, was ich mit ihr tun werde, wenn Sie nicht meine Anweisungen befolgen.«

Ich dachte fieberhaft nach, was zu tun war, aber erfolglos.

»Oh, ich entnehme Ihrem Schweigen, dass Sie verstanden haben. Im Gegensatz zu Herrn Seelbach und wahrscheinlich auch Ihnen liegt mir nichts an der Schlampe. Ich kann sie Ihnen auch in kleinen Stücken zurückschicken.«

»Ich hab verstanden. Was wollen Sie?«

»Schön, Sie kommen schnell zur Sache, das gefällt mir. Sie werden heute Abend um halb sieben zu einem Treffen kommen. Sie werden mir erzählen, was Sie wissen. Sie werden sich uns freiwillig ausliefern. Sagen wir einfach, wir machen es ganz klassisch: Ihr Leben, David, gegen das der Schlampe.«

»Und wer sagt mir, dass Sie Tanja überhaupt haben? Nur weil Sie Herrn Seelbachs Telefon benutzen, heißt das nicht –«

Ein lautes Klatschen und ein unterdrücktes Stöhnen unterbrachen mich.

»Hoppla, da habe ich ihr wohl gerade etwas wehgetan.«

»Du Scheißkerl, nimm mir die Fesseln ab, und dann versuch noch einmal, mich zu schlagen.«

Es gab keinen Zweifel, das war Tanja.

»Ich denke, damit ist Ihre Frage beantwortet, David. Sie kommen um neun, allein, zu unserem Treffen. Ich schicke Ihnen gleich den Ort.«

»Sie hören jetzt auch gut zu. Wenn Sie Tanja noch einmal anrühren, ist unsere Abmachung hinfällig. Ich werde Sie finden. Richten Sie Ihrem Boss etwas aus.«

»Meinem Boss?«

Die plötzliche Unsicherheit in seiner Stimme sagte mir, dass ich richtig getippt hatte.

»Bestellen Sie Tom, dass er einen Fehler gemacht hat. Sie hätten besser die Finger von Tanja gelassen. Ich nehm das jetzt persönlich.«

Bevor Tanjas Entführer noch etwas erwidern konnte, beendete ich den Anruf. Das würde ihn wütend machen. Wütende Männer begingen Fehler. Und so einen Fehler brauchte ich dringend, um Tanjas Leben zu retten.

Ein Labor in der Eifel

»Anruf beendet«. Fassungslos starrte René auf das Display. David hatte einfach aufgelegt.

»Ist wohl nicht so gelaufen, wie du dir das vorgestellt hast, was?«

René wirbelte zu der Frau herum, bereit, erneut zuzuschlagen. Sie sah ihn an, ohne mit der Wimper zu zucken. Blut lief ihr von der aufgeplatzten Lippe den Mundwinkel hinunter. René ließ grinsend die erhobene Hand sinken.

»Nein, das wäre zu leicht.« René beugte sich so weit vor, dass er Tanjas stoßweisen Atem im Gesicht spürte.

»Ich werde David töten, und dich bringe ich zu meinem Boss. Tom hat keinen Spaß an Frauen mit zerschlagenen Gesichtern. Er wird dich brechen, Schlampe. Und wenn er mit dir fertig ist, werden wir anderen an der Reihe sein, da bleibt genug für jeden von uns übrig. Vielleicht gefällt es dir ja auch. Wenn nicht, solltest du die nächsten Stunden hier genießen, nach heute Abend bist du nur noch ein Stück Fleisch, mit dem wir unseren Spaß haben werden.«

Mit einem heftigen Ruck schoss ihr Kopf nach vorne, doch René war schneller, ihr Stoß ging ins Leere.

»Ja, ich glaube, wir werden sehr viel Spaß mit dir haben. Mach es dir solange gemütlich.«

Er verließ den Raum, und Tanja hörte draußen sein Lachen, bevor es ganz still wurde. Einen Augenblick später ging das Licht aus. Eine undurchdringliche Finsternis ließ alles um sie herum verschwinden.

Die Stille und die Finsternis jagten ihr einen Schauder über den Rücken.

Parkplatz Kloster Himmerod

»Sieh doch mal, Clemens, da liegt ein Mann. Ob der Hilfe braucht?«
»Himmel, sein Kopf ist ja ganz blutig. Liebes, bitte geh zur Klosterpforte zurück. Die sollen schnell einen Notarzt anfordern.«
Clemens Söller beugte sich zu dem leblosen Mann hinunter. »Hallo! Brauchen Sie Hilfe, können Sie mich verstehen?«
Ein leises Stöhnen war die Antwort.

***

Kalle schlug die Augen auf. Verschwommene Umrisse verdichteten sich. Ein Mann blickte ihn besorgt an.
»Meine Frau ist bereits unterwegs, um den Notarzt zu verständigen. Hatten Sie einen Unfall? Sind Sie ausgerutscht und gestürzt? Können Sie mich verstehen?«
»Das sind … zu viele Fragen auf einmal«, murmelte Kalle und schüttelte den Kopf. Der anschließende Schmerz ließ ihn erneut aufstöhnen.
»Sie haben da eine Platzwunde am Kopf, das sollte sich auf jeden Fall ein Arzt ansehen.«
»Tanja? Wo ist Tanja?«
»Tanja? Außer Ihnen war hier niemand. Wir wollten ja eigentlich zu unserem Auto, um weiter nach Cochem zu fahren. Aber dann haben wir Sie hier liegen gesehen. Ich hab meiner Frau gleich gesagt, dass da etwas nicht stimmt, bei dem ganzen Blut.«

Vorsichtig tastete Kalle seinen Kopf ab. Der Schmerz war einigermaßen erträglich.

»Ich glaube nicht, dass das eine gute Idee ist, wenn Sie an der Wunde herumdrücken.«

»Schon klar«, presste Kalle hervor. »Können Sie mir wohl bitte hochhelfen?«

»Sollten Sie nicht den Notarzt abwarten?«

»Bitte!«

Der Mann zögerte einen Moment, dann griff er Kalle unter die Achseln und half ihm, aufzustehen. Vor Kalles Augen drehte sich der Parkplatz. Er spürte, wie der letzte Kaffee in seiner Kehle emporstieg, nur mit Mühe gelang es ihm, den Brechreiz zu unterdrücken. Er holte tief Luft, schloss die Augen, konzentrierte sich, und als er sie anschließend wieder aufschlug, waren Bäume, Sträucher und der Parkplatz wieder da, wo sie hingehörten.

»Vielleicht benachrichtigen wir auch besser die Polizei! Ich meine, wenn Sie nicht gestürzt sind, war das womöglich ein Raubüberfall. Ich könnte meine Frau bitten, auch die Polizei anzurufen.«

»Nicht nötig, ich bin die Polizei.« Kalle zog seinen Dienstausweis aus der Jackentasche und hielt ihn dem Mann entgegen.

»Polizeioberkommissar Seelbach, Polizeiinspektion Andernach.«

»Oh, das ist ja ... Sind Sie also gar nicht gestürzt?«

»Nein, bin ich nicht.« Kalle tastete seine Jacke ab. Sein Handy fehlte. »Haben Sie ein Handy dabei?«

Der Mann hob bedauernd die Hände. »Schon, ja, aber mein Akku ist seit einer halben Stunde leer. Deswegen habe ich ja meine Frau gebeten, den Notarzt von der Klosterpforte aus zu verständigen.«

Kalle setzte sich mit schwankenden Schritten in Bewegung.

»Halt, wo wollen Sie denn hin? Der Notarzt wird bestimmt jeden Moment hier sein.«

»Ich lauf schon nicht weg. Ich muss nur dringend telefonieren.«

Mit jedem Schritt wurde Kalle sicherer auf den Beinen. Er hatte die Klosterpforte fast erreicht, als ein Rettungswagen mit Blaulicht auf den Parkplatz einbog. Seufzend blieb Kalle stehen. Die Sanitäter stiegen aus, suchend blickten sie sich um. Kalle winkte ihnen zu.

»Tag, die Herren. POK Seelbach, Polizeiinspektion Andernach. Sie können mich gleich gern verarzten, aber erst muss ich telefonieren.«

Die beiden Sanitäter wechselten einen irritierten Blick. Einer von beiden trat zu Kalle und musterte die Platzwunde. »Sieht schlimmer aus, als es wahrscheinlich ist. Aber um sicher zu sein, dass das nur eine oberflächliche Wunde ist, müssen Sie ins Krankenhaus. Hier«, der Mann hielt Kalle den ausgestreckten Zeigefinger vors Gesicht und bewegte dann langsam den Finger nach links und rechts, »schön dem Finger folgen. Okay, so ist es gut. Mussten Sie sich übergeben?«

»Nein, musste ich nicht. Aber ich muss jetzt wirklich telefonieren. Haben Sie ein Handy?«

Der Sanitäter griff an seinen Gürtel und zog ein Smartphone heraus. Mit einer schnellen Daumenbewegung entsperrte er das Display und hielt das Telefon Kalle entgegen. »Da, bitte schön. Ein Anruf und dann gehört Ihr Kopf erst einmal uns.«

»Zauberhafte Formulierung, lernt man so was in der Ausbildung bei euch?« Kalle grinste schief.

»Nee, bin ein Naturtalent, Herr Polizeikommissar.«

Campingplatz Pönterbach

Ich saß an der Küchentheke und konzentrierte mich auf die nächsten Schritte. Kalle hatte eben angerufen. Es ging ihm einigermaßen gut, er musste noch ins Krankenhaus, wollte danach aber so schnell wie möglich zurück nach Andernach kommen.

Wir mussten herausfinden, wo sich Glatze in den letzten Wochen aufgehalten hatte. Eine Ahnung sagte mir, dass wir dort auch Tanja finden würden. Tanja und wahrscheinlich die Drogen. Denn mittlerweile war ich davon überzeugt, dass Glatze, wo auch immer, erste Proben mitgenommen hatte, um sie zu verteilen. Vielleicht hatte Tom auf diesem Weg die Wirksamkeit von Symethpro überprüft.

Vor meinem inneren Auge nahm ein Plan Gestalt an, ein riskanter Plan, aber er könnte funktionieren. Was mir dafür fehlte, waren weitere Informationen. Ich schaute auf die Uhr, rechnete kurz die Stunden nach, die seit Steffens Heimfahrt vergangen waren. Viel Schlaf hatte er nicht bekommen. Es half nichts, ausruhen konnten wir uns alle später. Ich wählte Steffens Nummer.

**

Eine halbe Stunde später saß Steffen an meiner Küchentheke, trank Milchkaffee und hörte aufmerksam zu, während ich ihn auf den aktuellen Stand brachte.

»Die Kerle haben also Tanja. Weißt du schon, wo der Austausch stattfinden soll?«, fragte er.

Ich zeigte ihm die SMS, die mit Kalles Handy an mich geschickt worden war. Die Nachricht bestand lediglich aus ein paar GPS-Daten und dem wohlgemeinten Hinweis: »Kommen Sie allein, keine Polizei«.

»›Kommen Sie allein, keine Polizei‹ – das ist ja der klassische Satz in jeder Entführungsgeschichte. Werden wir uns daran halten?«

»Kalles erste Reaktion war, die Kollegen der Kriminalpolizei in Koblenz zu informieren. Aber ich glaube, dass Tanja gar nicht zu dem Treffen mit Toms Männern gebracht wird. Wenn aber am Treffpunkt ein Einsatzkommando der Polizei auftaucht, werden die Entführer einfach verschwinden, und wer weiß, was dann passiert. Ich hab nicht vor, bei dieser Aktion Tanjas Leben aufs Spiel zu setzen.«

»Und diese GPS-Koordinaten hier?«

»Habe ich in Google Maps eingegeben.«

»Hört, hört, und das aus dem Mund des Mannes, der einen Laptop lange Zeit für völlig entbehrlich hielt.«

»Ich lerne eben dazu«, sagte ich grinsend. »Bei dem Treffpunkt handelt es sich um den Parkplatz vor dem großen Lavasteinbruch zwischen Nickenich und Mendig. Ich vermute, dass die Entführer mich so weit wie möglich vom eigentlichen Geschehen in der Eifel fernhalten wollen.«

»Der Vulkanpark Eppelsberg – keine schlechte Wahl, zumindest aus strategischer Sicht«, stimmte Steffen zu. »Wenn ich mich richtig erinnere, gibt es einen langen, ansteigenden Schotterweg bis zu dem Lavawerk. Von der richtigen Stelle kann man bis hinunter zur A 61 sehen, und drum herum sind nur Felder. Da gibt es keine Möglichkeit, unerkannt vorzurücken. Jeden Polizisten würde man schon aus einem halben Kilometer Entfernung bemerken.«

Ich rührte nachdenklich einen Löffel Zucker in meinen Milchkaffee. »Deswegen werde ich dort heute Abend ohne Polizeibegleitung auftauchen.«

»Aber Paul, das ist Selbstmord. Du hast doch selber gesagt, dass Tanja dort wahrscheinlich gar nicht sein wird. Das heißt, die Kerle wollen dich einfach in die Finger kriegen.«

In den nächsten fünf Minuten beschrieb ich Steffen meinen Plan. Als ich fertig war, lehnte er sich zurück, wischte sich mit der Hand übers Gesicht und schüttelte ungläubig den Kopf. »Das ist der absolute Wahnsinn, was du da vorhast, und wir müssen wissen, wo Tanja versteckt gehalten wird.«

»Du meinst, es klappt nicht.«

»Nein, ich hab nur gesagt, dass es verrückt ist. Wir brauchen auf jeden Fall Vorbereitungszeit und einen vierten Mann.«

»Ich habe Bonzo bereits angerufen, er macht mit.«

»Ja, das ist gut. Bonzo ist genau der Richtige. Solltest du nicht auch bewaffnet sein?«

»Ich habe meinen Revolver und Kalle seine Dienstpistole.«

»Im Kino fahren die immer mehr Artillerie auf.«

»Tja, Steffen, das hier ist nicht das Kino, sondern das wirkliche Leben. Hör mal, wenn unser Plan gelingen soll, dann musst du noch mal ran.«

Steffen grinste. »Nicht nötig. Ich konnte heute früh nicht sofort einschlafen, irgendwie war der tote Punkt rum. Also hab ich noch weitergemacht.«

»Und was hast du gefunden?«

Steffen hob den gestreckten Daumen. »Erstens: Bei Whitecoat II ging es um die Leistungssteigerung von Soldaten. Man wollte nicht nur Kämpfer, die sich mit einem freudigen Hurra auf den Lippen dem feindlichen Feuer entgegenstellen, man wollte Supersoldaten. Ausdauernd, schnell, stark und anspruchslos.«

»Der Traum jedes Kommandanten«, sagte ich nachdenklich.

»Genau. Und zweitens«, Steffen nahm zum Daumen den Zeigefinger dazu, »sollten diese Soldaten Richtung Osten, gegen den großen Feind Sowjetunion, eingesetzt werden. Deshalb hielt man es für eine gute Idee, die neuen leistungssteigernden Mittel auch in der Eifel zu testen. Liegt auf demselben Kontinent, und das Klima ist – nun ja – immerhin ähnlich.«

Steffen hob den dritten Finger. »Möglich wurde das, weil man verschiedene geheime Stützpunkte für die Tests aufbaute. Und 1975 war dann Schluss. Das Programm wurde beerdigt, die Labore in aller Eile geschlossen, die Unterlagen als streng vertraulich klassifiziert.«

»Aber wo sind diese Labore? Meine Vermutung ist, dass man nicht alles vernichtet hat.«

»Das habe ich bisher noch nicht herausbekommen«, sagte Steffen zerknirscht.

1975 – da war mein Vater schon bei der US-Army gewesen. Denkbar, dass er bei der Aufräumaktion mitgemacht hatte. Ich würde es wohl nie erfahren. Als ich aufschaute, sah ich an Steffens Miene, dass er noch nicht fertig war.

»Du hast noch ein Ass im Ärmel?«

»Kein Ass, nur eine Kleinigkeit, mit der ich weitermachen könnte, auch wenn Gesichtserkennungen Zeit in Anspruch nehmen.«

Steffen griff in die Innentasche seiner Jacke und zog einige Blätter hervor. »Ich habe ein paar Fotos gefunden. Ich weiß zwar nicht, wo das Ganze aufgenommen wurde, aber das muss die Gruppe sein, die die Labore in der Eifel geräumt und versiegelt hat.«

Steffen breitete die Ausdrucke auf der Theke aus. Es waren insgesamt sechs Aufnahmen. Die typischen Gruppenfotos, die Soldaten am Einsatzort von sich aufnahmen. Die Männer auf den Fotos waren jung, Mitte zwanzig, sie lächelten in die Kamera. Klar, sie waren schließlich nicht im Kampfeinsatz, sondern erledigten einen Auftrag in der friedlichen Eifel.

Ich erkannte ihn gleich. Das war unverkennbar sein Gesicht, wenn auch vierzig Jahre jünger.

Abrupt stand ich auf.

»Ist was, Paul? Du bist ja ganz bleich.«

»Entschuldige mich mal für ein paar Minuten, Steffen. Ich bin gleich wieder da.«

Ohne eine Antwort abzuwarten, nahm ich das Foto und ging nach draußen. Graue Wolken hingen dicht über dem Pöntertal. Das Wetter passte zu meiner Stimmung. Ich fühlte mich benutzt und manipuliert. Entschlossen machte ich mich auf den Weg.

Ein Labor in der Eifel

»Hotte, René hier. Tom hat gesagt, dass ich mich bei dir melden soll, wenn ich Unterstützung brauche. – Ja, genau. Ich brauche vier bewaffnete Männer, die nicht zimperlich sind. Vor allem aber benötige ich ein Scharfschützengewehr, großes

Kaliber, mir wäre das Desert Tech HTI am liebsten. – Ja, ich weiß, dass man so ein Gewehr nicht an jeder Ecke bekommt. Willst du mit Tom darüber diskutieren? Frag den Russen, ich weiß, dass der so ein Gewehr seit Wochen anbietet. Ich brauch es heute Nachmittag. Ich muss mich noch einschießen. – Warum? Weil ich mir keinen Fehltreffer erlauben will.«

René fluchte nach dem Telefonat leise in sich hinein. Was bildete sich Hotte eigentlich ein? Dieser Wichser von einem Buchhalter, der sah sich schon als Kronprinz und Toms Nachfolger. Wenn das hier vorbei ist und ich den Job erledigt habe, werde ich mit Tom in Ruhe sprechen, dachte René. Es war an der Zeit, den nächsten Schritt auf der Karriereleiter zu machen. Wie gut, dass Tom nicht Lucas diesen Job gegeben hatte. Der Abend würde ein Kinderspiel werden. René kannte die Gegend gut. Schon als kleiner Junge war er mit einem Onkel, der in Mendig gewohnt hatte, öfter hier wandern gewesen.

Mit dem Desert Tech HTI traf er ein faustgroßes Ziel auf tausendfünfhundert Meter. Dieser David würde sein blaues Wunder erleben. Und danach nie wieder etwas.

Campingplatz Pönterbach

»Wer bist du wirklich?«

Ich klatschte den Ausdruck des alten Fotos auf die Tischplatte. »Na los, rede! Anthony Smithweldon – wer bist du wirklich, und was willst du hier?«

»Aber, Paul, Anthony hat doch schon erzählt, dass er uns auf Johns Wunsch hin gesucht hat.« Helga blickte verunsichert zwischen mir und unserem Gast hin und her.

»Vater hatte dafür ein Wort, Helga. Bullshit! Tanja Dievenbach wird irgendwo in der Eifel gefangen gehalten, und zwar in einem ehemaligen Labor der US-Army, möglicherweise in der Nähe von Großlittgen. Aber das könnte mir unser lieber

Anthony genauer sagen, nicht wahr? Schließlich hat er mitgeholfen, dieses Labor zu schließen.«

Ich tippte auf das Foto. »Damals, 1975, fehlte der Bart, aber das hier bist du, Anthony.«

Helga stieß einen überraschten Laut aus. »Anthony, stimmt das, was Paul sagt?«

Anthony nickte bedächtig. »Er hat recht, Helga. Ja, ich bin der Mann auf dem Foto. John hat die Fotos geschossen. Ich hätte nie gedacht, dass uns diese Geschichte noch einmal einholen würde.« Anthony setzte sich aufrecht hin. »Ich bin Anthony Patrick Smithweldon, ehemaliger Colonel der US-Army. Ja, ich war in Deutschland stationiert. Der Eiserne Vorhang, die Grenze durch Deutschland – die Russen waren für uns der Feind. Ein Feind, der nur ein paar hundert Kilometer entfernt war. Wir haben die Labore geräumt. Für uns waren das einfach nur zusätzliche medizinische Stationen, Rückzugsorte für den Notfall.«

»Großlittgen, Anthony. Gab es ein solches Labor in Großlittgen?«

Anthony zuckte bedauernd mit den Schultern. »Paul, das ist vierzig Jahre her. Ich konnte mir damals schon nicht alle Namen merken. Ein Ort sah für mich wie der andere aus.«

Ich beugte mich vor. »In nicht einmal neun Stunden wird eine Frau sterben, wenn wir sie nicht rechtzeitig finden. Sie, Colonel, sind hierhergekommen, weil die Presseberichte Sie alarmiert haben. Sie haben sie gelesen, und Sie wussten, dass Symethpro wieder im Umlauf ist. Sie und Ihre Männer haben damals Mist gebaut. Mindestens ein Labor wurde nicht vollständig ausgeräumt, sondern nur versiegelt. Vielleicht war das ja Absicht. Jemand weiter oben wollte nicht endgültig auf alle Ergebnisse des Projektes verzichten. Was, wenn man später noch einmal auf Whitecoat II zurückgreifen musste? Wahrscheinlich haben sich alle gedacht, dass niemand was davon erfahren würde. Es hat nicht geklappt. – Schauen Sie mir in die Augen, Colonel. Und sagen Sie mir noch einmal, dass Sie nicht wissen, wo dieses verdammte Labor liegt.«

Anthony hielt meinem Blick ein paar Atemzüge stand, bevor er zusammensackte. »In Großlittgen gibt es ein ehemaliges Wasserdepot der Air Base Spangdahlem. Ursprünglich wollte man dort mal eine Radarstation bauen, aber dann wurden es doch nur eine Baracke und eine größere Lagerhalle. Nach außen hin nichts Aufsehenerregendes. Das Labor liegt zwei Stockwerke tief unter der Baracke verborgen.«

Helga hatte Anthonys Geständnis stumm verfolgt. Ich sah die Enttäuschung in ihrem Blick, sie fühlte sich von ihm betrogen. »Was willst du jetzt tun, Paul?« Helgas Stimme zitterte.

»Wir werden versuchen, Tanja zu finden. Und ich muss mich noch auf eine Verabredung vorbereiten. Es tut mir leid, Helga.« Ich küsste sie sanft auf die Wange, und dann verließ ich die beiden.

Der Lavasteinbruch zwischen Nickenich und Mendig

René verschob das linke Bein in eine bequemere Stellung und prüfte den Zielbereich. Seine Männer waren gut versteckt. Er selbst hatte sich eine Stelle ausgesucht, die genügend Deckung und einen optimalen Blick über das ganze Gelände bot. Einen Meter von ihm entfernt fiel der Boden steil ab, dort befand sich die Abbruchkante der tiefen Grube. Mit dem Gewehr und dem Zielfernrohr würde es von hier oben ein Kinderspiel werden, diesen David zu erwischen.

René würde warten, bis der Typ ausstieg, so würde er ein besseres Ziel bieten. Seine Männer hatte René zur Sicherheit rund um den Parkplatz verteilt.

Ja, das hier war der ideale Platz, um es zum Abschluss zu bringen. Gearbeitet wurde in dem Steinbruch schon seit Stunden nicht mehr. Die beiden flachen Schuppen waren abgeschlossen. Zwei Schlagbäume versperrten die Zufahrt zur Grube. Die Förderbänder, mit denen der dunkelgraue Steinsplitt auf die Lastwagen verteilt wurde, waren längst abgestellt.

Die Fahrzeuggeräusche von der Autobahn wehten zu ihm herauf. Aus der Entfernung klangen sie fast wie Meeresbrandung. Hinter ihm im Wald raschelte es. René ignorierte diese Geräusche, er musste sich auf den Platz vor den Schlagbäumen konzentrieren. Er warf einen Blick auf seine Armbanduhr, gleich halb sieben. Wie auf Kommando bog ein Pick-up auf den Zufahrtsweg zum Steinbruch ein. Der Weg war breit, aber unbefestigt. Der Wagen holperte durch mehrere Schlaglöcher.

Das Handy, das René dem bewusstlosen Bullen abgenommen hatte, vibrierte. Er hatte seine Kopfhörer angeschlossen, um beim Telefonieren die Hände frei zu haben.

»David, schön, dass Sie pünktlich sind.«

»Wo sind Sie? Ich sehe Sie nicht.«

»Das macht nichts. Ich sehe Sie dafür umso besser.« René schaute durch das Zielfernrohr. Was er da sah, gefiel ihm gar nicht. »David, ich hatte doch ausdrücklich gesagt, dass Sie allein kommen sollen. Wer ist das da am Lenkrad?«

»Ich habe einen Freund gebeten, mich herzufahren. Wie, bitte, soll ich einen Pick-up mit Schaltgetriebe einarmig bedienen?«

René stieß einen leisen Fluch aus. »Also gut. Sie sind am Ziel. Ihr Kumpel soll den Wagen anhalten, aussteigen und den Weg zurückgehen. Schnell, bevor ich es mir anders überlege.«

»Er soll was?«

»Er soll einen Spaziergang machen, allein, und zwar sofort. Und Sie werden auch aussteigen.«

René beobachtete, wie ein Mann den Pick-up verließ und ohne sich umzublicken schnell den Weg zurücklief. René lächelte zufrieden. Natürlich hätte er auch den anderen abknallen können, aber er war ja kein Unmensch. Er hatte einen Auftrag zu erledigen, nicht ein Gemetzel anzurichten.

René konzentrierte sich auf diesen David. Ja, da saß er. René erkannte ihn sofort.

»Also, David, steigen Sie aus.«

»Ich weiß nicht, vielleicht sollten Sie erst einmal hervorkommen.«

Ruhig bleiben, ermahnte sich René selbst. Er konnte seinen Männern befehlen, David aus dem Auto zu zerren. Aber wozu? Der Mann saß da unten, hinter der großen Windschutzscheibe des Pick-ups, wie auf dem Präsentierteller. Die Entfernung zum Pick-up lag deutlich unter tausendfünfhundert Metern, und Davids Kopf war größer als eine Männerfaust.

René spürte, wie er ruhig wurde, sein Atem gleichmäßig. Er krümmte den Zeigefinger. Der Knall des Schusses hallte durch den Steinbruch. Die Kugel stanzte ein Loch in die Windschutzscheibe. Volltreffer!

René atmete aus. Auftrag erfüllt. Er hatte David den Kopf weggeblasen. Der Tote war durch das Zielfernrohr nicht mehr zu sehen, wahrscheinlich war er zur Seite gerutscht.

»Geht und schaut nach. Ich will hundertprozentig sicher sein, dass er auch tot ist«, befahl er über Funk seinen Leuten. René stand auf und klopfte sich Fichtennadeln von der Hose. Selbst ohne das Zielfernrohr konnte er von hier oben die Männer sehen, die den Wagen einkreisten. Einer riss die Beifahrertür auf. Das Funkgerät übertrug den überraschten Fluch des Mannes.

»Verdammt, hier ist gar keiner. René, wo ist der Kerl hin? Hier saß doch noch gerade jemand drin, aber jetzt ist der Scheiß-Wagen leer.«

René riss das Funkgerät hoch. »Wovon redet ihr? Seid ihr blind? Ich hatte den Kerl doch genau im Visier.«

»René, sind Sie noch da?«

Die Stimme in seinem Kopfhörer ließ ihn erstarren.

»Ich wollte nur sagen: Überraschung, Arschloch!«

Ehemaliges Depot der US-Army/Großlittgen

Ich beendete das Telefonat. Steffen neben mir grinste von einem Ohr zum anderen.

»Gott, was gäbe ich dafür, jetzt deren dumme Gesichter zu sehen. Bonzo sitzt übrigens wieder bei Andrea wohlbehalten im Auto, er hat gerade eine SMS geschickt.«

Steffen steckte sein Handy weg und holte stattdessen einen Tabletcomputer aus dem Rucksack.

»Schade, meine Kontrollkamera in deinem Auto erfasst nicht den Außenbereich. Okay, die gute Nachricht ist, meinem Mini-Beamer ist nichts passiert. Es wäre auch echt schade um den Prototyp gewesen. Und jetzt die schlechte Nachricht, Paul: Die haben dir ein fettes Loch in die Windschutzscheibe geschossen, und vom Beifahrersitz ist auch nicht mehr viel übrig. Zahlt das eigentlich die Versicherung? Schäden nach Attentatsversuch?«

Ich stieß Steffen den Ellenbogen in die Seite und widmete mich dann weiter dem Maschendrahtzaun vor mir.

»Sehr witzig! Du musst das Ganze ja auch nicht Helga erklären, sie hängt doch so an dem Wagen.«

»Komm, Paul. Das war ein Meilenstein, wenn ich das mal in aller Bescheidenheit sagen darf. Eine 3D-Projektion ohne Leinwand, auf engstem Raum und bei Tageslicht. Wenn ich das veröffentliche, werden potenzielle Investoren bei mir Schlange stehen.«

Ich konnte Steffens Begeisterung verstehen, mir ging es nicht anders. Unser Plan war aufgegangen: Die Kerle im Steinbruch hatten sich von der Projektion täuschen lassen, die Steffen in meinem Pick-up installiert hatte. Vor allem aber war Bonzo nichts passiert, das war die Hauptsache.

»Wir sollten sehen, dass wir reinkommen, Steffen. Kalle müsste jeden Augenblick vorfahren. Wir können ja später deine phantastische Technik feiern.«

Ich durchschnitt die letzten Drähte und bog die Maschen weit genug auseinander, dass wir durchschlüpfen konnten.

Der ehemalige Stützpunkt der US-Army in Großlittgen lag seit etlichen Jahren brach. Das komplette Gelände war verwildert, überall wucherten hohes Gras, Büsche und Baumschösslinge. Die ehemals grauen Betonwände der Baracke vor uns waren grün bemoost und stellenweise gerissen. Durch die blinden Glasscheiben unterhalb der Dachkante fiel bestimmt schon seit Jahren kein Licht mehr.

Auf den ersten Blick standen die Lagerhalle und die Baracke kurz vor dem Verfall. Der hohe Maschendrahtzaun hatte in den letzten Jahren lediglich dazu gedient, allzu neugierige Besucher und partyfreudige Jugendliche abzuschrecken.

Alles wirkte öde und verlassen. Wären da nicht die beiden bewaffneten Kerle in Bomberjacken gewesen, die in den letzten fünfzehn Minuten bereits zweimal mit ihren Schäferhunden an unserem Versteck vorbeigekommen waren, hätte man glauben können, dass es hier nichts Wichtiges zu sehen gab.

Diese beiden Männer und die Wachposten an dem Doppeltor der Einfahrt hatten uns gezeigt, dass wir hier richtig waren.

Dem Geräusch nach fuhr ein Auto direkt auf dieses Tor zu. Das musste Kalle mit dem geliehenen Transporter sein. Ich konnte nur hoffen, dass auch unser weiterer Plan gelang. Kalle war immer noch leicht angeschlagen, hatte aber darauf bestanden, mitzumachen, und Steffen war letztlich ein unbeteiligter Zivilist. Nicht gerade die Traumbesetzung, um einer bewaffneten Drogenbande das Handwerk zu legen. Aber für solche Überlegungen war es jetzt zu spät. Ich hörte ein kurzes Hupen. Das war das vereinbarte Zeichen – es ging los.

***

Gras und Unkraut hatten ihren Weg zwischen den ehemals glatten Betonplatten der Zufahrt gefunden. Kalle fuhr auf das Doppeltor zu und drückte auf die Hupe. Er wartete einen Augenblick, wollte bereits erneut hupen, als hinter dem Tor ein Mann erschien.

Kalle kurbelte das Fenster hinunter und streckte den Kopf nach draußen. Im Licht der Abenddämmerung sah er, dass der Mann eine schwarze Bomberjacke, Cargohosen und Springerstiefel trug. Die Baseballkappe auf dem Kopf zierte eine Art Wappen. Auf die Entfernung konnte Kalle es nicht genau erkennen, wahrscheinlich sollte es den Anschein unterstreichen, dass hier ein professioneller Sicherheitsdienst das Gelände bewachte.

»Hey, Sie können hier nicht weiterfahren. Bitte wenden Sie, Sie befinden sich auf Privatgelände.«

»Ja, schon klar«, rief Kalle zurück, »deswegen bin ich ja hier. Der Boss schickt mich, die Sache im Lavasteinbruch ist glatt über die Bühne gegangen, aber jetzt müssen wir aufräumen.«

Der Mann blieb stehen. Unschlüssig schaute er über die Schulter, offenbar zu seinem Kumpel, der mit ihm hier Wache hielt.

»Was ist los?«, legte Kalle nach. »Machst du das Tor jetzt auf oder nicht? Ich hab nicht vor, hier ewig rumzustehen. Außerdem musst du mir sowieso helfen, die Sachen hinten rauszuholen. Die sind schwer, die werde ich nicht allein tragen können. Und wir brauchen ja Platz für die Schlampe unten im Keller.«

Der Wachposten sagte irgendetwas halblaut über die Schulter, was Kalle nicht verstehen konnte. Aber dann öffnete er zu Kalles Erleichterung tatsächlich das Vorhängeschloss am Tor und stieß die Doppelflügel weit auf.

Statt loszufahren, stieg Kalle aus und winkte dem Wachmann zu. Der kam jetzt näher. Als er nur noch zwei Schritte entfernt war, griff Kalle blitzschnell nach hinten und zog seine Pistole. Mit einem Satz war er bei dem Mann und drückte ihm die Mündung fest auf die Stirn.

»Ein einziger Laut und du bist tot. Ich würde mich darüber freuen, denn das Mädchen unten im Keller ist meine Freundin. Und glaub mir, ich hab mit dieser Waffe wochenlang geschossen. Ich weiß, wie man abdrückt, es liegt an dir. Hast du mich verstanden? Dann reicht ein einfaches Nicken.«

Der Mann hielt die Luft an und bewegte dann ganz vorsichtig den Kopf.

»Gut, wir werden jetzt zu deinem Kumpel zurückgehen. Ich werde die Pistole von deiner Stirn nehmen, du wirst dich umdrehen und ganz natürlich zurücklaufen. Wenn du deinen Kumpel warnst, jage ich dir eine Kugel ins Rückgrat. Daran stirbst du möglicherweise nicht, aber mit Laufen ist danach Schluss. Auch verstanden?«

Der Mann nickte erneut. Ein Schweißtropfen perlte unter der Kappe hervor.

Kalle nahm die Pistole herunter und schubste den Mann vorwärts in Richtung Tor. Der zweite Wachposten saß mit ausgestreckten Beinen auf einem alten Klappstuhl unter einem Vordach und blätterte in einem Pornoheft. Als sein Kumpel zurückkam, schaute er nur flüchtig hoch. Kalle nahm die Pistole vom Rückgrat des Wachmanns und schlug sie ihm gegen die Schläfe. Der Mann brach auf der Stelle zusammen. Der andere ließ das Heft fallen und sprang auf, blieb dann aber wie angewurzelt stehen, als er Kalles Pistole sah.

»Du kannst schweigen oder sterben. Für was entscheidest du dich?«, zischte Kalle. Der Mann schwieg und hob die Hände.

»Gute Entscheidung. Und jetzt legst du dich mit dem Bauch auf den Boden. Arme weit ausgestreckt, Beine gespreizt. Los, ich hab hier nicht ewig Zeit.«

Der Mann gehorchte und tat, was Kalle verlangte. Mit zwei Schritten war Kalle neben dem Mann und schlug erneut zu.

»Hoppla, das hab ich ja ganz vergessen. Ihr beide seid verhaftet. Wegen Menschenraub, Nötigung, Körperverletzung, Drogenbesitz und dem ganzen anderen Rest.« Während Kalle sprach, fesselte er die beiden bewusstlosen Männer mit Kabelbindern. Aus seiner Jackentasche holte er zwei Stoffstücke, die er den Männern als Knebel in den Mund steckte.

»Bleibt einfach ganz bequem hier liegen, ich hol euch dann später.«

Kalle nahm das Handy heraus, das er sich von Steffen geliehen hatte.

»Paul? Zwei im Sack. Ich fahr jetzt rein und öffne die Hecktüren.«

***

Kalle war drin, jetzt kamen wir an die Reihe. Ich holte tief Luft und brüllte: »Stehen bleiben! Los, haltet den Kerl auf. Hey, lasst die Hunde frei!«

Wir hatten lange darüber diskutiert, was wir tun wollten, wenn es Wachhunde gab. Es gibt nichts Scheußlicheres, als von einem Schäferhund oder Rottweiler gejagt zu werden. Unsere Befürchtungen hatten sich dann bewahrheitet. Während wir das Gelände inspizierten, hatten wir die Männer mit den Schäferhunden gesehen. Zum Glück nur zwei, aber für meinen Geschmack waren das zwei Hunde zu viel.

Es gab nicht viele Möglichkeiten. Entweder ließen die beiden Männer aufgrund meines Schreis die Hunde frei, oder sie kamen zusammen mit den Hunden, um nachzusehen. Für Möglichkeit zwei hielt ich meinen Revolver bereit.

Ich wollte Steffen schon auffordern, durch den Maschendraht zu schlüpfen, als lautes Gebell von der hinteren Ecke der Lagerhalle erklang. Sekunden später hetzten die beiden Schäferhunde an dem Gebäude vorbei.

Hoffentlich war Kalle schnell genug. Steffen und ich krochen durch den Maschendrahtzaun und rannten geduckt zu der Baracke hinüber. Augenblicke später kam Kalle um die Ecke.

»Hat es geklappt?«, fragte ich flüsternd.

»Wäre ich sonst hier? Nee, war ein Kinderspiel. Ich hinten im Transporter. Die Hunde im Anmarsch, dann raus aus der Seitentür, die Automatikverriegelung gedrückt und hinten die Türen zugeknallt. Alles eine Frage des richtigen Timings. Die lassen sich jetzt bestimmt die großen Steaks schmecken, die wir ihnen vorbereitet haben. Und dann ab ins Land der Träume.«

Steffens Mutter hatte einmal von ihrem Arzt schwere Schlafmittel verschrieben bekommen, mit dem Großteil des Vorrats hatten wir die Steaks präpariert.

»Könntet ihr beiden euch jetzt bitte auf die übrigen Wachen konzentrieren, mir ist das nicht ganz geheuer, dass wir die nirgendwo sehen«, flüsterte Steffen.

»Keine Sorge«, beruhigte ich ihn, »was werden die wohl tun, wenn ihre Hunde nicht zurückkommen?«

»Die machen sich auf die Suche, also müssen wir nur ein bisschen warten und sie dann in Empfang nehmen«, ergänzte Kalle grimmig. »Ist wie in einem von deinen Computerspielen: warten, anschleichen, draufhauen.«

»Haha, bist du witzig, seit sie dir auf den Kopf geschlagen haben.«

»Pst!«

Meine Warnung beendete die freundschaftlichen Sticheleien zwischen Kalle und Steffen.

Ich hatte ein paar wegrollende Steine gehört, offenbar lag neben der Baracke Kies auf dem Boden. Ich schlich bis zur Ecke und presste mich dort an die Wand. Zwei Männer kamen an mir vorbei. Ihrer Körperhaltung nach waren sie nicht alarmiert, eher neugierig, wo ihre beiden Hunde steckten.

»Komisch, warum hat Castor nicht angeschlagen?«

»Von Pollux ist auch nichts zu hören. Weißt du noch, wie die beiden die Grillparty drüben im Wald aufgemischt haben? Die Kids hatten richtig Schiss vor denen. Hab ich gelacht! Sobald die was zu fressen vor der Nase haben, vergessen sie jede Erziehung. Drecksviecher!«

Ich ließ die Männer noch zwei Schritte weitergehen. Dann trat ich dem einen mit Schwung von hinten in die Kniekehle, sodass er nach vorne fiel. Das schaffte Platz, um dem anderen die Faust gegen die Schläfe zu schlagen. Der Kopf ruckte zur Seite, und mit einem kurzen Aufstöhnen sackte der Mann ohnmächtig zusammen.

Ich wollte mich gerade um den Knienden kümmern, da stand schon Kalle neben mir und drückte dem überraschten Mann seine Pistole an die Schläfe.

»Überleg dir gut, was du gleich sagst. Ich stelle dir zwei Fragen, und wenn mir deine Antworten nicht gefallen, waren das die letzten Fragen, die du in diesem Leben gehört hast.«

»Wie viele Männer sind da im Gebäude? Und wo ist die Frau?«

Ich hatte Kalle noch nie so wütend und entschlossen erlebt. Der Mann, der vor uns auf dem Boden kniete, schien diese Wut auch zu spüren.

»Vier draußen. Vier drinnen. Der Rest wird in einer halben Stunde erwartet. Wir beginnen heute mit der Auslieferung.«

»Du bist ja richtig gesprächig, Arschloch. Also, wo ist die Frau?«

»Unten im Keller.«

Kalle nahm die Pistole weg. »Auf den Bauch legen, sofort!« Auch diesmal gehorchte der Mann prompt. Kalle fesselte ihm die Hände und Füße mit Kabelbindern, ich kümmerte mich um den Bewusstlosen.

»Wer seid ihr? Russen seid ihr nicht. Haben euch die Itaker geschickt?« Der Mann drehte den Kopf und schielte zu uns hoch.

»Wir? Wir sind die Guten«, erwiderte ich.

»Richtig, das hatte ich ja ganz vergessen«, ergänzte Kalle, »Polizeioberkommissar Karl-Günther Seelbach, PI Andernach. Sie sind verhaftet.« Die Fassungslosigkeit des Mannes konnte man fast mit Händen greifen. Kalle stopfte ihm einen Knebel in den Mund.

»Wie der guckt! Glaubt der mir nicht? Steffen, Paul, fasst mal mit an.«

Gemeinsam trugen wir die Männer nacheinander hinter ein Gebüsch.

»Vier Männer draußen, vier Männer drinnen«, wiederholte ich laut.

»Ging doch bisher wie geschnitten Brot, Paul.«

»Ja, zu leicht. Warum sind die so sorglos, obwohl es hier in einer halben Stunde rundgehen soll?«

Kalle zuckte mit den Schultern. »Dir kann man es aber auch nie recht machen.«

Zu dritt schlichen wir um die Ecke des Gebäudes. Auf dieser Seite gab es eine schmale Stahltür. Rechts und links der Tür standen hüfthohe Mauern, aus deren Ecken ein paar rostige Stümpfe emporragten, wohl die Überreste eines Vordachs über der Tür.

»Ganz schön abgewrackt alles«, stellte Kalle fest.

»Nur der Kasten da an der Wand sieht für mich ziemlich neu aus«, bemerkte Steffen. Der Stahlkasten, auf den er zeigte, war halb so groß wie ein Schuhkarton, mit einer einzelnen rot leuchtenden LED auf der Vorderseite. Ich rüttelte kurz an der Tür, aber hier endete unsere Glückssträhne: Die Tür war fest verschlossen.

»Lass mich mal, Paul.« Steffen schob mich zur Seite. »Kein Tastenfeld, kein Eingabeschlitz für einen Ausweis, möglicherweise ein RFID-Empfänger.« Steffen fuhr mit den Fingern am Rand des Kastens entlang. »Außen verschraubt, na, das ist aber nachlässig.«

Steffen nahm aus seinem Rucksack ein Etui.

»Was hast du da? Einbruchswerkzeug?«, fragte Kalle.

»Nein, nur ein paar Kleinigkeiten, um Computer zu reparieren. Dazu gehört auch ein Akkuschrauber.«

Steffen steckte ein Schraubbit auf einen dicken Griff. Sekunden später löste sich die erste Schraube. Fünf weitere folgten.

»Voilà!« Steffen nahm den Deckel ab. »Okay, Jungs, ich hab hier eine gute und eine schlechte Nachricht. Die gute: Das Ding ist Standard. Ich kann mich dazwischenklemmen, um mit dem Rechner den Code zu finden. Mit dem Code gaukeln wir dem Empfänger vor, wir besäßen einen gültigen Zutrittsausweis.«

»Und die schlechte Nachricht?«, fragte Kalle.

»Ich weiß nicht, wie lange es dauert, und das sieht mir nach einem geschlossenen System aus. Sobald ich da reingehe, wird ein stiller Alarm ausgelöst. Danach ist es nur noch eine Frage der Zeit, bis wir Besuch bekommen.«

Kalle stieß ein ungeduldiges Schnauben aus. »Mach einfach, Steffen. Wir müssen da rein. Wer weiß, wie es Tanja geht. Und ich möchte hier nicht vor der Tür hocken, wenn die Verstärkung anrückt, um die Drogen abzuholen.«

»Oh, oh …« Steffen deutete auf die LED, die plötzlich angefangen hatte, hektisch zu blinken.

»Was bedeutet das?«

»Ich hab wohl schon mit dem Entfernen des Deckels den Alarm ausgelöst.«

»Und jetzt?«, fragte ich.

Steffen zog sein Tablet heraus und steckte ein Kabel ein, an dessen Enden mehrere Anschlüsse baumelten.

»Jetzt muss ich mich ranhalten.« Steffen befestigte zwei Anschlussklemmen an der Platine im Gehäuse, über das Display des Tablets scrollten Zahlenkolonnen. Drinnen hörte man das Trampeln von Schritten auf einer Stahltreppe. Schwere Schritte in Springerstiefeln und mehr als nur ein Mann.

»Du solltest dich besser beeilen«, drängte Kalle.

»Hetz mich nicht, Kalle, davon wird der Rechner auch nicht schneller.« Steffens Finger rasten über die eingeblendete virtuelle Tastatur.

»Gibt es denn nicht den berühmten roten Draht, den wir einfach durchschneiden können?«, erkundigte ich mich.

»Gibt es nicht, Paul. Dann schaltet sich das gesamte System ab und lässt gar keine Eingabe mehr zu.«

Von drinnen hörte man vereinzelte Stimmen. Jemand brüllte ein paar unverständliche Befehle. Nah, sehr nah.

»Suchen wir uns doch einen anderen Eingang«, schlug Kalle vor.

Steffen schüttelte den Kopf. »Wenn diese Tür gesichert ist, sind auch die übrigen Türen mit dem System verbunden, davon kannst du ausgehen.«

»Ich geh vor allem davon aus, dass das hier gleich ungemütlich wird.«

Schräg über uns öffnete sich quietschend eines der Fenster. Instinktiv duckte ich mich hinter die Mauer und zog auch Steffen mit nach unten. Keine Sekunde zu früh. Ein Schuss peitschte auf, die Kugel schrammte eine Furche in die Mauerkante.

»Shit! Die schießen ja auf uns! So viel zum Thema ›geschnitten Brot‹. Wie soll ich mich denn da konzentrieren?«, beschwerte sich Steffen.

Ich zog meinen Revolver und schoss zurück. Der Schütze am Fenster ging kurzfristig in Deckung, dafür öffnete sich auf der anderen Seite der Tür ein zweites Fenster.

»Kalle, Vorsicht!«

Aber meine Warnung war unnötig, Kalle hatte natürlich bemerkt, dass man uns ins Kreuzfeuer nehmen wollte. Er schoss auf das Fenster, Glas splitterte, ein Schrei von drinnen bewies, dass er getroffen hatte.

Ein leiser Signalton ertönte.

»Na bitte, drei Zahlen haben wir schon. Drei von einem zwölfstelligen Code, das ist gut.«

»Was ist denn daran gut? Es fehlen noch neun Zahlen.«

»Du bist aber auch mit nichts zufrieden, Kalle. Es könnte ja auch ein zweiunddreißigstelliger oder vierundsechzigstelliger Code sein. Oder ein Algorithmus, der auf der Zahl Pi basiert und damit –«

Kalle schnellte hoch, jagte eine weitere Kugel in Richtung Fenster und ging wieder in Deckung. »Steffen, mach einfach weiter.«

Zwei, drei Schüsse aus meinem Fenster. Steinsplitter flogen uns um die Ohren. Ich presste mich dicht an die Mauer, holte tief Luft, kam aus der Deckung hervor, zielte und schoss. Diesmal traf ich, aber mir blieb keine Zeit, mich über den Treffer zu freuen, denn ein neuer Schütze übernahm den Platz des Mannes, den ich getroffen hatte. Der neue Schütze besaß eine Maschinenpistole. Das laute Stakkato der Schüsse hallte mir in den Ohren. Die Salve zwang mich, tiefer Deckung zu suchen, wobei der Maschinenpistolenschütze noch nicht den richtigen Winkel gefunden hatte. Seine Schüsse lagen im Moment viel zu hoch. Aber es war nur eine Frage der Zeit, bis er das selbst merken würde.

»Wie viele Stellen, Steffen?«, brüllte ich über den Lärm der Schüsse hinweg.

»Acht ... und ... da ist die neunte Stelle.«

In diesem Moment sah ich, wie sich auch auf Kalles Seite der Lauf einer Maschinenpistole aus dem Fenster schob.

»Kalle, unten blei–« Der Rest meines Satzes erstarb im Dauerfeuer der Maschinenpistolen.

Ein Labor in der Eifel

Zuerst war die Dunkelheit nur ein Zustand gewesen. Einfach das Fehlen von Licht. Inzwischen aber war diese Dunkelheit bedrohlich. Sie nahm ihr die Luft zum Atmen.

Tanja wusste nicht, wie lange sie schon gefesselt auf dem Stuhl saß. Ihre Arme waren taub, ihre Schultern brannten wie Feuer. Sie hatte überlegt, auf dem Stuhl mit Schwung nach hinten zu kippen, möglicherweise brach er dabei in Stücke. Aber dann siegte die Unsicherheit. Die Gefahr war groß, dass sie sich bei dem Sturz verletzte. Und wenn der Stuhl nicht zerbrach, lag sie wie eine hilflose Schildkröte auf dem Rücken.

In Gedanken ging Tanja wieder und wieder durch, was sie tun würde, wenn einer der Entführer zu ihr in den Raum kam. Würde er nah genug an sie herantreten, dass sie ihn mit einem gezielten Tritt ausschalten konnte?

Vielleicht konnte sie sich losreißen, wenn sie aus diesem Raum geführt wurde.

Doch das blieben alles nur Phantasien, denn während der ganzen Zeit ließ sich niemand bei ihr blicken. Die Ungewissheit begann an ihr zu nagen. Die Stille, die Ungewissheit und die Dunkelheit fraßen sich langsam, aber stetig durch ihre Selbstbeherrschung.

Ehemaliges Depot der US-Army/Großlittgen

»Autsch! Dreck, Teufel und Verdammnis!« Kalle drückte die eine Hand an die Wange, Blut tropfte hinunter.
»Kalle, du blutest«, rief Steffen entsetzt.
»Nur ein Scheiß-Steinsplitter, nichts Ernstes.«
Die nächste Geschossgarbe traf die Mauer hinter mir. Querschläger sirrten durch die Luft.
»Jetzt wäre der richtige Zeitpunkt für eine gute Nachricht, Steffen«, brüllte ich.
Steffen, der zusammengerollt mehr auf dem Boden lag als saß, grinste mich schief an. »Dein Wunsch ist mir Befehl, Paul. Sesam, öffne dich!« Steffen drückte eine Taste, und im nächsten Moment drehte sich surrend der Türgriff, und die Stahltür sprang eine Handbreit auf.
»Gut gemacht, Steffen«, lobte Kalle und holte aus seiner Jacke einen kurzläufigen Revolver heraus. »Hier, Superhirn, nimm den Revolver und jag einfach gleich alle Kugeln in die Luft, die Kerle sollen denken, dass wir noch zurückschießen. Bleib aber um Gottes willen dabei in Deckung.«
Ich lud rasch nach und nickte Kalle dann zu. »Auf drei. Ich stoße die Tür auf, du übernimmst die linke, ich die rechte Seite. Eins ... zwei ... drei.«
Ich trat gegen die Tür und hechtete in den Raum, rollte mich auf dem Betonboden ab, kam in die Hocke und schoss. Mit einem lauten Schrei brach der Mann oben am Fenster zusammen, drehte sich, torkelte zwei Schritte und fiel dann über die Brüstung des Laufganges. Mit einem dumpfen Aufschlag knallte der leblose Körper auf den Boden der Halle.

Hinter mir donnerten drei Schüsse kurz hintereinander durch die Luft. Kalle war nur Sekunden nach mir durch die Tür gesprungen. Plötzlich war es ganz still. Auch seine Schüsse hatten ihr Ziel gefunden.

Vier Männer draußen, vier Männer drinnen. Zwei davon waren tot. Ich wechselte einen Blick mit Kalle, dann liefen wir wie auf Kommando los, stürmten die jeweiligen Treppen auf unseren Seiten hoch. Der Mann, den ich von draußen getroffen hatte, lag bewusstlos am oberen Ende der Treppe. Von ihm ging keine Gefahr mehr aus.

»Polizei! Hände hoch!«

Der zweite Mann auf Kalles Seite war immerhin in der Lage, stöhnend eine Hand zu heben. Kalle war mit wenigen Schritten bei ihm.

»Wo ist deine Waffe?«

»Is ... runtergefallen.«

»Dein Glück. Du bist verhaftet.« Kalle zog unter der Jacke ein Paar Handschellen hervor und fesselte damit die eine Hand des Verwundeten an das Metallgeländer des Laufstegs. »Schön hierbleiben, bis wir wiederkommen.«

Ich ging die Treppe hinunter und musterte den großen Raum. Diese Baracke hier hatte wohl nie als Mannschaftsunterkunft gedient, eher als Lagerraum und Büroersatz. Auf drei Seiten führten Metalllaufstege unterhalb der Fenster entlang, weiter hinten gab es zwei Türen.

»Und wo geht es jetzt in den Keller?« Steffen hatte den Raum betreten und schaute sich neugierig um.

»Die Kerle hier haben bestimmt unten zu tun gehabt. Ich glaube, wenn sie dabei waren, die Drogen zu verpacken«, überlegte ich laut, »haben sie sich wahrscheinlich nicht die Zeit genommen, um den Geheimeingang zum Labor ordnungsgemäß zu verschließen.«

»Da ist was dran«, bestätigte Steffen.

Ich warf einen Blick durch die erste Tür, dort war lediglich ein Waschraum mit zwei Toilettenkabinen. Alles ziemlich verdreckt und heruntergekommen.

»Hier drüben ist ein Büroraum. Zumindest war das mal einer«, rief Kalle laut zu mir herüber.

Er hatte recht, es standen noch zwei alte Metallspinde an der Wand und davor ein alter Schreibtisch, die Platte zerschrammt und von Feuchtigkeit aufgequollen.

»Was ich hier nicht sehe, ist irgendeine Art von Eingang«, sagte Steffen.

Sollte Anthony gelogen haben? Nein, das glaubte ich nicht. Zumal der eine Wachposten ja bestätigt hatte, dass Tanja im Keller gefangen gehalten wurde. Steffen, der mein ratloses Gesicht sah, lächelte aufmunternd.

»Na, nicht gleich den Kopf hängen lassen, Paul. Draußen in der Halle sieht man nichts, hier drin ist auch nichts. Prüfen wir doch einfach noch einmal die Toiletten.«

Wir gingen in den Waschraum, ich öffnete die linke Kabine und holte erleichtert Luft. Die halbe Wand mit einem Kleiderhaken und dem Toilettenpapierhalter war zur Seite geschoben worden. Durch die so entstandene Öffnung sah ich die ersten Stufen einer breiten Metalltreppe, die nach unten führte.

»Wollen wir?«, fragte ich meine beiden Freunde.

Kalle deutete eine Verbeugung an. »Nach dir, mein Lieber. Und sei leise. Wenn der Kerl draußen gelogen hat, könnten unten noch weitere Männer auf uns warten.«

Mit schussbereiter Waffe begann ich den Abstieg. Stufe für Stufe ging es in die Tiefe, in regelmäßigen Abständen warfen Neonröhren kaltes Licht auf die Treppe. Anthony hatte von zwei Stockwerken gesprochen, mir kam es schier endlos vor. Gerade als ich mich fragte, was die US-Army unter zwei Stockwerken verstand, endete die Treppe in einem langen Flur. Von ihm gingen mehrere Stahltüren ab.

»Steffen, du öffnest gleich die Tür da vorne, und dann duckst du dich sofort«, sagte ich. Kalle und ich bezogen rechts und links von der Tür Stellung. Ich nickte Steffen zu. Er drückte die Klinke hinunter und stieß die Tür auf. Mit schussbereiten Waffen betraten Kalle und ich den Raum. Als ich sah, dass wir hier allein waren, ließ ich den Revolver sinken. »Ich würde sagen, wir haben das Drogenlabor gefunden.«

Der Raum war gut achtzig Quadratmeter groß und mit – zumindest in meinen Augen – modernen Laborgeräten ausgestattet.

»Das wird die Jungs von der Spurensicherung bestimmt freuen, die stehen doch auf diesen ganzen wissenschaftlichen Kram«, kommentierte Kalle die Laboreinrichtung.

»Steffen, bei den nächsten beiden Räumen gehen wir wieder so vor wie eben.«

Der zweite Raum, den wir betraten, war deutlich größer. Offenbar waren die unterirdischen Räumlichkeiten weitläufiger als die Baracke darüber. Irgendjemand hatte hier alte Zwischenwände entfernt, um mehr Platz zu schaffen. Man konnte die Spuren aber noch gut erkennen. Jetzt stapelten sich hier Hunderte von Kisten.

»Wenn ich es nicht besser wüsste, würde ich sagen, dass da drüben mal Zellen gestanden haben«, sagte Kalle.

»Damit könntest du sogar recht haben. Man brauchte für die Einzeltests bestimmt kleine Räume, um die Wirkung der Drogen zu beobachten. Komm weiter, Tanja finden.« Wir gingen zur letzten Stahltür.

Steffen griff zur Türklinke und stieß die Tür so heftig auf, dass sie innen gegen die Wand schlug. Der Raum dahinter lag in tiefer Dunkelheit.

»Na los, ihr Schweine, kommt ruhig näher«, brüllte uns eine Stimme an.

Ich tastete innen an der Wand nach dem Lichtschalter und drückte ihn. Flackernd erwachten Neonröhren zum Leben. Tanja saß mitten im Raum gefesselt auf einem Stuhl und blinzelte ins Licht. Mit ein paar schnellen Schritten war Kalle bei ihr, kniete sich neben sie und küsste sie.

»Sie haben sich ganz schön Zeit gelassen, Herr Seelbach«, sagte Tanja lächelnd nach diesem Kuss.

»Beschwer dich bei den Kerlen, die uns da draußen unter Beschuss genommen haben.« Kalle holte sein Taschenmesser heraus und schnitt Tanjas Fesseln durch. Mit wackeligen Beinen stand Tanja auf und bewegte stöhnend die Arme.

»Ihr glaubt ja gar nicht, wie froh ich bin, euch zu sehen.« Sie trat zu mir und Steffen und küsste uns beide sanft auf die Wange.

»Wir sind auch froh, dass dir nichts passiert ist, Tanja«, erwiderte ich. »Kalle, geh mit Tanja doch bitte schon mal nach oben. Hier unten gibt es bestimmt kein Handynetz. Ich denke, jetzt könnt ihr eure Kollegen anrufen und herbestellen.«

»Das wäre schon deshalb gut, weil in Kürze die nächsten Kerle auftauchen, um die Drogen abzuholen«, warf Steffen ein.

»Sollen die nur kommen. Wir machen einfach die Tür wieder dicht, nehmen die Maschinenpistolen und halten die Stellung, bis Verstärkung eintrifft«, erklärte Kalle übermütig.

»Geht schon mal vor, ich will nur noch rasch im Lager einen Blick in die Kartons werfen.«

Während meine Freunde die Treppe hinaufstiegen, ging ich zurück in den großen Lagerraum. Dort schnappte ich mir einen Karton und riss ihn auf. Wie Eier auf einer Palette lagen hier Kapseln auf einer Platte mit kleinen Mulden. Tatsächlich schienen sie von innen heraus grün zu leuchten. Ich zählte die Reihen durch. Auf einer Platte lagen fünfzig Kapseln. Insgesamt gab es in diesem Karton zwanzig Platten. Tausend Kapseln pro Karton. Ich konnte die Zahl der herumstehenden Kartons nur schätzen. *Eine Todesrate von fünfzig Prozent.* Der Vorrat reichte wahrscheinlich aus, um eine Kleinstadt auszulöschen. Ich schloss den Karton wieder. Dieses glitzernde Teufelszeug sorgte bei mir für eine Gänsehaut.

Weiter hinten im Raum stand ein alter Schreibtisch. Ein Klemmbrett, ein paar Stifte, eine Aktenablage – viel gab es auch hier nicht zu sehen. Auf einen Notizblock hatte jemand eine Bonner Telefonnummer geschrieben. Ich merkte mir die Nummer. Ein letzter Rundblick, dann folgte ich meinen Freunden.

Oben in der Baracke griff ich zu meinem Handy und wählte die Bonner Nummer. Warum stand sie auf dem Notizzettel? Ich hatte einen Verdacht.

»Die Rheinresidenz-Apartments in Bonn. Einen wunderschönen guten Abend. Mein Name ist Clemens Girtal, was kann ich für Sie tun?«, begrüßte mich eine männliche Stimme.

»Herr Girtal, David hier, Paul David. Tom, ein guter Freund von mir, hat mir gesagt, dass Sie noch Apartments vermieten. Stimmt das?«

»Oh nein, da hat sich Herr Fallmer vertan. Wir haben im Moment keine Leerstände.«

»Aber Tom wohnt doch noch bei Ihnen? Ich war ein paar Wochen geschäftlich in Südamerika –«

»Natürlich. Herr Fallmer hat immer noch das Penthouse im vierzehnten Stock gemietet. Wir können Sie gern auf die Warteliste setzen, Herr David.«

»Warum nicht. Wenn ich das nächste Mal Tom besuche, melde ich mich bei Ihnen, Herr Girtal.«

»Wie Sie wünschen. Einen angenehmen Abend noch, Herr David.«

Nachdenklich steckte ich das Telefon in die Tasche zurück. Aus der Ferne hörte ich Polizeisirenen, die näher kamen.

Kalle stand am Eingang und hatte Tanja seinen Arm um die Schulter gelegt. Für ihn war unser Einsatz erfolgreich beendet. Ich aber hatte noch ein Versprechen zu erfüllen.

Bonn

Obwohl es weit nach Mitternacht war, brannte oben im Penthouse Licht. Gut so! Ich parkte Kalles Wagen, stellte den Motor aus und überlegte, wie ich am besten ins Haus gelangen könnte. Einfach mal klingeln hatte sicher wenig Erfolg. Noch während ich nachdachte, bog ein BMW auf den hauseigenen

Parkplatz ein. Ein Pärchen stieg aus. Mir kam eine Idee, einen Versuch war es jedenfalls wert. Ich beeilte mich, zur Haustür zu kommen, zog meinen Schlüsselbund heraus und tat so, als würde ich versuchen, die Haustür aufzuschließen. Ich schnaubte verärgert. Hinter mir hörte ich ein Räuspern.

»Entschuldigen Sie, kann ich Ihnen helfen?« Der Mann war um die sechzig, hatte eine deutlich jüngere Frau im Arm und schaute mich mit leichtem Misstrauen an.

Ich lächelte. »Ach, das ist ärgerlich. Ich komme mir vor wie ein Idiot. Ich hab das Licht am Auto brennen lassen, und Tom, der Gute, gibt mir seine Schlüssel, damit ich wieder ins Haus komme. Und jetzt das. Ich suche schon seit zwei Minuten den passenden Schlüssel, hätte ich mir doch nur gemerkt, welchen er mir eben gezeigt hat. Während ich hier unten stehe, warten oben alle mit dem Prosecco. Wie gesagt, ich komme mir wie ein Idiot vor.«

»Na, lassen Sie mich mal. Wir wollen ja einen Gast von Herrn Fallmer nicht auf der Straße stehen lassen. Was meinst du, Liebes?« Die Frau quittierte die Frage mit einem verlegenen Kichern, offenbar erwartete der Mann auch nicht mehr. Er griff in seine Manteltasche, zog seinen eigenen Schlüsselbund hervor und öffnete die Haustür. »Bitte sehr! Aber für den Aufzug brauchen Sie schon den passenden Schlüssel.« Er hielt mir die Tür einladend auf.

»Aufzug? Aber nein, ich nehme immer die Treppen, das ist gut fürs Herz. Und Tom wohnt ja lediglich im vierzehnten Stock. Mein Penthouse in Sydney – ich sag Ihnen, das ist selbst mir manchmal zu anstrengend, aber man muss konsequent sein.«

Der Mann schüttelte sprachlos den Kopf und stellte keine weiteren Fragen. Ich öffnete die Tür zum Treppenhaus. Vierzehn Stockwerke – nun ja, ich hatte heute früh auch noch nicht trainiert.

※※※

Tom saß an seinem Schreibtisch und brütete vor sich hin. Sie hätten längst anrufen müssen. Seit Stunden wartete er auf eine Rückmeldung. Wie schwer konnte es denn sein, die Kartons im Labor zu verladen und nach Godesberg zu bringen? Er spielte schon mit dem Gedanken, Hotte zur Schnecke zu machen, verwarf ihn dann aber wieder. Hottes Aufgabe begann erst.

Tom spürte die Wut in sich brodeln und ganz tief unter dieser Wut ein Gefühl, das er schon fast vergessen hatte. Angst! Angst, dass irgendetwas schrecklich schiefgegangen war.

***

Vor den letzten beiden Treppen legte ich eine kurze Pause ein, um wieder ruhiger zu atmen. Ich kontrollierte ein letztes Mal meinen Revolver, bevor ich ihn zurück in das Gürtelholster steckte. Leise stieg ich die Stufen hinauf. Am Ende gab es nur noch eine einzelne Brandschutztür. Ein Glück, dass solche Türen laut Gesetz nicht verschlossen werden durften. Der dahinterliegende Flur führte zu einer schwarz lackierten Wohnungstür. Davor saß auf einem Stuhl ein breitschultriger Mann, der gerade auf sein Smartphone schaute und mich deshalb nicht bemerkte. Schwungvoll öffnete ich erneut die Brandschutztür, trat einen Schritt in den Flur, schaute zurück ins Treppenhaus und rief laut: »Warte einen Augenblick, Schatz. Lass die Sektkisten einfach da stehen. Ich hab dir ja gleich gesagt, dass es keine gute Idee ist, die Treppe zu nehmen. Ich frag mal den netten Herrn hier, ob er mit uns die Kisten hochtragen kann.«

Der Mann vor der Tür war in Sekunden auf den Beinen, aber er ließ sich von meinem Gerede ablenken. Ich hatte mich während meines imaginären Gesprächs nämlich sofort wieder in seine Richtung geschoben. Er hätte direkt die Waffe ziehen sollen, die sich unter seiner Anzugjacke abzeichnete. Tat er aber nicht, wahrscheinlich, weil es nach Mitternacht war und ich ihn beim Surfen auf dem Handy überrascht hatte. Schwerer Fehler!

»Hey, Sie, Sie können hier nicht weiter. Das Penthouse ist nicht für –«

Ich wirbelte herum und schlug ihm mit der Handkante gegen den Kehlkopf. Seine Augen schienen aus den Höhlen zu quellen. Er riss den Mund auf und versuchte verzweifelt, nach Luft zu schnappen. So ein Schlag kann tödlich enden, wenn man zu hart zuschlägt. Ich war da vorsichtig gewesen. Röchelnd brach er zusammen. Ich zog ihm die Pistole aus dem Holster und knockte ihn anschließend mit einem weiteren Schlag aus. Die Pistole hatte einen Schalldämpfer, war entsichert und geladen, gut, dass er sie nicht mehr gezogen hatte.

»Verdammt, was geht da vor? David?«

Schon bei dem »verdammt« sprang ich zur Seite. Ich warf mich nach links. Gerade noch rechtzeitig. Der Schuss war nicht lauter als ein Händeklatschen. Da, wo ich gestanden hatte, schlug eine Kugel in die Wand ein. Noch im Fallen hob ich die Pistole und schoss zurück. Zwei schnelle Schüsse. Die Gestalt, die hinten im Flur aufgetaucht war, taumelte zurück und brach dann zusammen.

Ich sprang auf und lief zu dem Mann. Er war tot. Er hatte meinen Namen gekannt und gewusst, wie ich aussehe. Ich vermutete, dass er Tanja entführt hatte. Zeit, seinem Boss einen Besuch abzustatten.

Ich ging zurück zur Wohnungstür und drehte den Türknauf. Sie schwang geräuschlos nach innen.

Die nächste Tür führte in ein großes Wohnzimmer. An einem weiß lackierten Schreibtisch saß ein Mann in einem hohen Lederchefsessel und starrte durch die große Fensterscheibe nach draußen. Konnte ich ihm nicht verdenken. Man hatte von hier oben einen unglaublichen Blick über den Rhein, das Siebengebirge, bis hinunter zum Drachenfels.

»Guten Abend, Tom.«

Bei meiner Begrüßung zuckte seine Hand zu einem Fach seines Schreibtisches.

Ich hob die Pistole. »Würde ich an Ihrer Stelle nicht tun. Auf die Entfernung habe ich noch nie danebengeschossen.

Greifen Sie mit zwei Fingern die Waffe und werfen Sie sie einfach zu mir herüber.«

Tom verzog wütend das Gesicht, aber er gehorchte, wenn auch widerwillig.

»Wer sind Sie? Nein, warten Sie. Ich weiß es, die Armprothese – Sie sind Paul David, der Ex-Militärbulle. David, Sie haben gerade eben Ihr Todesurteil unterschrieben.«

»Dann macht es Ihnen sicher nichts aus, mir vorher noch ein paar Fragen zu beantworten.«

Tom grinste abschätzig und lehnte sich lässig zurück.

»Bitte sehr. Fragen Sie.«

»Wie kamen Sie auf die Idee mit dem Labor in Großlittgen?«

»Sie wissen davon? Nun, sagen wir einfach: Ich habe einen Tipp bekommen. Der Rest war leicht. Dort unten lagerten nicht nur erste Proben, die ich analysieren ließ, es gab auch jede Menge interessante Aufzeichnungen.«

»Haben Sie denn keine Skrupel, Symethpro in Umlauf zu bringen?«

Tom lachte. »Warum sollte ich? Das Zeug ist der Heilige Gral für alle Junkies. Hochwirksam, billig und mit keinem Drogentest nachzuweisen.«

»Jeder Zweite wird ins Gras beißen, und das nach wenigen Wochen.«

»Ich bitte Sie. Pro Tag krepieren bei uns zweihundert Menschen durch Alkohol, die Toten bei Unfällen nicht mitgerechnet. Zweihundert Tote Tag für Tag, trotzdem kann man an jeder Ecke Schnaps kaufen. Also halten Sie mir keine Moralpredigt darüber, dass ein paar Junkies über die Klinge springen werden.«

»Sie hatten mehr Kartons in dem Lagerraum als nur für ein paar Junkies.«

Alarmiert schaute Tom hoch. »Moment, Sie sind dort gewesen?«

»Ich war heute Abend im Labor, zusammen mit einem Mannschaftsbus voller Polizisten, die Ihren nicht unerheblichen Bestand an Symethpro einkassiert haben.«

Diesmal rang Tom sichtlich mit seiner Fassung. »Das werden Sie mir büßen, David.«

Ich bückte mich und hob seine Pistole auf. »Ich verrate Ihnen was, Tom. Symethpro wird niemals verteilt werden. Ich habe einem Vater etwas versprochen. Ich sollte herausfinden, warum seine Tochter angeschossen im Krankenhaus liegt, und dafür sorgen, dass so etwas nie wieder passiert. Ich pflege meine Versprechen zu halten. Deshalb werden Sie, Tom, aus dem Verkehr gezogen.«

»Dann los, erschießen Sie mich.«

»Nein, Tom, ich bin kein Henker. Die Polizei wird in Kürze vor Ihrer Tür stehen. Aber vorher wollte ich mit Ihnen sprechen. Jetzt weiß ich, was ich wissen wollte. Auf Wiedersehen, Tom.«

Ich drehte mich um und ging aus dem Raum, ohne noch einmal zurückzublicken.

Die Penthouse-Tür ließ ich offen.

Beim Aufzug warf ich einen letzten Blick auf die beiden Männer im Flur. Ich holte mein Handy raus und wählte die Nummer bei der Bonner Kripo, die mir Kalle gegeben hatte. Ende der Party für Tom.

Leise öffneten sich vor mir die Aufzugtüren.

Ich saß gerade wieder im Wagen, als eine große schwarze Limousine vorfuhr. Im Spiegel beobachtete ich vier Männer, die ausstiegen, sich prüfend umschauten und dann entschlossen Richtung Eingangstür gingen. Alle vier waren bewaffnet. Ich wusste nicht, wer die vier waren, aber möglicherweise war ja Giacomo Rinaldi Tom auf die Spur gekommen. Das sah jedenfalls nicht nach einem Freundschaftsbesuch aus. Wer Wind sät, wird Sturm ernten.

Ich startete den Motor. Es gab noch eine letzte Sache zu tun.

Campingplatz Pönterbach

Am nächsten Morgen traf ich Anthony und Helga vor unserem Haus. Anthony packte gerade seine Koffer in den Leihwagen.

»Sie wollen uns verlassen, Colonel?«

»Ich bitte Sie, Paul, meine Zeit beim Militär ist lange vorbei. Bleiben wir doch bei ›Anthony‹. Ich danke Ihnen für die Gastfreundschaft. Sie haben es ruhig und wunderschön hier.«

Hinter mir kam Linda aus dem Laden.

»Ach, Anthony, darf ich Ihnen Linda vorstellen.«

Helga runzelte verwirrt die Stirn, schwieg aber.

»Eine Freundin von Ihnen, Paul?«

»Nein, ›Freundin‹ wäre wohl zu viel gesagt. Aber ich bin dankbar, dass sie da ist.« Ich trat zur Seite.

»Major Linda Becking, US-Army Criminal Investigation Command, CID, aus Kaiserslautern. Colonel Anthony Smithweldon, Sie sind verhaftet. Ihnen werden der Diebstahl und die unerlaubte Weitergabe von geheimen Militärunterlagen vorgeworfen, die Beihilfe zum Mord, Entführung und die illegale Produktion von Drogen.«

Linda Becking drehte den völlig überrumpelten Anthony herum und fesselte seine Hände mit Handschellen.

»Aber das ist doch absurd, sagen Sie das Ihrer Freundin, Paul.«

»Sie hören mir nicht zu, Anthony. Major Becking ist nicht meine Freundin. Ich habe gestern Abend ein paar alte Kontakte angerufen, mit dem Ergebnis, dass man sie hergeschickt hat.«

Major Linda Becking war mittelgroß, schlank, ungefähr in meinem Alter und hatte ein wirkliches umwerfendes Lächeln. Sie zwinkerte mir zu. »Wir haben vielleicht später mal Zeit, uns kennenzulernen.«

Ja, möglich wäre es, dachte ich. Dann konzentrierte ich mich wieder auf Anthony.

»Sie haben Fehler gemacht, Anthony. Die ganze Geschichte

mit dem Nachlass meines Vaters. Selbst als ich Ihnen die Fotos gezeigt habe, haben Sie noch gelogen.«

»Was wollen Sie? Ich habe doch zugegeben, dass ich dabei gewesen war, als Whitecoat II beendet wurde.«

»Das stimmt. Und es war der Anfang von allem. Sie haben eigenmächtig entschieden, dass das Labor in Großlittgen nur versiegelt wird. Es sollte Ihre Altersvorsorge werden, nicht wahr? Aber dann kam alles anders. Die US-Army räumte zahlreiche Stützpunkte in Deutschland. Das unbedeutende Depot in der Eifel gehörte auch dazu. Ich habe eine Online-Meldung gefunden: Die Gemeinde Großlittgen sucht einen Käufer für das fünftausendvierhundert Quadratmeter große Gelände. Die Zeit rannte Ihnen plötzlich davon, Anthony. Was hätte wohl ein Investor gesagt, wenn er beim Abriss der Baracke das geheime Labor gefunden hätte? Also haben Sie sich einen Partner gesucht. Ich habe mich gestern Abend mit Tom Fallmer unterhalten. Er hat mir bestätigt, dass er einen Tipp bekommen hatte. Mit Ihnen, Anthony, hat alles begonnen. Doch dann hat Tom sie ausgebootet. Sie haben die Presseberichte gelesen, sich Ihren Teil zusammengereimt und beschlossen, mich zu benutzen.«

»Sie müssen nicht antworten«, belehrte Major Linda Becking ihren Gefangenen, »Sie haben das Recht auf einen Anwalt, und alles, was Sie jetzt sagen, kann später vor Gericht gegen Sie verwendet werden.«

Anthony schüttelte unwillig den Kopf. »Ersparen Sie mir Ihre Rechtsbelehrungen, Major. Vergessen Sie nicht, dass ein Colonel vor Ihnen steht.«

»Selbst wenn Sie General wären, würde ich Sie mit Freuden verhaften, Smithweldon.«

Ich zog den Orden aus der Hosentasche und hielt ihn hoch. »Das hier war Ihr erster Fehler. Mein Vater hasste Orden. ›Orden sind nicht immer Zeichen des Verdienstes, so wie Narben nicht immer Merkmale des Mutes sind.‹ Das war einer seiner Lieblingssprüche. Sie haben sich also irgendwo diesen Orden besorgt, ein paar Informationen über John David gesammelt und Unterlagen, die Sie im Labor gefunden haben, für mich zusammengestellt. Alles nur, um mich zu manipulieren. Ist mein Vater überhaupt tot?«

»Ja, aber er ist schon vor zwei Jahren gestorben.«

»Das dachte ich mir. Übrigens: Wir hatten nie einen Hund. Sammy war mein Kampfsportlehrer.«

Anthony presste verärgert die Lippen zusammen. Helga trat vor und verpasste ihm eine schallende Ohrfeige. »Du solltest dich was schämen.« Wortlos ging sie ins Haus zurück.

Major Becking nahm den Colonel am Arm und führte ihn zu ihrem Auto. Geschickt bugsierte sie ihren Gefangenen auf den Rücksitz. Sie drehte sich zu mir um, lächelte und sagte: »Die US-Armee steht in Ihrer Schuld, Hauptmann David. Wahrscheinlich werde ich noch einmal wiederkommen, um die Details zu klären. Dann haben wir vielleicht mehr Zeit.«

Ich sah ihrem Wagen nach. Den Orden warf ich in den Mülleimer neben dem Laden.

Die Sonne brach über dem Pöntertal durch die Wolken. Was wusste ich schon über die Gründe, die mein Vater damals gehabt hatte? Ruhe in Frieden, John Clayton David.

Ich setzte mich auf die Bank vor dem Haus und atmete tief durch. Mit einem hatte Anthony recht: Es war ruhig und wunderschön hier.

Epilog

DRF-1

»Wie die Polizei mitteilte, hat man die Ermittlungen in dem tragischen Todesfall des Unternehmers Tom F. eingestellt. Der Unternehmer, der unter anderem in Koblenz zwei Nachtclubs betrieb, war vor vier Tagen aus dem vierzehnten Stock eines Bonner Apartmentkomplexes gestürzt. Ein Fremdverschulden kann, so die Polizei, ausgeschlossen werden.
 In der Wohnung des Toten fanden sich Hinweise auf frühere Gewalttaten. Möglicherweise, so ein Polizeisprecher, wollte der Unternehmer sich mit seinem Suizid einer Verhaftung und Verurteilung entziehen. Auch finanzielle Probleme können nicht ausgeschlossen werden. Wer die geschäftliche Nachfolge des Toten antritt, ist zurzeit noch völlig unklar.«

Anmerkungen des Autors

Die Zahlen zu den Drogentoten in Deutschland variieren sehr stark, ich habe versucht, möglichst konservative Zahlen aufzuführen.

Tatsächlich gibt es in Großlittgen ein Gelände der US-Army, das vor ein paar Jahren zum Kauf angeboten wurde. Ein geheimes Labor unter den Baracken hat es dort allerdings nie gegeben. Auch Symethpro und Whitecoat II sind frei erfunden. Allerdings existierte das Programm Whitecoat, bei dem an neuen Kampfstoffen und Impfmitteln gegen Viren geforscht wurde. Dabei nutzte man Freiwillige. Und im Edgewood Arsenal in Maryland hat man wirklich jahrzehntelang Versuche mit freiwilligen Soldaten durchgeführt. Diese wussten nicht, womit sie dort »behandelt« wurden. Man probierte Nervengas, LSD und neue Designerdrogen aus. In einem Artikel des SPIEGEL kommen Betroffene zu Wort, die heute an den Spätfolgen leiden. Die Beschreibung, dass ein Mann versucht hat, sich seine Sommersprossen herauszuschneiden, weil er sie für Käfer hielt, habe ich aus den zitierten Quellen übernommen. Dass solche Tests auch in der Eifel durchgeführt wurden, ist dagegen reine Fiktion. Aber wäre das wirklich so abwegig?

Danksagung

Auch bei diesem Buch haben mir wieder eine ganze Reihe von Menschen geholfen, bei denen ich mich hier bedanken möchte.

Ich danke dem ganzen Emons-Team für die Unterstützung und die Begeisterung, die man dort Paul David entgegenbringt. Die Zusammenarbeit mit Lothar Strüh war wieder unkompliziert, und in seinem Lektorat hat er treffsicher die Stellen gefunden, an denen es hakte. Lieben Dank, Lothar!

Dass ich in Ruhe diesen Krimi schreiben konnte, liegt auch daran, dass sich meine Agentin Anna Mechler um den ganzen Rest gekümmert hat. Du bist großartig, Anna!

Claudia Müller aus der Pressestelle des Koblenzer Polizeipräsidiums war so freundlich, meine laienhaften Fragen geduldig zu beantworten. Herzlichen Dank dafür.

Mit viel Begeisterung haben Sylvia Paffrath und John Kisseadoo nach meinem Training in der »Pil Sung Black Belt Academy« die Kampfszene am »Roten Eber« entwickelt. Ohne euch würde Paul nicht so kämpfen, wie er kämpft.

Zum Schluss muss ich mich einmal mehr bei meiner Frau Christine bedanken. Jedes einzelne Buch, jede Kurzgeschichte hat sie in den letzten Jahren gelesen und kommentiert – auch die meisten ekligen Stellen. Nichts wäre ohne sie und ihre Unterstützung entstanden.

Andreas J. Schulte
EIFELFIEBER
Broschur, 240 Seiten
ISBN 978-3-95451-952-1

»Mit schnellen Schnitten und Szenenwechseln, einem schnörkellosen Stil und unzähligen Cliffhängern kreiert Schulte eine Geschichte, die an Dramatik und Geschwindigkeit nicht zu überbieten ist.« Durchblick/Kultur-Magazin

»Hollywood-Thriller in der Eifel.« Julia Nemesheimer, hunderttausend.de

Andreas J. Schulte
EIFELRACHE
Broschur, 240 Seiten
ISBN 978-3-7408-0210-3

Ein Mord am Laacher See gibt der Polizei Rätsel auf. Oberkommissar Kalle Seelbach bittet seinen Freund Paul David um Hilfe – sehr zum Ärger seiner Vorgesetzten. Denn der ehemalige Militärpolizist und NATO-Sonderermittler gehört für die Soko zu den Hauptverdächtigen. David bleiben nur wenige Tage Zeit, seine Unschuld zu beweisen. Wie wurde das Opfer am Laacher See getötet? Und welche Rolle spielt der Besuch eines russischen Oligarchen in der Vulkaneifel?

www.emons-verlag.de